有爱的青春陪伴者

我超喜欢你

折纸为戏 /著

台海出版社

图书在版编目（CIP）数据

我超喜欢你 / 折纸为戏著 . -- 北京：台海出版社，
2024. 8. -- ISBN 978-7-5168-3915-7

Ⅰ . Ⅰ247.5

中国国家版本馆 CIP 数据核字第 2024RG7829 号

我超喜欢你

著　　者：折纸为戏

责任编辑：俞滟荣

出版发行：台海出版社
地　　址：北京市东城区景山东街 20 号　　邮政编码：100009
电　　话：010-64041652（发行，邮购）
传　　真：010-84045799（总编室）
网　　址：www.taimeng.org.cn/thcbs/default.htm
E-mail：thcbs@126.com

经　　销：全国各地新华书店
印　　刷：天津睿和印艺科技有限公司
本书如有破损、缺页、装订错误，请与本社联系调换

开　　本：880 毫米 ×1230 毫米　　　1/32
字　　数：360 千字　　　　　　　　 印张：10
版　　次：2024 年 8 月第 1 版　　　 印次：2024 年 8 月第 1 次印刷
书　　号：ISBN 978-7-5168-3915-7

定　　价：42.80 元

目录

Contents

/contents

目
录
/contents

第一章 / 转校初遇

九月初。

盛夏刚过，暑气还未散。

二中数学组教师办公室内，李建明推了推鼻梁上不断下滑的眼镜，眯着眼看着面前的学生档案，微微皱眉。

片刻后，他开口道："顾菁？"

"嗯。"

"从一中转过来的？"

"是的。"

李建明心里纳闷。

虽然他们二中也是市重点，但和一中比还是有不小的差距。

看着眼前高一那列成绩表里一水儿的年级前十，李建明很怀疑一中怎么会放走这样一株好苗子。

而转学原因那行，写得更是模糊，简简单单的四个字：个人意愿。

李建明手指点了点那行，转头问："是什么个人意愿想要转学？"

面前的女孩子沉默良久，随后轻声开口："一定要说吗？"

"最好说一下。"

李建明到底也做教师二十多年了，一看她这个犹豫的表情就知道怕是有内情。

担心小姑娘有什么心结不肯说，他尽量让自己的语气听起来非常和蔼可亲："别怕啊。你现在既然来了我们四班，我们就是一家人了。我是你的班主任，肯定会替你保密的。"

女孩像是纠结良久，最终下了很大决心，说："我打架了。"

李建明一愣，接着推了下眼镜，认真审视起眼前的人。

——个子不高，看起来一米六不到，又是细胳膊细腿的小骨架，以至于整个人显得非常娇小。

一张漂亮干净的娃娃脸，梳着循规蹈矩的低马尾，看起来比她档案上的年龄更小。

小姑娘站着回话的时候手摆在前面，睫毛跟着垂下来，声音很轻，非常乖，看上去和"打架"两个字半点边都沾不上。

李建明思考片刻，觉得这中间可能有点什么误会。

这么乖的小姑娘能打架吗？

别人打她还差不多！

电光石火间，李建明以为自己猜到了故事真相。

"是……在原来的学校被人欺负了吗？"

李建明声音放柔："没关系的，现在你已经转学了，以前的事情不会再影响到你了，你可以放心地告诉老师。"

顿了顿后，他又说："当然，如果实在不想说也没关系，老师不会逼你。"

顾菁迟疑片刻，说："也不全算是吧。"

李建明一下子脑内闪过了无数场景，面色也跟着严肃起来："和老师说说，发生过什么吗？"

顾菁再次沉默。

李建明自认敏锐地察觉到了她这点情绪。

"老师教书都二十多年了，带过的班也有七八十个，什么学生都见过。"他把姿态放低，想宽慰眼前的小姑娘，"老师知道，这肯定不是你的错。"

"——我也是这么觉得的。"

大约是觉得有人理解，顾菁的语气渐渐变得轻快了些："是这样的老师，有一天放学时，我无意间看到了我们同校的学生正在被别人欺负，我看不下去，就想上去帮一帮她，于是一把扯开了那个欺负她的人。"

李建明："……然后呢？"

"但可能是我不小心用力过大了吧，对方被我扯了一下后从楼梯上摔了下去。再然后，他就被送去了医院。"

顾菁停顿片刻，眨一眨眼睛，表情相当无辜："老师，其实严格意义上来说，我觉得我的行为是见义勇为。"

李建明僵硬地笑了笑："听起来只是简单的冲突，并不至于要转学吧。"

"我也觉得不太至于，不过他爸爸说很至于。"

顾菁语气平静地继续道："考虑到他爸爸赞助了我们学校，我觉得被赶走不如自己先走比较体面。"

李建明最终对顾菁的话半信半疑，但保险起见，他决定先给这个小朋友上一门教育心理课。

"如果真是这样的话，放心，老师相信你不是故意的。"

他斟酌着字词："但现在在我们这里，我可以保证，不会发生这样的事。如果真有什么矛盾，可以直接来告诉老师。你一个女孩子，和人打架，万一受伤了，亏不亏呢？"

"很亏。"

顾菁认真附和说："尤其是明明是他做错事，还要我出医药费的时候。"

李建明决定换一条路走："那你再想，如果因为一点小矛盾就和同学起冲突的话，将来到了社会上怎么办呢？"

顾菁再次认认真真地思考了一下，然后说："我知道了老师。如果未来在社会上遇到相同的情况——"

她斟酌了一下，然后给出了自认为很完美的答案："我会第一时间选择报警的。

"毕竟他爸爸只赞助了学校。"

有那么一瞬间，李建明觉得自己在被这小丫头片子逗着玩。

她回答得并没毛病，但不知道故意还是无意，偏偏能绕开每个问题的关键。

然而，只一转眼，面前的女孩子重新垂下眼睛，又恢复了那副安静乖巧的模样。

错觉。

一定是错觉。

李建明微笑片刻，拍一拍她，说："好，那我们先去班上吧。"

即便是报到日，走廊上还是非常安静。

李建明一边走，一边和顾菁热情地介绍自己的班级。

他虽然对这位小姑娘转学的原因还抱怀疑态度，但她从一中过来，势必要让她抹去那种掉下一档的不安感。

"我们二中没有分尖子班，都是平行班。

"而在全年级所有班级里，数我们四班秩序最好，学生最听话，成绩最优秀。放心，就我们班这个质量，肯定不比你们一中差——"

推门进去。

高二（4）班的教室热闹沸腾，鸡飞狗跳。

"快快快，给我看一眼！"

"来不及了，老李快来了！"

李建明的声音戛然而止。

顾菁则悄悄地打量班级，顺便在心中庆幸。转学的好处就是，至少她不用上来就补暑假作业了。

"安静！"

李建明敲了敲门："这才开学第一天就乱成这样了？先别收暑假作业了，都给我回自己座位上！我来说几个事。"

这会儿他说话都没几个人听，大部分人在忙着赶作业。

只有少部分人抬头，发现了顾菁的存在。

她像小尾巴一样，跟在李建明身后安静地走进教室。

"快看。"

下面有人小声议论："转学生啊？"

顾菁站在讲台旁边，手指拉紧书包带，表现出有点拘谨和紧张的样子。

然而她目光却很平静，小幅度地扫了一圈全班后，最终落在讲台前第一排的位置。

这么靠前的位置通常是属于个子不高或者视力不好的同学，但在这里却显得有点诡异，它和全班其他座位的画风格格不入，像被单拎出来的 VIP 专享特席。

专享特席一个被放了书包，堆了无数的书。

另一个的课桌上则有个毛茸茸的脑袋。

顾菁盯着那脑袋看了半秒，确定他应该是在睡觉。

厉害啊，兄弟。

顾菁在心里吹了声口哨。

在开学第一天这么乱的场景下还能睡着，也算是天赋异禀。

李建明说："这第一件事，就是咱们欢迎一下这学期的转学生——顾菁同学！"

顾菁站直身，露出恰到好处的微笑。

她爸爸给她办转学手续的时候千叮咛万嘱咐，既然换学校了，小心为佳。

最好的方法就是趁着没人认识她装乖点，给自己树立一个好学生的形象。

她刚在教师办公室说的话半真半假。实际上，她不是到了非得转学的地步。

但促成她转学的原因，的确是个人意愿。

那样的经历，她绝对不想再来一遍了。

李建明说："现在请顾菁同学来自我介绍。"

"大家好，我叫顾菁。"

女孩子的声音轻轻软软，带着所有三好学生模板式的遵纪守法。

"顾是三顾茅庐的顾，菁是草字头一个青的菁，希望能和大家和睦相处。"

四班的同学相当给面子，连补作业的都暂时放下了笔，给她鼓了鼓掌。

后排甚至有人起哄："欢迎转学生来到我们地狱四班——"

李建明一个粉笔头扔了过去。

"不过现在教室里没有其他空位了——"

李建明看了一圈，最后目光停在眼皮底下的首排座位，怒声道："陆江离！这才第一天，你怎么把东西堆成这样？赶紧清理掉，让给你新同桌。"

这位不知道睡了多久的男生被点到名，终于在一片注目礼中慢吞吞地抬起头，拧着眉和顾菁对上视线。

他看起来还没睡醒，单眼皮耷拉着，却依旧能看得出眉骨俊朗凌厉，浑身都带着不好惹的气场。

而顾菁的第一印象却是：还挺帅的。

起码比她以前班里那些"歪瓜裂枣"要好看很多。

不过此时此刻，顾菁没工夫欣赏他的脸，只能从他不愉快的眼神里读出六个大字——

刚睡醒，什么事？

平心而论，顾菁也不愿意坐这个位置。

这人看起来脾气就不太好，被叫醒这一下就差把"别烦我"几个字写在脸上了，她并不愿意自讨没趣。

再说这么显眼的位置，简直是把自己放在"出头鸟"的地位。就算她自己不犯事儿，将来他同桌一折腾出个动静，老师一生气，很难不牵连到她身上。

所谓"城门失火，殃及池鱼"，她并不想当那条无辜的鱼。

顾菁和陆江离对视。

李建明见他没动静："怎么，还要我动手帮你清？"

陆江离懒洋洋的，语气还带着两分困意："您要愿意，我也没意见。"

李建明说："你非要开学第一天就给我找不痛快是吧？"

顾菁往旁边挪了一步，却见陆江离"啧"了一声，单手把书包提回自己位置，又趴下睡了。

顾菁沉默了。

李建明满意地拍了拍顾菁："先坐吧，等有机会我再看看，帮你换位置。"

顾菁别无选择地坐下了。

李建明说："第二件事，明天期初考，不换考场，就在自己班内考，都给我自觉点。"

班内顿时一片唉声叹气，而李建明丝毫不为所动，继续说："第三件事，一个小时后收暑假作业。"

李建明刚走，班里瞬间乱成一团，发出阵阵哀号声。

"这下真的写不完了。"

"那当然！"

"学霸，明天期初考帮忙押个题呗！"

"押什么押！随便考吧，还能怎么样！"

顾菁却显得格外淡定。

刚转学过来，她理所当然地不用交暑假作业。

趁着有空，她偷偷往旁边瞥了一眼。

顾菁对她这位同桌充满了好奇——与其说是好奇，不如说是对于自己未来处境的惴惴不安。

她不太挑剔自己的同桌是什么样的人，但如果对方实在不是什么好相处的个性，她会让他吃个教训。

虽然听李建明的口气，未来也有换座的机会，但老师嘴里的有机会往往就像爸妈说你考好了就给你奖励时画的饼一样不切实际。

可以的话，她还是想和这位同桌好好相处。

陆江离通宵了一晚上才把作业补了个七七八八，整个早上都困得想死。

他自从被李建明叫醒后就没怎么睡熟，李建明走后教室内动静比刚刚大了几倍，吵得他头疼。他直起身，半闭着眼纾解乏意。

片刻后，大概是察觉到有目光正注视着自己，他侧头看了身边的人一眼。

视线相交的一刹那，陆江离的困意顿时去了大半。

他哪儿来的同桌？

——哦。

他脑子艰难地转了三秒，想起来了。

是那个新来的转学生。

陆江离揉了揉眉心正准备开口，却发现小姑娘很明显地后撤了一下。

陆江离眼皮一跳。

看起来像是在怕他。

不至于吧。

陆江离嘴角抽搐一下，视线落在顾菁身上。

这小姑娘光是坐着都比他矮一个脑袋，从头发丝到指甲尖都散发着很乖的气质，像是那种不被安排座位就和他八竿子打不着的三好学生。

片刻后，像是对上他的目光无处可躲，她才勉勉强强地用很轻的音量开口："……你好？"

陆江离眯了下眼。

"陆哥——"

外面有人扯着嗓子叫他。

陆江离这才收回视线，抄上自己的东西走了。

见人离开，顾菁总算松了一口气，卸下防备，揉了揉自己的手指。

很小的时候，她就发现自己有个和其他女生很不一样的地方——力气特别大。

尤其在身体条件反射下，她时常会控制不了自己的力气。

所以为了避免伤害到其他人，她通常会采取后退远离的姿势，久而久之就养成了习惯。

幸好陆江离没心血来潮地找她麻烦，否则她真的可能压抑不住本性，在转学第一天就形象崩塌。

"欸。"

她的肩膀忽然被人拍了拍。

顾菁转头，对上一张明亮清秀的女孩子脸蛋，只听女孩说："新同学，你是叫顾菁吧？"

顾菁点了点头。

"你好。我叫季如常。"

那女孩子扎了两个小辫，笑起来的时候像春日阳光，明媚灿烂。

她说着又指了指自己旁边还在奋笔疾书赶作业的女孩子："这是我同桌，章音。"

章音笔速飞快，忙里偷闲地晃晃笔帽，算是打了招呼："你好。"

顾菁喜欢长得好看的人，尤其是好看的女孩子，这一下子就在心里给新同学打了九十分："你们好。"

"真羡慕你第一天转学过来都不用写作业。"

季如常好奇道："你是从哪里转学过来的呀？"

顾菁："一中。"

"一中？！"

季如常愣了一会儿，接着脱口而出："学霸啊？你是怎么想到转来我们这儿的？听说一中人均'卷王'，学习氛围特别浓厚。"

顾菁打了个哈哈："所以我被卷到跑路了啊。"

大约这话实在有点离谱，连还在赶作业的章音都抬头看了顾菁一眼，表情相当震撼。

而季如常则上下打量顾菁一通，最终语气肯定道："厉害。"

她们没聊两句，顾菁的肩膀又被轻轻拍了拍。

"欸，新同学。不好意思啊。"

来人是个男生，面带尴尬地挠了挠头道："当时发书时没人和我们说有转学生，所以这学期的教科书我们是按照原来班级人数领的，没有你的那份。你……可能得自己过去一趟。"

顾菁刚想回应,季如常先开口了:"讲不讲道理啊,这学期那么多书她一个人怎么搬,你们就不能再跑一趟?"

"没关系。"

顾菁连忙说:"我自己去就可以。"

"亲爱的,你也太好说话了。"

等那男生一走,季如常叹了口气:"那么多书你一个人怎么可能拿得动,还是一会儿我陪你走一趟好了。"

她说着握了握拳:"你季姐我力气可大了。"

章音在旁边意味深长地看了她一眼,对顾菁说:"我还要赶作业就先不去了,不过友情提醒,你还是多带两个人吧。"

领新书是去图书馆。

然而等走到图书馆的时候,顾菁盯着那紧闭的大门看了两秒,问:"我们是不是来晚了?"

"啊……"

季如常拍了下脑袋,懊恼道:"我想起来了,今天只有上午发书来着,这会儿应该已经结束了。"

好在顾菁也不太介意白跑一趟:"那我明天再来好了。"

季如常看了一眼手表,说:"出都出来了,刚好还有时间,我带你逛逛我们学校吧。"

顾菁偏头看她一眼,带点好奇:"你不用补作业吗?"

看季如常的性格,也不像是会提前把所有作业写完的。

"没事,来得及。"

二中的新校区刚建不久,校园内环境很不错。

顾菁跟着季如常,走过教学楼,玻璃走廊以及乔木林荫道。

初秋午后的风还带着温热,徐徐吹过她的发梢,带来陌生的泥土草叶气息,让她意识到她确实已经换了一个崭新的环境。

环境不同,身边的人也不同。

季如常是自来熟的性格,给顾菁介绍的时候相当热情。

不过顾菁不觉得吵,反而觉得很有意思。

她在读一中的时候,班上从来没有这样叽叽喳喳的"小百灵鸟",每个入学的学生不管从前是什么性格，都会在老师的鞭策下变成高度相似的"做题家"。

她每天上学，都像是踏入一潭没有波澜的死水。

季如常的话打断了顾菁对于前校的回想："这里就是我们的食堂了。有一说一，我们食堂在全省都算是有名的。

"食堂旁边就是小卖部了，从早六点到晚十点全天供应。你今天第一天转学，我请你吃冰激凌吧？"

顾菁怔了下神："嗯？"

"怪我记错时间让你白跑一趟嘛。"

季如常很自然地拉着顾菁进了小卖部，在冰柜前挑挑拣拣："你想要什么口味？"

"香草吧。"

顾菁被递了一个冰激凌后，听见季如常接着问："学校差不多逛完了，你还有什么想知道的，都可以问我哦。"

顾菁想了一下问："我们班主任人怎么样？"

"老李啊。人挺好的，好到有点'事儿妈'的程度。就拿你同桌来说吧，你知道他这么高的个子为什么会坐第一排吗？"

顾菁几乎是下意识地回道："因为他是差生？"

季如常立刻比了个"嘘"的手势，并压低声音神神秘秘地说："那倒不是因为这个。

"主要是老李觉得他坐最后一排难以监管，还把周围一片人都带歪了，就把他调到第一排，在眼皮子底下看着他，不让他再祸害其他人。"

季如常说着看了一眼顾菁："本来以为我们班永远就是这个格局了，没想到你来了。"

她跟着挑了一个草莓味的冰激凌，带着顾菁往小卖部另一边货架走。

顾菁想了一下，从陆江离对自己的态度来看，他应该没兴趣带歪自己，又问："他很可怕吗？"

"怎么说呢。"

季如常思考片刻说："他属于那种——嘶，每个学校基本都有这么一个人吧，虽然你没有亲眼见过，但知道他打架特别狠，所有人看到他，都会有点犯怵的那种。"

她好奇地问顾菁："你以前所在的班上有没有这种存在？"

顾菁想了想说："有。"

季如常点了下头说："差不多就是这种人了。"

那个人就是我。

顾菁在心里迅速比对了一下陆江离和自己，莫名生出了一种"同为'校园扛把子'，相逢何必曾相识"的感觉。

季如常继续说："高一的时候，他和隔壁学校的学生打过一架，听说把对方伤得送进医院了，自己身上硬是半点伤都没有，从此一战成名。"

顾菁愣了一下。

三个月前她刚有过类似的经历。

"怎么了？"

季如常看她神色复杂，半开玩笑地说道："害怕了？没事，姐在呢，姐保护你。"

顾菁迟疑一秒，抱着和新同学拉近距离的心态点了点头，装作很胆小的样子说："当然怕啊。万一哪天我惹他不高兴了，他也'送我进医院'怎么办？你能护得住吗？"

顾菁转弯走过货架，只见刚刚话题中谈论的那位猝不及防地出现在她的视线中，垂下眼定定地看着她。

"不会。"

他似笑非笑说："我不打女生。"

现场气氛一时安静得有点死寂。

沉默半晌，顾菁想开口缓和气氛，却咬到了舌头："抱——嘶。"

陆江离挑了下眉："抱什么？"

"——抱歉。"

顾菁费了点劲终于把话说完整，又后退了一步，目光迅速转开。

顾菁不仅害怕社交，感觉紧张的时候还会有点结巴。

陆江离扬了下眉，越发觉得自己这位同桌实在胆小得有点离谱了。如果他再多说一句话，或许会吓得她眼眶发红掉眼泪。

——这里地小，打起来恐怕不方便，还会影响到其他人。

顾菁用目光打量着周围的环境，陷入从前的惯性思维。

就算真要动手也得出去才行。

她正思考着，陆江离往前迈了一步，微微俯下身。

这距离近到差点就触发顾菁身体的条件反射了。然而在她准备出手时，却发现自己的右手臂正被身边吓到呼吸静止的季如常死死地拽着。

刚刚是谁说要保护她来着？

"怕什么。"

陆江离的气息从顾菁的上空轻轻拂过："又没骗你。"

他说完后，从她身后的货架上取走一罐可乐，往外走去。

等陆江离走后，季如常才像是终于找回了自己的呼吸："吓死我了，我还以为我们要'死'在小卖部了。"

顾菁看了一下依旧被季如常死死拽着的右手，回想了一下她刚才的话："你刚刚不是说要保护我吗？"

"我我我——我有啊！"

季如常磕巴了一下，立刻恢复之前生龙活虎的状态："我刚刚有用凶狠的眼神直视陆江离——所以你看，他这不是被我们吓跑了嘛。"

小卖部外。

陆江离拎着一罐可乐出去，和他那一帮好友会合。

"陆哥，怎么这么久啊？"

陆江离举了下手里的可乐："冰柜里的卖完了，去拿了罐常温的。"

天气热，他们没急着走，站在小卖部门口边喝饮料边蹭空调。

陆江离刚拉开拉环，忽然听到有人说："欸，那不是咱们班新来的转学生吗？"

"就是她吧？"

"我刚刚忙着赶作业没仔细看，那位转学生真的挺可爱的。"

陆江离掀了下眼皮望过去。

顾菁转学第一天来，刚领完校服还没空换上，所以她穿了条黄白相间的格子裙来，刚刚过膝，这会儿在小卖部一众的单调蓝白校服里显得格外出挑。

她骨架小，皮肤白，娃娃脸，一眼看上去像混入高中生里的初中生，天然就占了两分可爱的优势，偏偏五官又精致漂亮，甜美的形象让人印象深刻。

离陆江离最近的郑徐之用手肘戳了下他，调侃道："陆哥，运气挺好啊。"

陆江离收回视线，喝了口可乐，对此不置可否。

"得了吧。"

旁边人说："凭我对陆哥多年的了解，他不喜欢这类的。"

"你了解什么，你怎么知道他喜欢哪类的？"

"上学期三班的那个小姑娘不是给他送过东西吗？咱们陆哥拒绝人家的时候眼皮都不带眨一下的。"

陆江离没什么表情地回想，有这么个人吗？

"那咱们这位转学生给陆哥当同桌也太暴殄天物了。"

郑徐之摸了摸下巴说："我倒还挺喜欢这种类型的。"

陆江离听着他们越扯越远，终于忍不住打断道："问个问题。"

他顿了一下，问："我看起来很吓人吗？"

"哪能啊，我们陆哥多帅一张脸。"

"就是，我们陆哥天生就长着一张'人见人爱、花见花开、车见车爆胎'的帅哥脸。"

"你快闭嘴吧。"

陆江离又往小卖部里看了一眼才说："走了。"

顾菁和季如常回去的时候，各科课代表正在收暑假作业。

季如常从抽屉里抽出一本，在封面写上名字后熟门熟路地把自己的作业夹到最中间的那层，并叮嘱课代表："别给我换位置啊。"

顾菁问她："写完了？"

"写完了。"

季如常胸有成竹，满脸自信："我有我的独门妙招。"

顾菁很是怀疑她这个所谓的独门妙招，然而季如常随手抽了一本数学书，翻开目录道："来，顾菁同学，奖励你一次随机押题的机会，猜猜哪个幸运的板块会出到明天的考卷里。"

顾菁看着她拿出来的崭新的教科书："期初考不是考上学期的内容吗？"

"哪能啊。"

季如常说："按照惯例，期初考会随机放百分之二十新学期里的内容，来检测学生假期有没有好好预习。"

顾菁很了然地点头，评价说："这种考法和我们以前学校有的一拼。"

"欸，对了，你还没有书啊。"

季如常把书推过去点："要不咱们合看一下。"

她们坐前后排，合看书也不方便。

顾菁刚想说不用，身边突然有人道："你课桌里有。"

她转头看了一眼声音的来源，陆江离正在转笔，笔头一晃，点向她的桌洞。

顾菁坐下后还没整理过东西，这会儿看了眼桌洞，满满一沓新书。

她反应了一会儿，后知后觉地想起来这位置之前是陆江离的："你的？"

"嗯。"

陆江离说："你用吧。"

顾菁眨了两下眼："啊？"

陆江离说："不是没有书吗？"

陆江离平时倒也不是什么乐于助人的性格。

只是人家小姑娘转校第一天来，他却三番五次把人吓到。

这实在不太好。

陆江离为人处事的行为准则里，有一条就是不欺负女生。

尤其是他同桌这样的，每次见到他都一副担惊受怕的样子，让他觉得自己像个"恶魔"。

顾菁好想和他说他们一中进度快，她转学前就把这学期一半的内容学完了，临时抱佛脚看这几页教科书对她来说意义实在不大。

顾菁委婉地问："你不看吗？"

陆江离答道："我不用。"

顾菁心想也对，像他这种问题少年一般都不学习。

她思考两秒后决定接受新同学的这点好意，礼貌地说："谢谢。晚自习结束后还你。"

顿了一顿，她像是想起什么似的，又说："你是不是还不知道我叫什么，我叫——"

"我知道。顾菁。"

陆江离说："你自我介绍的时候我又没——"

"没聋"两个字没说出口，怕语气不好又吓着她，要说的话转了转弯："又不是没听到。"

顾菁怔了片刻后笑了下，说："嗯，请多指教。"

这还是陆江离第一次看到她笑的样子。

不躲避不退后，落落大方，还挺好看。

手里转着的笔停了片刻，他忽然觉得被莫名其妙安排一个同桌也不是什么很糟糕的事。

虽然只是报到第一天，并没有正式上课，但按照学校的流程，当天也是要上晚自习的。

二中的晚自习一共两节，晚上九点半结束。

铃声响起的时候，教室内顿时沸腾起来，所有人开始收拾东西。

更有甚者如季如常，九点的时候就已经把东西收拾完，只等着一打铃就跑。

不过今天走之前，她顺口问了句顾菁："你走读还是住宿来着？"

顾菁说："走读。"

季如常惊奇地看了她一眼。

二中现在的校区是新建的，地处郊区，距离市区非常远，所以大部分同学选择在校住宿。

她想了想问："你家在附近？"

顾菁笑了一下，说："算是吧。"

顾菁单手轻松拎上书包，在停顿两秒后又规规矩矩双肩背包，然后她礼貌地和新同学挥了挥手："拜拜，明天见。"

顾菁的家当然不在这里。

这一片都是近年新开发的住宅区，只有学区房这一个优势，其他方面的建设还有待开发。除了有钱人过来投资不动产，很少有人真买房住这儿。

只是顾菁向来不习惯住宿舍，所以父母替她办好转学的同时也为她在这附近的小区租了房住。

这小区内住户不算多，环境清幽安静。

楼下桂花刚开，淡淡飘香。

一离开学校，顾菁全身心都放松下来，听着电话那头的声音有一搭没一搭道："嗯，快到了。

"就这么点距离，怎么可能迷路。

"好了，我挂了——"

像是预料到对方要说什么，她迅速把手机拿远了点，半响后才拿回来说：

"知道了，一会儿进屋了再给你们发消息。"

顾菁按掉手机，放回口袋。

有些人天生幸运，拥有在原生家庭里被浇灌着爱意长大的人生。

顾菁就是其中一位。

她从小到大顺风顺水，就连惹了麻烦想要转学这件事，父母也同意了，并做她坚实的后盾。

当然，和父母关系太好有时也是一种负担，比如父母什么都要替她操心。

顾菁怀疑要不是她父母工作忙且来回不方便，他们真的会来陪她住。

她从口袋里翻出钥匙，准备开门。

"叮咚！"

楼道尽头的电梯门开了。

顾菁下意识地转头看了一眼，和来人对上视线，愣了一下。

陆江离像是也愣了下。

他盯着她的那扇门看了两秒，神情忽然变得有点微妙复杂："你住这儿？"

"嗯？对。"

顾菁应了一声说："租的，为了上学方便。"

她看了一眼陆江离原本走去的方向，飞快地推理出结论："你也租在这儿？好巧啊。"

"不是。"

陆江离说："这房子是我家的。"

他扬了扬下巴："你这户也是。"

顾菁："……"

陆江离想起来了。

他妈前几天和他提过一句，他们家对面的那屋租给了一个来他们学校上学的女孩子。

但他当时想着今年来租房的估计是高一新来的，没想到竟然是他那个转学过来的新同桌。

陆江离靠着门打量一下顾菁，问："你一个人住？"

顾菁在学校装了一整天初来乍到的乖巧好学生，确实有点累了。

这会儿一离开学校，她卸下防备，骨子里的不羁本性就显露出来了。

她很自然地回嘴道："你不觉得问女孩子这种问题会让人以为你居心不良吗？"

陆江离明显怔了一下："……哈？"

顾菁只一秒就反应过来不对，立刻收敛那点情绪："抱歉——"

她刻意迟缓了一下，以示犹豫，才说："我反应过激了。"

陆江离想了想，对于她的脱口而出，很自然地合理化出了个结论——

她胆子那么小，对于一个不熟的邻居当然有防备和警惕心理。

"我就随便问问。"

陆江离点了下头，很体贴地没再继续追问："不愿意说就算了。"

他自顾自地进了门，把书包顺手一放，打开手机开始挨个回消息，刚好翻到他妈问他有没有看到对面新来的租户。

陆江离靠在沙发上，言简意赅地回复：嗯。

他妈又发来信息：那刚好。上次签完合同，我把本来要给他们的东西放我们储物间了，既然她也放学了，你刚好给她送过去。

陆江离下意识地看了一眼房门的方向，拧了下眉，随后打字道：大晚上的，合适吗？

顿了顿，又很冷硬地补充一句：要送你周末过来自己去，反正我不去。

陆江离家这套房子面积不算大，但里面的东西却配得很齐全，对顾菁来说几乎算是拎包入住。

她回来后先洗了个澡，然后稍微消化了一下刚才发生的事。

陆江离刚刚说什么来着。

她租的这套房子是他家的？

也就是说，那位疑似脾气不太好的问题少年同桌转眼之间成了她的房东。

这也太神奇了。

将来她要是在学校惹到他了，他不会给她房租涨价吧。

顾菁忍不住脑补了一下，她未来哪天把陆江离揍了后，很霸气地说要不然医药费你从我租金里扣的场景，不禁笑出了声。

现在刚过晚上十点，还能学一两个小时。

顾菁打开台灯，看到书包里面崭新的教科书时愣了两秒。

这好像是陆江离的书。

本来说好晚自习结束就还的，谁知道她下课的时候没注意，直接不小心把他的课本混着其他的教辅书一块儿带回来了。

顾菁望着书，沉默了一瞬。

按理说陆江离现在就住她隔壁，想还马上就能还。

但她其实是个很怕麻烦的性格，一想到要主动去敲门，一下子头皮都麻了。

反正陆江离看起来也不像是个会回来学习的，要不然明天再还算了。

顾菁还在纠结的时候，门铃响了。

她没多想，第一反应是她爸妈送东西来了。她从椅子上跳下来，带着"我上学第一天而已，你们不至于吧"的心情打开门，看到来人的时候愣了一下，握着门把手的手下意识地紧了紧。

"……你好，有事？"

陆江离之前回复"合适吗"的时候，其实是想找个借口。

然而他没拗过他妈，还是不情不愿过来了。当见到穿着棕色小熊睡衣的小姑娘站在他面前，看上去有点困惑地打量他的时候，陆江离眼睫一动。

这么晚了，好像确实不怎么合适。

夜风习习，从走廊穿堂而过，带点凉意吹过陆江离的耳侧。

他安静片刻后扬了下眉，开口问："你就打算一直把你房东拦在门外吗？"

顾菁问："你要进来吗？"

她迟疑片刻，似乎是在思考要不要同意这个请求。

"没关系，我就站在门口说也行。"

陆江离似乎察觉了她的不安，随后递过去一个方形包："我妈说这个本来要放新租户房间里的，上次她忘了，让我跑一趟给你送过来。"

顾菁接过，简单看了一眼。

包里都是一些简单的家居用品和工具，但确实是临时租房很难想到要添置的。

她点了下头，礼貌道："谢谢。"

"租房的流程你家长应该确认过，我们这也没有什么太大的要求，别把房子拆了就行。"

"还有——"陆江离顿了下，语气听着很随意，"如果有事的话可以找我帮忙。"

　　虽然这种情况应该不会发生，但顾菁还是顺势点了下头："好。"
　　陆江离拿出手机："那加个微信。"
　　顾菁抽出手机点了两下，然后把自己的手机屏幕推了过去："你扫吧。"
　　陆江离在扫上二维码那瞬间手指僵了一下。
　　本来以为像顾菁这样的女孩子，头像也该是可爱的风格。
　　然而跳出来的头像却是一只对着镜头龇牙咧嘴，看起来凶得要命的狗。
　　陆江离沉默片刻，实在很难把这只狗和眼前温顺乖巧的小姑娘联系在一起，对她表现出来的形象产生了一点微妙的怀疑。
　　"等一下。"
　　顾菁像是想起什么似的，突然折返回去。
　　不多时她拿着书出来："刚刚忘记还给你了。"
　　她双手递过来，微微鞠躬，语气轻柔："谢谢。"
　　陆江离收起手机，那点怀疑瞬间被打消。
　　他接过书，走之前觉得似乎要说点什么，想了半天道："晚安？"
　　顾菁怔了一下，片刻后再次笑起来："晚安。"

　　顾菁第二天起得很早。
　　她在新学校给自己设立的形象是遵纪守法的好学生，所以第一天正式上课，她特地提早了二十分钟到班级里。
　　班级里空空荡荡，她走到自己位置前放下书包，看到后座的季如常正趴在桌上，像一条被捞上岸后有气无力的鱼。
　　顾菁觉得相当不可思议："你起这么早？"
　　季如常打了个哈欠，很沮丧道："我闹钟设错了。"
　　顾菁点点头，果然这才是情理之中。
　　"对了。"
　　季如常突然想起来："你今天是不是该领书了。"
　　想到能帮忙，她那点困意瞬间烟消云散。她说："图书馆现在应该已经开门了，我陪你去吧。"

顾菁想了想说："你昨天带我认过路了，我今天可以自己去。"

"说什么呢，那么多书，你一个人怎么可能搬得动啊。"季如常自告奋勇，"放心，我力气大，我帮你搬。"

顾菁实在推辞不了她的盛情，只能点头道："好。"

图书馆果然已经开门了。

顾菁报上了自己的班级姓名后，工作人员核对了一下信息就把一沓新书交到了她手里。

她和季如常各自拿了一半，往班级方向走。

刚开始两个人还能聊两句，但走着走着顾菁就发现不对劲了。

每走一步，她都感觉季如常的步伐越来越慢。

顾菁看向季如常，问："你是不是累了？"

"不是。"季如常神情痛苦，眉头都快皱到一起了，"只是我突然觉得，图书馆怎么离我们班这么远。"

她觉得这真不能怪她力气小，毕竟他们发的远不只是教科书，学校自制的练习册和教辅书也在这里面，确实又厚又重。

她看向顾菁，试图寻求同感："你不觉得吗？"

对其他人来说或许是的。

然而对于顾菁来说，这点重量还真不算什么。

顾菁无声地叹口气，停下脚步说："你再给我几本吧。"

季如常立刻表示："那怎么好意思，说好我帮你搬的。"

顾菁很认真道："再不走要上早自习了。"

季如常看了一眼，顾菁确实神色自若，连气都不喘。

她将信将疑地放了一部分到顾菁手里，看着顾菁只是把书往上抬了抬，扬扬下巴说："走吧。"

季如常几乎收不住吃惊的表情："不是吧顾菁同学，你力气这么大啊？"

顾菁很谦虚地说："还好吧，这也不是很重。"

季如常追在她后面问："顾菁同学，你是普通人类吗，还是说你其实是生化改造人？"

顾菁轻笑了一声，说："嗯，我其实是机器人，编号 89757。"

季如常在帮忙搬书之前还信誓旦旦地说自己有的是力气。

然而最终，走到楼梯口的时候，顾菁还是让她把手里最后那几本也挪了上来，担忧地看向她："你还能走吧？"

　　"……不好说。"季如常撑着墙大喘气，"可能伤到元气了。"

　　她满脸是汗，头发丝都沾脸上了，顾菁叹口气道："你还是先去洗个脸吧，休息休息。我先走起来。"

　　"行。"

　　季如常在离开之前还说："你要走不动了就在原地等我。我洗个脸恢复了内功立刻回来继续支援你！"

　　顾菁："……"

　　还是算了吧。

　　她独自一人搬着所有书继续往前走。

　　这么多书对她来说属于稍稍有那么一点费力，但还能走得动。

　　最大的困难并不是重，而是这一摞书全部叠起来非常高，她个子矮，手臂也不算长，现在抱着所有的书只勉勉强强能看清两侧的路，走得不算太稳。

　　她凭着对路的判断往前没走几步，手中的书忽然被拿走了一大半。

　　顾菁眼前瞬间明朗。

　　她抬眼，不偏不倚正对上陆江离的视线。

　　他看起来像是刚进校门，单肩背着书包，低头看着她，问："就你一个人？"

　　顾菁愣了愣："啊？是啊。"

　　陆江离忽然笑了一声："是想在这排练大力水手还是铁臂阿童木？"

　　他说着，把她手里的书又拿走一摞，往前走了两步，见顾菁没动静，又回头说："等什么？走了。"

　　陆江离帮顾菁把书搬回了教室。

　　他向来是能卡点到就绝不早一分钟的性格，所以等他们进教室的时候，早自习铃声刚巧打响。

　　好在今天要期初考，早自习也就走个形式，并没有老师过来监管。

　　顾菁把书放下后，吹了吹有点疲软的手指。

　　虽然陆江离帮她搬了一大部分，可刚才搬过的那么多书的重量到底不是虚的。

陆江离侧头看了她一眼，目光停在她有点发红的细白手指上。

这么重一摞书，她一个小姑娘怎么从图书馆搬回来的？

宁可自己受累，也不肯开口找个人帮忙？

顾菁又揉了一下手腕，然后像想起来什么似的，看向陆江离。

纠结片刻，她轻声说了一句："谢谢。"

还真有点不习惯。

她想，毕竟以前只有她帮别人搬东西、收到别人说"谢谢"的份，现在竟然风水轮流转了。

陆江离忍不住皱了下眉。

他本来想说路过而已，不用在意，话出口时却拐了好几个弯变成了："你以后找不到人帮忙，可以叫我。"

顾菁听到陆江离这句话，思考几秒后，似乎明白了：陆江离这是想和她缓和关系呢。

毕竟他们这同桌关系不知道要持续多久，现在又加了一层房东和租客的身份。他每个月的生活费可能是从自己付的租金里抽的。

俗话说，顾客就是上帝。租赁合同中付钱的一方当然也算顾客的一种。

不过对于她来说这确实是个好消息。

顾菁紧绷的防备状态终于卸下来一点，说："我知道了。"

早自习铃声打过十分钟后，季如常终于回来了。

她同桌章音倒是异常淡定："看你包在这儿，人不见了，我还以为你一大早就被绑架了，正打算报个警找你呢。"

"最终警察在厕所里把我捞出来，头版头条就是——震惊，花季少女险些在厕所猝死。我还要不要活了？"

季如常碎碎念了五分钟，调整完情绪后又看向正在整理书的顾菁："你一个人搬回来的？"

顾菁思考片刻，实话实说："遇到了一个善良的路人帮忙。"

……善良的路人。

围观了刚才搬书一幕的章音，目光移到前排陆江离的后脑勺，沉默了一瞬，想说：你确定说的是他吗？

"我就说嘛。"不明真相的季如常松了口气，"你再怎么是生化改造人，也不能一个人搬这么多书走三层楼吧！"

顾菁点点头。

但实际上她确实可以。

季如常："对了，咱们几点考试来着？八点？"

章音："八点。第一门考语文。"

"昨天忘记问了，你们期初考考不考上学期的默写？"顾菁问。

"考啊！"季如常奋力一拍桌，"怎么不考！连非高考篇目的默写都考！只有你想不到，没有出题人抽不到的！

"不过，除去默写，一般语文卷子的难度也还行。咱们的数学才叫一个变态。"

她正滔滔不绝，忽然想到顾菁是从一中转过来的，道："这好像是我需要担心的吧？"

继而又想起顾菁转学的理由是比不过其他学霸，顿时恍然大悟，然后连忙安慰说："我懂了，没事，一次考不好也不算什么，只是个期初考而已！咱们以后一定可以追上去的！大不了之后我帮你补课嘛！"

顾菁只微微笑了一下，不置可否。

期初考就考语数外三门主课，不考选课，一天内考完。

八点铃声一响，任课老师搬着卷子进来，让他们把桌上的东西都收个干净。

顾菁拿出笔盒，一眼瞥见陆江离正从书包侧面抽了支笔出来。

对比顾菁一整盒码得整整齐齐的笔，他显然是一支黑笔走天下的流派。陆江离拿着笔漫不经心地转几下，等试卷发下来后就"唰唰唰"填上自己的名字，气场十足。

然后顾菁眼看着他一上来就把开头的默写跳过了。

顾菁觉得，这是可以理解的。

要求一个坐第一排的"问题学生"好好学习，实在是一件比较困难的事情。

考完语文后，休息了不到半个小时就接着考数学。

客观来说，二中虽然也是重点学校，但学习上拼的程度还是差了一中一截。对于季如常来说难得令人发指的卷子，拿到顾菁手里却是令她很舒服的出题难度。

顾菁写题的速度快，准备翻卷子的时候却顿了顿。

在学生时代，翻卷子是有讲究的。

安静的教室里，突然传来翻卷子的"哗啦"一声，意味着已经有人率先"攻克"完第一面，会不经意间成为别人做题速度的参考系。

在她以前班上，同学之间甚至会有对于翻卷时间的暗中较量。

顾菁虽然觉得没劲，但初来乍到，她也不想成为众矢之的。

她准备等人翻了她再翻。

不过几秒后，"唰啦"一声从她左边传来。

顾菁心想，你这是跳了多少题啊。

期初考到底是要给学生一个下马威，所以题量很大。

就算是顾菁，全部写完后余下的时间也不多了。

她收了笔，看了眼表后翻回正面，忽然察觉到一道目光从旁边投过来。

顾菁偏了偏脑袋，看向陆江离。

他目光扫过她的卷面，像是也在打量她是不是写完了。

一秒。

两秒。

顾菁顿时了然。

她相当大方地把自己的卷子挪过去两寸，暗示意味很明显。

——随便抄！

顾菁很懂规矩。

他之前帮自己搬书，那她就算欠他一个人情了。

礼尚往来嘛。

陆江离看她的表情瞬间变得很微妙。

顾菁愣了下。

不想抄？

难道是嫌她成绩不好？

顾菁思考了两秒，觉得大概是因为陆江离不清楚她的水平，所以对她答案的正确率有所怀疑。

这能理解，就是之前从来没有被这么不信任过，她有一瞬间不高兴。

陆江离抬头看了一眼。

监考数学的是他们班的语文老师，她正在改刚收上来的试卷，所以看管得并不严。

陆江离又低下头，目光迅速地扫过顾菁试卷上的选择和填空题，继而伸手，在第十题的题目上很轻地点了一下。

顾菁茫然了一会儿，垂眼看着那道题，又看了看自己的答案——

写错了。

草稿纸上的计算是对的，誊写的时候漏了一个数。

不开心的情绪顿时烟消云散。顾菁有点尴尬地改完，之后才反应过来陆江离刚才动作的用意。

他好像……以为自己是来对答案的。

她立刻转头看向陆江离，只见他已经收了笔，一脸不用谢的样子。

顾菁心想："行吧……"

最后一门考试结束的铃声打响。

顾菁揉了揉写得有点酸软的手腕，转身问季如常："感觉怎么样？"

"别、提、了。"

季如常像条咸鱼一样趴桌上，懒得抬眼皮："从现在开始，我不想听到任何和考试相关的话题。别问，问就是我已经自动'格式化'。"

章音笑了声，对顾菁说："行吧，那我们去吃饭，不带她了。"

"——不行！"

二中的食堂算是他们学校一大特色，对比其他学校来说，算是相当实惠。

顾菁初来乍到，被季如常介绍着点了一堆特色菜，最终对着自己餐盘里堆起的小山沉默无言。

"对了。"

她装作不经意地问："你们了解陆江离吗？"

季如常问："怎么突然问这个？"

"毕竟是我同桌嘛，稍微有点好奇。"

顾菁咬着筷子，眨眨眼问："你们对他了解多少？"

章音摇头，很诚实地说："不熟。"

季如常则一拍筷子，很兴奋地道："这你算是问对人了。整个二中，除了学生档案处的老师，就我对全校人的信息掌握最全。"

她回想了一下张口就来："陆江离，汉族，十七岁，身高一八三，体重五十八公斤——"

"停。"

顾菁阻止了她"报户口本式"的行为："我想知道的不是这方面的。"

季如常思考了一秒，像是恍然大悟道："传说有人给他表白过——但被他拒绝了……"

"停。"

顾菁无语一秒："我也不想知道这个。"

季如常又想了一下，说："那剩下的我只知道他高一和外校的人打了一架，从此'一战封神'，彻底洗刷了我们二中打不过隔壁学校的传闻。"

二中隔壁学校是所技校。大部分时候，两所学校都是井水不犯河水的状态。

而陆江离偏偏是那个"破戒者"。

"我听说要不是有其他人做证不是他先动手的，恐怕他还得背个处分。"

季如常回忆着说："这事儿当时还闹得挺大的，所以我们后来对于陆江离只敢远观，不敢搭讪。"

顾菁晃了下神，像是听进去了，又像是没听进去。

章音看她走神，淡定揶揄道："我看早上他都帮你搬书了，还以为你们已经变熟了。"

"什么？！"

季如常一副被背叛了的表情："你们进展竟然这么快？你别告诉我，陆江离一下子就取代了我在你心中的地位了？难怪你还打听他！"

顾菁立刻解释说："我纯粹想知道一下我是不是以貌取人了——"

简单来说，是不是因为陆江离总是一副问题少年的气场，就先入为主断定他一定是个学渣。

"以貌取人？"季如常抓住她的用词，更起劲了，"我就说他长得帅，你动心了吧！"

越描越黑。

"算了。"她及时结束了这个话题，"我们还是先吃饭吧。"

顾菁吃完饭回到教室准备上晚自习。

今天期初考，老师没有布置作业，她把新发下来的书整理好，正准备拿自己的教辅书先练练题的时候，旁边有人回来了。

她下意识地侧头看了一眼，对上陆江离的视线。

陆江离扬了下眉，突然开口："想知道我什么？"

　　顾菁愣了愣："啊？"

　　"想了解我的话，问别人没用。"陆江离手背撑着下巴，懒洋洋地看向她，"不如直接问我本人。"

顾菁怔了好几秒，才想起来这好像是她和季如常等人在食堂的对话。

等等，他当时在附近吗？

就算在，这耳朵也未免太灵了吧。

顾菁努力回忆当时的场景，忽然想起季如常当时开玩笑喊的那几嗓子，瞬间感觉有点头皮发麻。

"你都听到了？"

她的局促显而易见。

陆江离挑了下眉，说："听到了。"

他神情却并不凶，相反带了两分戏谑的意味："所以呢，你想了解我什么？我看看能不能替你答疑解惑。"

这要她怎么问。

兄弟，你是不是其实学习挺好的，在这儿给我演呢。

这能直接说吗？当然不能。

顾菁飞快地思考着合理的借口，谨小慎微地慢吞吞道："也没什么。就是单纯作为你的同桌……想多了解你一点。"

顿了顿，她又飞快地补充说："以免哪天我犯了你的忌讳还不清楚。"

"……"

忌讳。

陆江离一时觉得这个词有点好笑，还配合着她认真想了一下，说："似乎是没有的。"

看着顾菁欲言又止的样子，陆江离嘴角无意识地勾了下，问："你还在怕我啊？"

我会怕你？

考虑到自己的"小可怜"人设，顾菁咽下这句话，继而点了点头。

028

陆江离"啧"了一声："我都说过了，我又不打女生，你怕什么。"

顾菁很小声地嘀咕："那谁知道你说话算不算话——"

"算话。"

陆江离看着她说："我说话，一直都很算话。"

陆江离不知道顾菁有没有把他这句话听进去，但他感觉自那天之后，顾菁身上那很重的防备感确实卸掉了一点。

他不禁觉得这位新同桌还挺有意思的。

他最开始觉得她确实是在怕他，但后来慢慢觉得，她表现出来的形象和内在，有一点微妙的割裂。

再回忆起来，面对他的时候顾菁与其说是害怕，不如说是一种对陌生人的防备感。

或许是一种自我保护机制，又或许是别的什么，总之两种气场加在一起，形成一种在普通高中生身上很少见的气质。

陆江离饶有兴致地想，也不知道是怎么养成的。

期初考并不排名，只作为一个摸底检测，卷子也是班内老师自行判分的。

数学一向是批得最快的一门，所以第二天下午，试卷就由数学课代表从办公室抱了回来，挨张往下发。

发卷子的时候班级内顿时愁云密布。

这次期初考有一部分题是从这学期还没学的内容里出的，对于大部分人来说是陌生的超纲考点，分数自然不会好看到哪里去。

拿到卷子的季如常一脸难以置信的表情，在惊讶之后狂喜道："没想到我数学竟然超常发挥了！天才少女季如常！而且你们看看这分数！漂亮吧！"

顾菁好奇地探头看了一眼，果然是个很漂亮的分数——99。

……如果忽略满分是150的话。

顾菁依稀记得当时季如常说，大不了之后我帮你补课嘛。

顺便又想起上次季如常说她力气可大了，又再想起上上次季如常说没事我保护你——顾菁确定了，以后季如常这小丫头说的话很有必要打个折扣。

数学课代表显然对这位转学生不是很熟，发到她卷子的时候，还仔细看了一眼她，才试探着叫："顾菁？"

顾菁点了点头。

"真学霸啊。"

对方笑着把卷子递给她。

顾菁看了一眼最上面的红笔笔迹。

141 分。

还行。

顾菁简单翻看了一下卷子。除了最后一题漏解了一种情况，其他都是细节处的扣分。

因为性格原因，对于非重要考试顾菁常常不上心，非常容易犯粗心的毛病。

要不是陆江离当时指出她填空题的一处笔误，她这次数学考试该是 137 分才对。

季如常看完她的分数，有一种深深受到了欺骗的感觉："这么变态的考卷都能拿这个分，我就说你是'改造'人吧。菁贵人，如实招来，你还有多少惊喜是朕不知道的！"

旁边再度响起"哗啦"一声。

顾菁转头看了一眼。

陆江离的卷子正落在他的桌面上。

145 分。

顾菁安静了好几秒。

她分数高是因为一中进度快，很多难倒一片人的题对她来说就是基础题。

但陆江离是怎么回事？

他不会真是个……坐在第一排的隐藏的"扫地僧"吧？

陆江离刚趁下课睡了五分钟，这会儿抬眼，没什么表情地扫了眼分数后正准备收起来时，感受到了旁边小姑娘的目光。

他转头问："怎么了？"

"没什么。"

顾菁很虚伪地说："稍微瞻仰一下学霸的光环。"

她眨了眨眼，尽量藏住自己那点你竟然是学霸的不可置信，礼貌吹捧道："你学习挺好啊。"

陆江离很平静地说："还行。"

顾菁想不通了："那你为什么会坐第一排？"

一般来说，"问题少年"都伴随着"学渣"这一特点，尤其是被老师拎出来坐第一排的，除了你在我眼皮子底下不准胡闹的意义，多半也伴随着点给我好好听课的意味。

而在她曾经的认知里，成绩好几乎是学生时代一块最好用的"免死金牌"，除非遇到针对你个人无可逃避的惩处，否则即便是"死罪"也能有转圜余地。

"你应该说，正因为这样我还能坐第一排。"

陆江离淡定地说："否则我现在应该坐垃圾桶旁边。"

顾菁暗自感慨道，你以前到底犯了多大的事儿啊？

刚开学不久，学习任务不算特别重。

顾菁晚自习把作业写了，回去后正准备休息会儿，这时一通电话突然打来。

她本来以为是爸妈又来关心她，在看到来电显示的那一刻，她微微眯了下眼睛。

顾蓬。

她哥哥。

顾菁不是独生女，上面还有个已经上大学了的亲生哥哥。

自她有记忆以来，她和她哥的关系就和很多兄妹一样，一边嫌弃对方，一边又暗地里关心。

就拿这次转学来说，最早支持她的人也是顾蓬。

唯一不同的是，如果兄妹之间真出现了不可调和的矛盾，顾蓬通常会选择迁就她。

原因无他。

打不过。

从小，他们兄妹打架都以顾菁单方面的胜利告终。

小时候的顾蓬曾经寄希望于过完发育关就可以一举压过顾菁，但自从上高中之后依旧能被矮他二十厘米的顾菁制伏的那刻起，顾蓬就进化出了一点"识时务者为俊杰"的能力。

明面上他给自己找了个体面的借口——"我这个当哥哥的，让让你也不算什么。"

只是顾菁想不通他这个时候打电话过来干吗。

她接通了电话，开口道："喂，怎么啦？又想让我求一下爸妈，预支你下个月生活费买球鞋，然后二八分成吗？"

"你这话说得我就很伤心了。"电话那头的人温和道，"作为哥哥，我关心一下自己妹妹不可以吗？"

顾菁翻了个白眼。

十几年兄妹当下来，她还不了解她哥吗？

"在新学校怎么样？"

果然，顾蓬继续温声问："有和同学好好相处吗？"

顾菁一听就知道他这句话不安好心。

她剔了下指甲，回道："当然了。"

"是吗？"顾蓬听起来显然不怎么信，"这么快就交到新朋友了？是你新同桌吗？对方是个什么样的人？说来听听。"

顾菁瞬间心虚了。

要说有没有和其他同学好好相处，那肯定是有的。

季如常和章音都是非常友好的人，其他同学也或多或少关怀过她这个新来的转学生。

但若要问的对象是陆江离，顾菁还真不知道和他要怎么好好相处。

如果只是学霸，那看起来挺容易，可以和他聊学习。

如果只是校霸，那看起来也挺容易，可以给他补课。

偏偏顾菁以前没遇到过陆江离这种双重属性很麻烦的存在，实在难搞。

顾蓬见那边声音消失："嗯？讲不出了吧？"

"你打听人家干吗。"

顾菁强撑着底气说："我和我同桌好着呢。"

"好了哥，还有事吗？没事我就挂了！"

她迅速按下结束通话键，长长地叹了口气。

和人相处，她怎么忘记了，她过去的高中时代还真没有相似的、和人好好相处过的经历。

顾菁边愁边翻了一下手机，忽然后知后觉地想起来。

她明明加过陆江离的微信啊。

她可以看看他朋友圈，再对症下药。

顾菁立刻翻出陆江离的微信。

他们自从加过好友后还没有说过话，页面上方只有"您已成功添加好友"的官方信息。

她点了下陆江离的头像，本来想看看他朋友圈，聊天界面却一抖。

我拍了拍"陆江离"并说陛下臣来迟了。

顾菁愣住了。

她正打算解释的时候，却见页面又弹出了一条。

陆江离拍了拍你并说父皇万岁万岁万万岁。

场面一时非常尴尬。

这是当初微信拍一拍功能刚出的时候，顾菁和顾蓬变着花样地攀比谁能压对方一头时留下的。

然而现在换了新学校，她给自己重新立了个乖巧好学生的人设，一时也忘记了要把这个拍一拍设置去掉。

顾菁盯着页面看了半天，思考让陆江离"局部性失忆"的办法。

然而，陆江离像是并不在意，很快回了她消息：有事？

"……"

大半夜拍了拍对方。

这她还能说没事我就是想看看你拍一拍设的什么吗？

斟酌许久之后，顾菁控制着语气打过去一行字。

顾菁：不好意思打扰啦，请问你现在有空吗？

"然后这里最后再套一次公式，和你前面写的步骤一样，就能算出来了。"

陆江离收笔，把草稿纸往前一推，抬了下下巴："懂了吗？"

顾菁立刻从半神游的状态中回神，忙不迭点头："懂了。"

她怎么也没想到事情会变成这样。

为了给自己的拍一拍找个合理的借口，顾菁情急之下灵机一动，翻出今天期初考的考卷，礼貌地问陆江离能不能教她最后一题。

她本意只是想让陆江离在微信上告诉她答案。

没想到两分钟后，对方直接敲响了她家的门："哪道题？卷子拿来我看看。"

行吧。

顾菁面无表情地想。

至少他没有深究她为什么不在学校里问题目而是大半夜才问，好歹给她留了点面子。

她一边收起草稿纸，一边悄悄瞥了一眼陆江离。

他像是刚洗完澡，匆匆套了件白 T 恤，头发还是半湿的就过来了。

这个题目她问得其实非常突兀，只是为了找个台阶下，就算陆江离说一句"没空"，她也可以心安地关掉手机做自己的事。

偏偏陆江离不仅回了，还直接登门造访。

顾菁觉得自己真有点看不透他到底在想什么。

陆江离问："还有事吗？"

顾菁说："……没了。"

她只是随便扯了个借口，巴不得早点解决。

"谢谢你。"

顾菁站起身来，想赶紧把这尊佛给请出去："我送你出去吧。"

陆江离说："那我有事。"

顾菁："啊？"

陆江离不紧不慢地问："你这会儿把我叫过来，就为了一道题？"

不是你自己要过来的吗？

顾菁在心里翻了个白眼，表面上却只得点了下头："嗯。"

陆江离往后靠了靠，没半点要走的意思，反而向她伸手："那我的家教费呢？"

顾菁只怔了一下，随后立刻打开手机微信，语气无比自然地说："我转账给你吧，要多少？"

陆江离看了她一会儿，这次是真的笑了起来。

他其实长得并不凶，只是平时没什么表情的时候，显得对什么都很冷漠。然而一旦笑起来，甚至带着两分散漫的温柔。

"不收你钱。"

他说："就是有点饿了。"

顾菁点了下头，随后退出微信，换了外卖软件："那我给你点个外卖。"

还没问他想吃什么，手机被一根手指按住了。

"外卖送过来起码半小时以上。"

陆江离继续问："你这儿有吃的吗？"

顾菁每顿饭都是在学校解决的，这屋子里备着的食物很少很少。

她搜肠刮肚地想了好半天后说："要不然，我给你泡个方便面？"

多寒碜啊。

这大少爷肯定不能接受吧。

没想到这位大少爷扬了下眉，说："行。"

顾菁心想，我就和你客套一下而已。

你怎么还当真了。

顾菁这确实还有两桶方便面，是给自己当夜宵准备的。

当下她只得硬着头皮去厨房烧水。

太没戒心了吧。

陆江离撑着脑袋，看着顾菁的背影莫名想。

大半夜他说要进来，还真就让他进来；他说要吃夜宵，还真就把他留下来。

他确实不会欺负女孩子。

但难道她没有想过，男生还有另一种危险性吗？

幸好来的人是他，但如果是其他人怎么办？

"——好了。"

顾菁在他面前放下泡面后，捏了捏自己的手指，坐下说："等三分钟吧。"

她当然不准备光看着陆江离吃，所以给自己也同样泡了一桶。

然而等面泡开的时候，两人相对而坐，默默无言的样子实在有点诡异。

陆江离忽然问："你从哪儿转学过来的？"

顾菁被问这个问题快问出耳朵茧了，很自然地答："一中。"

她甚至做好了面对其他疑问的准备。

没想到陆江离"嗯"了一声，表情依旧很平静道："那该恭喜你才对。"

顾菁怔了一下。

决定转学后，她听过很多话。

惋惜的，劝阻的，纳闷的……意思只有一个，就是对她的选择表示不理解。

即便转学过来之后，很多人还是对她从一中过来感到不可思议——那可是多少人想进都进不去的地方，如果不是被强制退学，为什么要离开呢？

只有陆江离对她说了恭喜。

顾菁伪装的人设与戒备心瞬间跟着放松了点，她歪一下头问："为什么这么说？"

"一中那环境谁待得下去。"

陆江离说："你自愿的？"

"嗯。"

顾菁点头："不想待在那里了。"

她说话时，眼里被客厅灯光映出的光芒，温柔而坚决，没有一点后悔。

让她转学的原因很多，但所有的原因加在一起真要说起来，也不是不能熬过去。

只是她不想熬而已。

她的十七岁、十八岁，人生中最宝贵的两年青春时光，不应该被那样的学校蹉跎浪费掉。

那样灰暗的、孤独的、没有情绪色彩的日子，凭什么要她再为此熬两年。

顾菁举起泡开的方便面，煞有介事地说："这就叫，一中诚可贵，名校价更高。若为自由故，二者皆可抛——"

"……"

陆江离望着她，忽然低声笑了一下。

他举起自己的那桶，像碰酒杯似的和顾菁碰了一下说："那就敬你的自由。"

第二天上学的时候，期初考成绩已经全部出来了。

陆江离的数学是第一，但他有一点偏科，被语文和英语拖了后腿。

所以算上三门总分，顾菁是当之无愧的第一。

四班新来的转学生靠一场考试瞬间名声大噪。

虽然年级内没有排名，但老师们之间已经偷偷交流了起来，顾菁这个成绩不仅是第一，还小断层了后面的其他学生。

李建明之前只知道顾菁学习好，但对于她这个成绩究竟好到什么地步是没有太大概念的。

高一没有大规模联考过，期末都是自己学校出的题，而一中的题难度又是众所周知的，故而她个人档案上成绩虽然漂亮，但也在正常范围内。

直到她这次一跃成为年级第一，高出第二名几十分，堪称"降维打击"。

这下再把顾菁放在陆江离旁边，他就有点不安心了。

思前想后，李建明在一次课间找了顾菁谈话。

顾菁还以为自己犯事儿了。

毕竟以前她被叫到办公室谈话大多是被班主任敲打，她全程低着头，一只耳朵进，一只耳朵出地糊弄过去。

然而这次她被拉到凳子前坐下，老李坐在她面前，非常和善。

顾菁有点不适应，脊背发麻起来。

"别慌啊，老师就是和你随便聊聊。"李建明面上满是和善的笑意，"成绩出来了，考得很不错啊。"

顾菁从他的语气简单判断出来，应该不是找她碴的。

她松了一口气，语气很谦虚地道："没有没有，一中进度快，有很多内容我提前学过了。"

"话不能这么说，我看有些人就算学过也未必能有这个分数呢。"

老李东拉西扯表扬了她好长一段，在顾菁即将失去耐心前终于切入正题："转学过来感觉还适应吧？没有什么不习惯的吧？有的话要告诉老师啊。"

原来是转学调查访问。

顾菁了然，随后立刻表现出乖巧的样子："都很好，进度跟得上，同学们也很照顾我。"

"那座位呢，还满意吗？"

李建明说："当初给你安排座位的时候也是没办法，你自己现在有想换座位的打算吗？"

顾菁冷不丁被问到这个问题，犹豫了一下。

这几天她已经把班内情况摸了个透彻。

班上的人数原先是单数，多出来的那个就是陆江离，如果她现在要换座位，要么是单人座，要么就拆一对原先的同桌。

顾菁可没有拆别人同桌的打算。

况且这几天接触下来，她已经感觉到了，陆江离并没有她最初想的那么难相处。

毕竟大半夜被叫去教数学题都没什么脾气——虽然是以一桶泡面为代价交换的。

故而顾菁认真地说："挺好的。不用换。"

"陆江离没有烦你吧？"

顾菁摇摇头："没有。"

李建明放下心来，送她出去的时候又千叮咛万嘱咐了一遍，如果在学校遇到不顺心的事情要立刻告诉他，他会帮忙解决。

而等午休的时候，他又把陆江离叫去了。

陆江离的"待遇"就没那么好了。

不仅凳子被撤了，李建明看他一眼，就斥道："站没站相的，给我好好站。"

陆江离勉勉强强站直了一点。

李建明说："我问你，你和新同学相处得怎么样？"

陆江离靠着墙，懒洋洋地搭话："您这话问的，像老板检查工作情况似的。"

李建明一拍桌子："没正经！我和你说认真的！你也看到了吧，人家新同学成绩这么好，我是怕你影响她！"

"谁影响谁？"

陆江离手插在口袋里，哼笑一声说："我都有点忘记了，咱们班数学第一是谁来着？"

李建明被陆江离一句话噎得差点吐血。他缓了好一会儿后继续问："那你没欺负她吧？"

陆江离反问："她和您说我欺负她了？"

"当然没有，人家还尽说你好话来着。"

"这不就得了。"

只不过……说他好话。

陆江离心下被这句话勾得有点好奇。

那小姑娘能说他什么好话？

李建明对陆江离还是了解的。

他虽然表现懒散，平时也爱惹事，但绝对不会犯浑到欺负女孩子。

"你拎得清楚就好！"

李建明叹口气，说："顾菁这小姑娘，又乖又懂事，我怕她有什么都在心里憋着不说。你别看她虽然表面没什么，但我总觉得她转学是因为在原学校受了什么委屈，问她，她也不说实话——"

陆江离本来只想把这场谈话给敷衍过去，闻言拧了下眉，突然问："什么？"

李建明瞪他一眼："你以为我为什么敲打你。我就是担心你坐在她旁边，别给她整出新的心理阴影了。我刚刚问过了，她没有换同桌的打算，那我就先不动你们的位置了，但你要是之后——"

后面的话陆江离都没听进去。

他只敏感地捕捉到四个字。

心理阴影。

什么阴影？

陆江离对一中的风气是有所耳闻的。

一中的问题并不是出在学生，而是出在管理层。

它有着市重点的头衔与压力，所以教育策略过于严苛刻板，校内氛围也十分压抑。

顾菁愿意从一中转学离开，陆江离对她说的那句"恭喜"是出自真情实感。

但要说离开是心理阴影导致的……他眉头不自觉地蹙起。

李建明对着陆江离教育了一番，见他一脸神游的表情，又用力拍了下桌子："我说的你听进去没？"

陆江离这回难得没再和老李对呛，点头说："听到了。"

"听到了就好。"

李建明继续念叨："既然你们是同桌，那平时多照顾一下她。人家小姑娘刚转学过来，人生地不熟的，怎么的也不能让她觉得我们这比她以前的学校差，要让她感受到家庭般的温暖。欸，我没说完呢——"

陆江离已经转身走了。

午休的走廊人声鼎沸。

陆江离手插在口袋里，忍不住回想老李刚才的话。

他一直以为顾菁是天性胆小，但后来发现，她其实更多的是对陌生人的防备和警惕，甚至警惕到了有点过的程度。

什么环境能把人培养成这样？

一中的环境固然糟糕，但究竟发生过什么，能让她这么乖、这么温顺的性格不惜以转学来逃避。

即便到了新学校，她也没有和老师说实话，以至于让老李怀疑她落下心理阴影的地步。

陆江离回想起一些细节。

顾菁见到他的时候第一反应是后撤和躲避。

搬书的时候宁愿自己搬也不开口请求别人帮忙。

即便自己强调过了他不打女生，仍旧会对此充满怀疑。

这些在陆江离脑海中一闪而过，让他忽然有点烦躁起来。

陆江离走回教室的时候，顾菁趴在自己桌上睡着了。

今天天气很好，没有风。

午后的日光拂过来，落在她身上，脸朝着陆江离位置的方向。

陆江离坐下的时候，正好能看清她睡着时的侧脸。

她睡着的时候非常安静，呼吸均匀，巴掌大的小脸陷在手臂里，像一只乖巧无害的小动物。

陆江离盯着她的睫毛看了一会儿后，她突然动了一下。

顾菁迷迷糊糊地睁开眼，对上陆江离望过来的视线，轻微眯了下眼，声音因为午睡拖得有点软而哆，带着嘟哝的感觉："你回来了啊。"

陆江离的指尖下意识地蜷了一下。

顾菁撑着身起来了，神情还是很茫然的样子。

片刻后，她揉了揉眼睛，慢吞吞抽出下午上课的课本开始复习。

她全身上下都写着"好学生"三个字。

陆江离好半晌才移回自己的视线，没什么表情地转了转笔，实在想不通，怎么会有人舍得欺负这样的女孩子。

晚自习铃声打响。

顾菁收拾完东西准备离开。

说起来也奇怪，虽然陆江离就住在她对门，但他一般下了晚自习就没影了，所以她在回家的路上很少遇到他。

顾菁今天走出校门的时候，看着校门不远处站着的人的时候，还愣了一下。

陆江离今天怎么在这儿？

顾菁疑惑了一瞬，但自然不会觉得陆江离是在等她，只是走过去的时候出于礼貌地打了个招呼："在等人吗？"

"等你。"

陆江离把书包往上背了下，问："一起走？"

顾菁："啊……"

"请你吃夜宵。"陆江离表情很淡定地说，"前两天不是蹭了你一桶方便面嘛，算还你的。"

顾菁记得很清楚："那不是家教费吗？"

陆江离笑了一声，却没回答，只问："走不走？"

顾菁想了一下，毫不犹豫地点了下头："走。"

顾菁刚搬来不久，除了从学校到出租屋的路，哪里都没去过，被陆江离带过去后才知道他们住宅区附近的夜宵市场相当繁荣。

难怪每天下了晚自习陆江离都跑得飞快。

陆江离说："看看，想吃点什么？"

虽说是陆江离请客，但顾菁也不想"敲诈"太多。

她扫了一圈，说："酸辣粉吧，微辣就好。"

陆江离点了下头，和她一起过去坐下："两碗酸辣粉。"

这个点正是夜宵市场最热闹的时间。

顾菁第一次来，左看右看，对这里充满好奇。

而对面的陆江离这会儿正在悄悄观察她。

顾菁看起来非常正常。

事实上，在卸掉了最初的防备后，她表现得像一个普通的女孩子。

正因如此，他更难以想象，她以前到底经历过什么。

酸辣粉很快就端上来了。

顾菁吃辣能力相当一般，但是会馋辣椒的口感，所以通常出去都是点的微辣。

而这个微辣究竟有多辣，取决于这家店老板的认知。

陆江离握着筷子，片刻后，假装随口一问："你爸妈放心你一个人在外租房住？"

"有什么不放心的。"

顾菁咬了口粉，含混不清地说："你不也一样吗？"

那怎么能一样。

陆江离想，谁敢欺负他啊？

"真要说的话，其实也有点不放心。"

顾菁被辣得直冲天灵盖，眼泪都要忍不住地往外泛了，却小声道："但没办法，他们也不可能一直陪着我啊。"

她这句话说得很轻松，甚至根本没往心里去。

但从陆江离的视角看过去，昏黄的小摊灯光下，少女眼圈发红，眼角带着清晰可见的水光。

她吸了吸鼻子，很快调整好呼吸，再次看向他的时候已经压下那点不自然，笑意明朗。

"……"

又在逞强。

和那次搬书时一模一样。

陆江离的心脏像是被什么微妙地刺了一下，他觉得自己的猜想已经被证实了七八分。

他垂眼看她半晌，似乎想说什么，但又怕勾起她的伤心事，没再往下多问。

她只是被辣得在心里狂翻白眼，并发誓以后再也不来这家店了。

顾菁这一晚睡得很不错。

而且昨天陆江离带她逛了一圈，她发现住宅区外面这块区域除了夜宵繁荣，早饭摊也不少。

今天她特地没去便利店买面包，而是转了一圈后，站在某个摊位前，决定买一个热气腾腾的手抓饼。

她还没开口，书包带就被人扯了一下，她往后连退了好几步。

顾菁差点下意识就要给人膝盖上踹一脚，在看到来人后险险压下那点冲动，问："怎么了？"

顾菁身子很轻，陆江离单手拎着她的书包带把她往远处带出好几米，才说："这家不干净。"

"……哦，这样。"

顾菁蔫蔫地应了一声，整个人都显得沮丧起来。

她正在"算了还是命要紧和不干不净吃了没病"之间纠结，陆江离又说："想吃手抓饼的话里面还有一家，我带你去。"

顾菁神色瞬间明亮起来："好呀，谢谢。"

陆江离对这算是熟门熟路，每家几乎都点过，哪家好吃哪家不好吃一清二楚。

拐角处的那家手抓饼虽然位置差，但味道比街口那家好上很多，以至于几年运营下来明显人气更高。

"番茄酱加里脊谢谢。"

顾菁点完后，转头问陆江离："你吃早饭了吗？"

陆江离顿了一下，说："没有。"

"想吃什么。"顾菁很爽快道，"我请你。"

陆江离拧了下眉，刚想说不用，顾菁又笑起来说道："就当还你昨天的夜宵了。"

陆江离点了下头说："那就和你一样。"

两份手抓饼出炉，顾菁又要了两杯豆浆，递给陆江离："走吧。"

她并没有避嫌的意思，不紧不慢地跟在陆江离旁边，往学校的方向走。

因为校区偏僻，所以走读生并不多，即便快到校门口了也没什么人。

"陆哥！"

陆江离刚转头看去，郑徐之就勾上他脖子："早上好啊。"

他迅速瞥了一眼陆江离身边的顾菁，眉毛一挑："什么情况啊？这才刚开学没多久就和新同学一起上学了？"

陆江离顿时觉得不妙："刚好遇到了而已。"

"哦——刚好遇到了——早饭摊遇到的吧？"

郑徐之拉长声调，看着他们手里的早饭，嘴角的笑容意有所指："方便说说吗，谁遇到的谁啊？"

"……"

陆江离决定回去就揍他一顿。

而这边，郑徐之已经嘻嘻哈哈对着顾菁开口："顾菁同学是吧？早上好。"

顾菁看了他一眼，礼貌地点头打了个招呼："你好。"

几天下来她显然已经习惯了自己的新人设，能显得乖巧而不至于太怯懦。

她手里捧着手抓饼，嘴里还咬着一口，说话的时候脸颊鼓起来，像是只小仓鼠。

……这也太可爱了。

郑徐之把陆江离往后一拉，离开顾菁几米的距离后贴着他耳朵道："陆哥，你和新同学关系怎么样？"

"什么意思？"

"就，以后能带上她一块玩吗？"郑徐之搓搓手说，"人家刚转学来孤零零的，咱们照顾一下不是挺好——"

"没你的事。"

陆江离几乎是下意识就脱口而出。

郑徐之问："凭什么啊？"

陆江离看了眼前面顾菁的背影，漫不经心道："她胆子小，别吓着她。"

陆江离维护他新同桌的事儿，很快被郑徐之以八百倍速并添油加醋地转述给了他们小团体里的那几位"狐朋狗友"。

"你们能想象当时我的那种痛苦吗！"

郑徐之表情夸张，绘声绘色地描述道："我和陆哥，多年兄弟感情，他竟然为了一个转学不到七天的新同学，对我说出这种话！"

陆江离在他旁边放下餐盘："就这点事，说够了没？"

郑徐之立刻举起手："别介啊陆哥，就开开玩笑。但我这次也不完全是空穴来风啊。陆哥，我可从来没见你这么护着谁。还担心我吓着她，我有这么可怕吗？"

陆江离想都没想："你有。"

郑徐之佯怒："这兄弟做不下去了啊！"

陆江离又说："何况以前我也没同桌。"

郑徐之反问："那随便哪个人当你同桌你都这么照顾吗？"

那倒也不是。

陆江离自觉对顾菁没有太多想法，为她分出来的那点善意，完全是因为无意间发现了她过去的那段未明的灰暗经历，所以不自觉地带了点怜悯和保护的心态。

但这既没必要和他们说，陆江离也不想让他们知道。

"说不准。"

陆江离掀了下眼皮，故意道："可能是吧。"

郑徐之在心里呵呵两声后道："那兄弟们给我见证一下。我现在就向老李申请搬去当陆哥同桌，你们就看他会不会护着我吧。"

陆江离低声笑骂他："滚。"

郑徐之刚想继续说什么，远远看到拿着餐盘形单影只走过来的顾菁，招招手道："欸，这不是顾菁小同学嘛！这儿有空位，过来坐吧！"

陆江离眼皮跟着一跳。

顾菁今天难得一个人来食堂。

往常黏她身边的季如常，因为昨天的默写没有通过，正被老师扣在办公室重默。

以季如常的效率，午休结束前恐怕出不来了，所以章音替她把她那份午餐提前打包了回去。

听到招呼声，顾菁望了过去，随后很明显地迟疑了片刻。

陆江离一眼就看出她这点犹豫。

很好理解，这里的一圈人她都不熟，根本没有理由过来。

他毫不留情地踹了郑徐之一脚："都和你说了别吓着人家。"

"我没有啊。"郑徐之嘻嘻一笑，"我就是给我们新同学找了个位置，这还有错啊？"

陆江离心知这帮朋友什么性格，嘴不严，说不定会直接吓哭顾菁，然而在他准备替顾菁拒绝时，她已经过来了。

陆江离对面的位置刚好是空出来的，顾菁端着餐盘坐下，轻轻说了一句："谢谢。"

语气礼貌但拘谨。

"记得我吧？我，郑徐之，陆江离一号铁哥们。"

郑徐之主动开口，热情道："顾菁同学，你转学过来这么久，我都没怎么和你聊过，真是太可惜了。"

饶是被陆江离警告过，他还是在东拉西扯一阵后把话题绕了过来："不过看起来你和我们陆哥还挺熟的，是吧？"

很熟吗？

也不至于。

顾菁想了想后，给了个中规中矩的答案："还好。"

"都能一起上学了，肯定不止还好吧。"郑徐之笑嘻嘻地单刀直入，"说实话，你觉得咱们陆哥怎么样？"

周围顿时又是一阵起哄声。

这回陆江离语气是真的冷下来了："郑徐之，不闭嘴你会死？"

顾菁闻言怔了怔，然后抬眼看了陆江离一眼。

陆江离看起来不是很愉快，望向她的视线却不凶，甚至带着一点你别理他们的意思。

他是在试图给她解围。

在他熟悉的这帮朋友和一个只认识几天的女孩子之间，他选择了维护她。

所以顾菁迎着他的视线笑起来，很客观地评价说："他是个好人。"

……

顾菁吃完饭离开后，这一桌人都笑成了一团。

"这叫什么来着？好人卡，是好人卡吧。"

"没想到啊陆哥，你也有今天。"

郑徐之是笑得最大声的那个："咱们陆哥的好名声，毁于一个'是个好人'了。"

他笑完撑着下巴，啧啧两声："不过要我说，咱们这位转学生真是太可爱了。"

陆江离端起餐盘："吃完走了。"

郑徐之在他背后道："收个好人卡就高兴了。"

高兴什么。

陆江离一边走，一边无意识地勾了下嘴角。

好人。

行吧，好人也挺好。

二中每周五不用上晚自习，三点半就放学。

所以在上完最后一节课后，教室内气氛陡然欢腾起来。

"终于可以回家了！"

季如常五分钟前还一脸被生活折磨得痛苦不堪的表情，现在已然面目一新："我可以暂时离开这个烦人的地方一段时间，回到我温暖又可爱的小床了。"

章音半开玩笑地说："和我住很不满意？"

"那没有。"

季如常说："但学校和家肯定是两种感觉。比如回家，我至少不用自己手洗衣服了。"

她搓了搓顾菁的脸："真羡慕我们菁妹，每天都能回家。"

一周下来她们渐渐混熟了，已经改口"菁妹""菁妹"地叫。

顾菁以前没被这么叫过，一时觉得这个称呼非常可爱，也就很满意地接受了。

"我也一样啊。"

顾菁解释说："我在这儿是租的房，每周末也得回家。"

"原来也是可怜的漂泊游子。"季如常又揉揉顾菁的脑袋，"行，那我们就各回各家，各找各妈。"

另一边，郑徐之过来问陆江离："陆哥，你这周回不回去啊？"

"不知道。"

陆江离低头玩着手机，顺口说："应该回吧，待在这儿也没事。"

"好嘞！那我能蹭你家车不？我实在不想挤地铁了！"

陆江离点了下头："随便。"

"……你们这周都不回来啊？"

顾菁立刻补充道："没事没事，没有要你们一定回来的意思。我就是想如果你们不回来的话，我这周也先不回去了。下周再见？"

"……好，知道了，会好好照顾自己的。"

顾菁结束通话，在树荫底下伸了个懒腰。

阳光透过树叶缝隙落在她脸上，带着一点自由自在的惬意。

比起同龄人，她恋家的程度并不高，两个小时的车程，回去还见不到父母，确实没什么太大必要。

加上在这住得也挺舒服的，不来回折腾也挺好。

顾菁边走边考虑晚上要叫什么外卖，在走到住宅区门口的时候，看到前面停了辆颜色很特别的玛莎拉蒂。

这世界上还有人和她哥的审美一样特别。

她正这么心里嘀咕着，随后就看到一个熟悉的脑袋从那辆车里钻了出来。

那好像就是她哥。

顾菁快步走过去，仰头问："你来干什么？"

顾蓬说："慰问一下你。"

顾菁扯了扯嘴角："我今天心情不错，别逼我在大马路上揍你。"

顾蓬笑了下，揉了揉顾菁的脑袋，才说："爸妈说你这周不回家？"

"嗯。"

顾菁说："不想浪费来回的时间了。"

"就知道你在家待不住，所以看我给你送什么来了。"

顾蓬打开车后门，一只土黄色大型犬从里面跳了出来，对着顾菁汪汪几下，直往她腿上扑腾。

顾菁的眼睛顿时亮起来，她立刻蹲下来："'哥哥'，来，妈咪抱抱。"

即便听了无数次这个称呼，顾蓬还是会忍不住蹙眉："你确定不给它换个名儿？"

顾菁说："当然不了！"

这只土狗来她家的时候还没长开，而且对人很凶，于是当时的她灵感一现道："长这么难看，和我哥一样，就叫你'哥哥'吧。"

顾蓬当然不愿意，给这只狗取了无数其他的名字，但无奈这只傻狗偏偏只对"哥哥"两个字有反应。

抗争失败后，这个名字竟然就被定了下来，一直叫到了现在。

顾菁蹭了蹭土狗的脸蛋，说："而且，以我们'哥哥'现在的形象，是你占它便宜了，你就偷着乐吧。"

土狗愉快地甩了甩尾巴，像是赞同："汪汪！"

顾蓬觉得，当年没阻止父母要二胎是他人生最大的错误之一。

他面无表情地坐进车，说："反正给你送来了，我一会儿还有事儿，周日晚上再来接它。"

陆江离刚和父母打完电话，想回去收拾东西的时候，看到顾菁在小区门口遛一只大型犬。

"你家的狗？"

"啊，对。"

顾菁看了眼来人，答道："我家人送过来的，让我陪它玩两天。"

她挠了挠狗下巴，抬眼问陆江离说："我们的租房协议里应该没有禁止养宠物这条吧？"

"没有。"

陆江离蹲下来，撸了一把这只土狗："咬人吗？"

顾菁说："不咬，超级乖的。"

狗子面对生人不太习惯，情绪上来，动得很肆意。

陆江离挑了下眉，手里用了点劲。

狗子低声闷吼了两下。

陆江离轻笑一声，刚想问顾菁"这就是你嘴里的超级乖"，却见她拽住手里的绳子，随后轻轻叫了一声："'哥哥'，别闹。"

少女声音轻灵，并没有撒娇的意味，却非常好听。

陆江离眼皮跳了一下，手指跟着无意识地僵了片刻。

好半晌，他才开口，假装淡定道："你刚刚叫我什么？"

顾菁反应了好几秒，随后带着歉意说："抱歉，我刚刚是在叫我的狗。"

陆江离安静了许久，才终于道："你给你的狗取名叫'哥哥'？"

顾菁说："很特别吧？"

那确实挺特别的。

陆江离问："有什么来由吗？"

"也没什么特别的来由，就是用来气我哥的。"因为和狗子在一起，顾菁放松了不少，话也变密了，"我哥一听到我管狗叫'哥哥'就气得不轻，他越气我越要叫，结果后来真的慢慢叫习惯了。"

狗子听到自己的名字，原地"汪汪"叫了两声，仰着头看向顾菁的方向疯狂摇尾巴。

陆江离笑了下，又撸了两把狗，忽然像想起来什么似的，说："这就是你头像那只狗吧？"

顾菁点了下头："是啊。"

陆江离回想起自己当时看到的那个头像。

照片上的狗灰扑扑的，正对着镜头龇牙咧嘴，一副生人勿近凶巴巴的样子。

而眼前的狗虽然是普通的中华田园犬，却被养得膘肥体壮，毛色鲜亮，已经看不出半点当初的痕迹。

简直是天差地别。

原来是它。

这就可以解释顾菁为什么会用那样一个头像了。

陆江离说：“变化真大，第一次见你头像的时候差点吓了一跳。”

大概是他们聊的这一会儿，顾菁下意识地已经把陆江离划分到熟人的领域。

本着她自己吐槽狗可以，别人不行的心态，顾菁很顺嘴地怼了回去：“我看没我第一次见到你时吓人。”

陆江离侧头看她，眼皮一掀：“什么？”

顾菁有点懊悔，她刚才好像一不留神说了什么不得了的话。

她张了张嘴，想补充一下，却见陆江离眉毛一挑道：“也是，确实没我吓人。”

这……

怎么，还挺骄傲？

顾菁转过头，不搭理他了。

“怎么想到养它的？”

陆江离又问。

顾菁说：“本来没有养宠物的打算，是它自己跑来的，看着可怜就养了。”

陆江离心里对顾菁又了解了两分。

一个遭受过不公平待遇，却依旧柔软善良，连流浪狗都细心关爱的女孩子。

顾菁站起身来，准备继续遛狗。

因为陆江离在，而且他看起来也挺喜欢狗的，所以她想了想问了一句：“一起遛会儿？”

“行。”

陆江离又像是突然想起什么似的：“你今天不回去？”

“嗯。”

顾菁说：“我爸妈这周不回家，我回去也没事儿做，这不是有‘哥哥’陪我嘛。”

她叫“哥哥”的时候眼睛看着陆江离，语气很轻快。

饶是陆江离已经知道叫的不是自己，还是不由得颤了下心脏。

顾菁见他发呆，又问：“你是不是急着回去？”

“没。”

陆江离双手插进口袋，表情淡定道：“我这周也不回家。”

顾菁刚搬来一周，还没完整地逛过住宅区。

借着遛狗的机会，她终于把小区的东南西北各个区域都跑了跑。

陆江离跟在她身边，口袋里手机振动两下。

他点开看了一眼。

郑徐之：陆哥，你家车什么时候到？六点？那咱要不趁这会儿先出去撮一顿？

陆江离看了一眼顾菁，随后慢悠悠地打字：我这周有事不回去了，刚让司机别来接。

郑徐之：什么？？？

郑徐之：？？？陆哥！！！

陆江离"咔嗒"一下，没等郑徐之继续发来更多消息先锁屏了。

他们这地处南方，九月入秋了天气还热着。

午后阳光很好，从树叶缝隙间细细碎碎地落下来，洒满了整条林荫道。

住宅区内很安静，除了脚踩在落叶上的细碎声和狗时不时的叫唤声，再没有其他的声音。

陆江离觉得自己的心情也跟着好起来了。

这只狗不怎么吵，就是一个劲儿地爱往前跑，顾菁需要三番五次地收绳子把它往回拉。

陆江离看她遛得有点累，就问："我能遛会儿吗？"

顾菁思考了一下："可以是可以。但它性格比较……活泼，有的时候你可能会拉不住。"

陆江离看了一眼。

狗子虽然奔腾得很快乐，但从来没跑出过顾菁的掌控。

一个小姑娘都能牵住，他怎么可能牵不住。

陆江离伸手道："我试试。"

顾菁把绳子递过去，叮嘱道："拉紧。"

她抽出手的一刹那，指尖很快地蹭过陆江离的手背，带着一点点微凉。

陆江离眼皮不受控制地一跳。

下一秒，他一个没反应过来，差点被狗带出去跑了二十来米。

毕竟是只大型犬，体重几十斤，陆江离只看顾菁能牵住，完全低估了它的力气究竟有多大。

半分钟后。

陆江离费了点劲，终于把狗拽了回来。

牵是能牵住，但没想过这么难牵。

他松了一口气，转头看了一眼顾菁，对上她的视线，从她的目光里读出了几个大字——你就这么点力气？

陆江离觉得自己这辈子都没这么丢脸过。

"抱歉。"顾菁面上还真带了点不好意思，"它换人牵会很不适应，可能吓到你了。"

她怎么忘了，这狗她哥都时常牵不住。

早知道就不这么贸然给陆江离牵了。

"没吓到。"

陆江离顿了一下，还是忍不住问："你平时都能牵住吗？"

他的目光在狗和顾菁之间来回移动，最终落在顾菁细白修长的手腕上，想说怎么可能。

顾菁面色平静地将手背在身后，装作若无其事道："可能养久了，它习惯我牵了吧。"

陆江离觉得这个理由还算合理。

不是他力气小。

是这狗对换了主人不习惯。

等它习惯习惯就好了。

整个住宅区挺大，他们走了一圈花了半个小时。

最后顾菁走出小区，在门口的便利店前停住，问："能帮我看下狗吗？"

陆江离遛狗已经遛得得心应手，点了下头。

等顾菁一进去，狗子就不安分地乱动起来，朝着便利店的玻璃门直扑腾两下。

陆江离冷着脸把它拉回来："坐好。"

狗对他磨了磨牙。

他也对狗磨了磨牙。

陆江离凶起来的时候看上去颇为不好惹，这狗也不是什么吃素的，一人一狗在便利店外对峙的样子堪称诡异。

路过的人看到这一景象，吓得立刻收回往便利店的脚步。

下一秒，便利店的门打开。

陆江离和狗的表情同时松了一下，转头朝着小姑娘看去。

路人感慨道，怎么有种这姑娘养了两只大型犬的错觉？

陆江离和顾菁坐在便利店外树荫下的长凳上。

顾菁刚刚进去买了两个甜筒，和陆江离一人一个，这会儿她拿着自己的那个逗狗玩："你也想吃啊？"

她故意拿着甜筒在它面前晃一下，随后摇摇手指："不行哦。"

陆江离看着她和狗互动，嘴角无意识地勾了一下。

他总觉得，也许这才是顾菁原本的性格。

只是曾经被人欺负过，硬是将她打压成了那副小心谨慎的样子。

陆江离问："你和它说话，它能听得懂吗？"

"当然啦。"

顾菁笑眯眯地看着狗，声音柔软地问："'哥哥'，喜不喜欢我呀？"

狗子很快乐地"汪"了一声。

陆江离咽下一口冰激凌，冰得他中枢神经和心脏脉络都为之一颤。

像是少女毫无自觉的撩拨，穿透闷热的空气，进入了他的心里。

"真能听懂？"

陆江离轻笑一声，学着顾菁问："那你喜欢我吗？"

狗子立刻往顾菁身后躲了一下，连个眼神都懒得分给他。

陆江离觉得，他很明显地被嫌弃了。

这个周末顾菁过得挺舒服。

写写作业撸撸狗，无丝竹之乱耳，无案牍之劳形。

而等她周一回到学校的时候，才隐约觉得好像有什么不对。

从她进教室开始，每个人落在她身上的目光都带着欲言又止的好奇。

顾菁心里顿时"咯噔"一声。

完了。

看来她以前的事情果然还是传到这个学校了。

顾菁走到自己座位前放下书包，就听到季如常拿笔盒当惊堂木，用力一拍说："顾菁，还不快从实招来！"

顾菁眨了眨眼，试探着问："请问大人，民女所犯何事？"

季如常指关节敲敲桌子："来人，上照片！"

章音眼疾手快地从课桌里掏出一个手机，竖起课本后藏着给顾菁看。

那是一张照片。

照片拍得很模糊，但能看出两个穿着校服的人正并肩坐在便利店前的长凳上吃甜筒。

可这和她有什么关系？

顾菁刚想问，再定睛一看。

照片里的主角是她和陆江离。

顾菁："……"

谁拍的？

季如常相当入戏："眼下人证物证俱在，你还有什么可说的。"

顾菁问："请问人证在……"

季如常指了指远处。

郑徐之正在和其他人说书式地描绘全过程："今天咱们讲的这一卷啊，就叫陆江离重色轻友负兄弟，郑徐之卧薪尝胆取罪证……"

顾菁现在知道是谁拍的了。

她立刻表示："我可以解释。"

顾菁说着点了点那张照片，放大，指着照片边角的一只棕黄色身影："看到了吗？这狗，我家的。"

她半真半假地说道："这事儿是这样的。我当时去遛狗，然后碰巧撞见了我同桌。当时我想买个甜筒，就让他帮我看会儿狗。但帮忙总得有报酬吧，所以我就给他也买了个甜筒。"

"三段式"，简洁明了地交代完起因、经过、结果。

"嗯。"

季如常沉吟片刻，然后说："元芳，你怎么看？"

章音已经迅速把手机收了起来，冷静判断道："两人一狗，你不觉得这个氛围更不对吗？"

顾菁："啊？"

"元芳言之有理。"季如常说,"这陆江离是何等人物,竟然能乖乖帮你看狗,足见你们关系不一般!"

顾菁懊恼一声,捂住耳朵,趴在季如常桌上很熟练地装可怜:"我不是,我没有。如果你们真想知道就去问陆江离本人——"

耳边忽然传来"咚"的一声。

她侧头,见陆江离在她身边放下书包,扬了下眉问:"问我什么?"

陆江离一副饶有兴致的表情看着她："又好奇我什么？"

顾菁沉默片刻，忧郁地望了眼这位罪魁祸首，问："你不在咱们班级群里吗？"

陆江离拧了下眉："什么班级群？"

他很早就把所有的班级群全部屏蔽掉了，没人艾特（网络语言，字符 @ 的音译）他，他也看不到。

顾菁叹了口气说："那你看一下就懂了。"

顿了顿，她又补充道："做好心理准备。"

这话说得颇有点骇人。

陆江离拿手机的时候还迟疑了片刻，生怕这事儿和顾菁有关，是她不愿意提的黑历史里的其中一环。

而等他把班级"999+"的消息拉到最顶上，看完照片后，目光迅速剜向在教室另一边的郑徐之。

郑徐之这会儿正眉飞色舞地说到他被陆江离冷漠无情的口吻放了鸽子的剧情，蓦地觉得后颈一凉。

早自习铃声打响。

郑徐之迅速闪回自己座位，用课本挡住陆江离射来的视线。

每周一的早自习都是升旗仪式。

因为今天外面下雨，所以改成了室内广播的形式。

陆江离把手机收起来，又看了一眼趴在桌上郁郁寡欢的顾菁，说："生气了？"

"嗯？"

顾菁脑袋搁在手背上："也不是。就是有种被误解了的感觉。难道你不在意吗？"

陆江离确实不怎么在意。

他本身就不太在乎别人怎么议论他。

加上他非常清楚郑徐之就是这个性格，不仅八卦他，也八卦其他人，班里同学都清楚，开玩笑闹一阵就过去了。

但他看着顾菁的表情，骤然像是明白了什么。

陆江离并不知道她的过去发生了什么，但如果曾经发生过类似的事情，她心中抵触也很正常。

他默默收回视线，点了下头说："我知道了。"

于是郑徐之当天午休时就被陆江离收拾了一顿。

郑徐之疼得龇牙咧嘴："怎么了陆哥，你敢做不敢当啊？而且这事儿说白了还得怪你自己。

"要不是当天你和我说周末不回去了，你可怜的兄弟我也不至于坐公交车转地铁再转公交车，这个中凄楚岂是你能——"

陆江离"啧"了一声："说重点。"

"就是我等公交车的时候在车站拍到了嘛。"

郑徐之理直气壮道："你说你放我鸽子，却和同学吃冰激凌，这我能忍住不拍吗？要不是当时公交车来了，我就直接上去找你了。"

当然，说实话，就算公交车没来，他也不会没眼力见地上去和陆江离打招呼。

郑徐之继续抨击道："我说你真是残忍，把我甩了就为了留下来和顾菁妹妹吃甜筒，真够可以的。"

"不是因为这个。"

陆江离说："照片给我删了，再去群里辟谣。"

郑徐之"哎哟"了一声，继续说道："你以前不是不介意我们胡说八道的吗，这次怎么不一样了？"

"废什么话？"

他自己是不介意，但有人介意。

陆江离眯了下眼："辟不辟谣？"

"这你要我怎么辟谣，总不能说图是我P（P图，网络语言，指电子图层处理手段）的吧？"

陆江离没什么表情地看了他一眼："你要是不想办法，我一会儿就把老李拉进群，让他看看你们每天在群里聊什么。"

"……"

有你的，够狠。

这招一出，郑徐之只能愁苦着一张脸回去思考要怎么辟谣。

等郑徐之走后，陆江离又翻开了班级群。

平心而论，这张照片拍得其实不算好，对焦模糊，只能勉强认出是他们两个人。

但阳光从树叶缝隙落在他们的背后，周围的路人来来往往，车水马龙，只有他们坐在长凳上。

顾菁的马尾辫垂在脑后，手里握着甜筒笑眯眯的样子，像是握住了夏天的尾巴。

陆江离的指尖在那张照片上停留良久后，最终按了保存原图。

开学第一周本来该有节班会课，结果那节班会课被学校组织全体学生去听开学动员会，所以这周才算是迎来了他们班第一次正儿八经的班会。

在顾菁以往的认知里，班会课就是由班主任展开对他们的批评教育。然而在铃声打过后，她正准备抽出作业写的时候，却见班长和团支书上了讲台。

她俩开了电脑，然后点击鼠标，"咔嗒"一声。

投影仪将PPT投上了幕布。

周围的同学也迅速地将窗帘放了下来。

顾菁茫然片刻，随后侧头问："这节不是班会课吗？"

"嗯？"

陆江离习以为常，已经准备找个舒服的姿势睡觉，闻言点了下头："对啊。"

顾菁蹙眉："班会课难道不是——"

她话没说完，PPT跳出花体字"开学主题班会"。

李建明走进班级，看了一眼布景，满意地点头道："都准备好了是吧？好，那咱们就开始吧。"

四班每周的班会课都是由同学们自行负责的主题班会。

往常主题班会也就是聊聊天玩玩游戏之类的。

但这次不一样。

这次李建明给班干部们明确地提了个要求，"明面上是庆贺开学，实际则是为了欢迎转学生顾菁加入四班"，所有的活动都要围绕着这个进行。

毕竟顾菁转学来一周，和大部分同学还不算熟。

许多人对她的印象还停留在——那个从一中转学过来、期初考考了个断层分数、恐怖如斯的学霸。

李建明想用这个主题班会，帮助顾菁尽快地融入班级。

为此，他还特地搜索了一大堆互联网资料。

《如何帮助新同学融入新集体》《对待新同学怎么表达善意》《怎样举办一个温暖人心的团建活动》……

当然，李建明希望在顾菁没察觉出来的情况下慢慢铺垫，最后再给她一个惊喜。

无论她以前经历过什么，那都过去了。

李建明搞这次班会，就是要让她感觉到，他们四班和她以前的班级不一样，四班是一个温暖的大家庭，她可以安心地在这里过完她的十七岁、十八岁。

主题班会由班长先行发言，主要还是新学期新气象这些话。

发言最后，班长说："那接下来我们就进入游戏环节了。"

她按动 PPT，往下翻了一页，神神秘秘地说："顺便一提，这是我们李老师贡献出来的游戏环节。"

PPT 上闪现出一行字。

"表扬与自我表扬"。

顾菁不解。

这是什么游戏。

她以前只听说过批评与自我批评。

"关于这个游戏，我来说两句啊。

"在我上大学那会儿啊，我们团建，每个月都要来一轮批评和自我批评，检讨得非常深刻。"

李建明说："但放在我们班，我觉得这就不适合了。我认为我们每个同学，都非常优秀，有什么需要批评的呢？

/ 059

"所以我改了改，把它作为一个表扬的游戏，希望你们挖掘出朝夕相处这么久的同学身上的优点。

"来，别害羞，一个个轮流来啊。"

他面带微笑，敲了敲第一排同学的桌子："'开火车'，从你这儿开始，说出你同桌的优点。"

顾菁真好奇是什么样的脑回路才能想出这样一个游戏。

李建明组织这个游戏的目的其实不是让同学之间互相吹捧，而是让顾菁听到"看，我们班同学有这么多优点"。

然而实际上——

顾菁撑着脑袋问陆江离："你们以前班会课也玩这样的游戏？"

"不玩。"陆江离客观评价。

顾菁点了下头，目光同情道："那还真是辛苦你们了。"

按顺序挨个轮过来说。

在顾菁说完季如常的优点是热情活泼的时候，就轮到陆江离点评她的优点了。

李建明对此充满期待。

这次班会的目的就是为了欢迎顾菁。

在所有人的注目之下，陆江离想了一会儿。

顾菁的优点？

他在心里嗤笑这个游戏，他们才认识没多久，他能想出什么顾菁的优点来。

但仔细一想，才发现，他明明发现过她很多优点。

善良的一面，柔软的一面，倔强的一面，还有在遭受过痛苦后依旧努力克服阴影，积极地面对人生的那面。

所以他考虑之后说："勇敢坚强。"

全班霎时寂静了一瞬。

当然，勇敢坚强确实是优点。

但你是怎么从她身上看出来的？咱们乖巧可爱的顾菁同学和这四个字沾边吗？

李建明也跟着皱眉。

唯有顾菁本人愣了一下。

不得不说，这个评价非常贴切。

揍人——勇敢。

揍完人还不怕——坚强。

陆江离虽然和她认识没多久，却能够透过现象看本质。

她带着点惊讶望过去，脸上明显写着，你怎么知道的？

而陆江离看着她的表情，进一步确定了自己的判断。

果然。

和他猜得一模一样。

班会一共进行了好几个游戏环节。

不过运气比较好的是，剩下几个游戏几乎都没有轮到顾菁接受惩罚。

等班会活动进行到最后，班长按出了结尾页PPT。

顾菁松了一口气。

终于进入了收尾环节。

然而下一秒，屏幕一黑，随即突然跳出来一个视频。

接着，一群人出现在屏幕上。

季如常站在最前面，做了个行礼的姿势，笑眯眯地说："今天我们大家之所以聚集在这里，是为我们新转学来的好朋友——顾菁，庆祝她的到来！"

她身后的人噼里啪啦地鼓起掌来。

顾菁狠狠被吓了一跳。

"所以，我们要对我们的新同学，献上我们班的班歌，表示我们的欢迎。"

她打了个响指，音乐响起。

班长带头唱起第一句："四班大门常打开，开放怀抱等你——"

还是用《北京欢迎你》的调改的。

顾菁瞬间被尴尬得头发都立起来了。

她坐在自己座位上，觉得每一秒都如坐针毡。

在视频播放到一半，集体合唱起副歌"四班欢迎你"的时候，消失了好一会儿的李建明突然出现在门口。

他非常突兀地给自己装扮上了白色胡子和红帽子，举着一小份蛋糕慢慢靠近顾菁的座位。

季如常笑得岔气："老李，这是你上次圣诞节没用完的道具吧？"

"去去去，别打岔。形式不重要，重要的是内容。"

李建明递上了一小块芝士蛋糕："顾菁同学，欢迎你加入我们四班，这是迟到了一周的欢迎礼物，别介意。"

全班同学跟着欢呼鼓掌起来。

顾菁适才起了一身的鸡皮疙瘩，忽然慢慢、慢慢地消解下去了。

她抬头看了一眼周围，发现所有人都在欢呼着、庆贺着、起哄着，半点没有尴尬的意思。

就连陆江离也是撑着下巴，嘴角带着笑意看向她。

在他们的眼里，这像是稀松平常的、每天、每周甚至每年都可能会发生在他们班里的场景。

但顾菁以前高中的班会课从来不是这样的。

以前，班会课的一半时间会被任课老师占去。

另一半时间，则留给班主任批评他们最近的状态。

周测、月考、期中考、联考，每一次考试后几乎都会有个反思大会，我们的年级排名多少，哪个同学进步了，哪个同学退步了，每一个人的成绩都会被公开展示。

即便他们班拿到了第一，也会被说不能骄傲，你们还有很大的进步空间。

学生要做好学生的本分，老师也要做好老师的本分，各司其职，不可跨越。

所以顾菁从来没有想过，原来这个世界上，真的有高中生的班会课是用来玩儿的啊。

顾菁对着那块芝士蛋糕，一瞬间有许多复杂的情绪涌上来。

小小的芝士蛋糕。

花里胡哨的PPT。

笑声不断的团建游戏。

尴尬得让人头皮发麻但回忆起来也许名为"青春"的迎新MV。

这一切都是她作为一个普通高中生本应拥有，却从来不曾见过的世界。

"——我还以为你会哭呢。"

班会结束，季如常有点懊恼道："毕竟我们排练这么辛苦，没想到竟然没骗到你的眼泪。"

她的表情很认真，像是真的觉得自己拍出来的MV感人肺腑，催人泪下。

"呃……"

顾菁光是回想就又起了一身鸡皮疙瘩，她又起一块蛋糕慢吞吞道："那还真是不好意思了。"

其实她倒也想给点面子，能掉点眼泪最好。

可惜那个 MV 一直滚动播放，夹杂着不知道谁跑调的歌声，让她实在想掉泪也掉不出来。

她边吃边问道："我还想问你呢，你一早就知道今天有这么一出？"

"知道啊。提前一周就给我们布置任务了。"季如常点了下头，"这就是老李的风格，或者说，仪式感。如果他没有给你折腾一个什么欢迎仪式，那我才会为此感到奇怪。"

她依旧不死心，带着最后一点期待问："但你真的不感动吗？一点点都没有吗？"

章音冷静地吐槽："就你们那个 MV 的质量，没尴尬到我们菁妹就不错了好吧。"

季如常表情瞬间受伤："真的吗？"

顾菁笑起来，拿起叉子，喂了一小块蛋糕给季如常，哄小孩似的："好啦，感动。"

"我就说嘛！"

季如常瞬间转好，问："下节课是什么？"

章音看了眼笔盒里的课表："体育。"

季如常闻言哀号一声："谁要这个天气上体育课啊！"

对于高中生来说，体育课是一天内能短暂地逃离课业压力的四十分钟，罕见而珍贵。

但也有前提——不能是大热天。

虽然已经九月中旬，但南方这边的气温仍居高不下，慢跑两圈结束后大部分人都已经是一层薄汗在身。

体育老师夹了块计分板，在他们跑完两圈后才不紧不慢地出现。

点完名后，他说："今天女生测仰卧起坐，男生引体向上。女生先测，男生自由活动二十分钟。体育委员，叫几个人去搬垫子来，你们自己组好队。"

男生立刻散开，纷纷冲向小卖部。

而女生则开始选自己仰卧起坐的搭档。

仰卧起坐需要两两搭配。

而在第一年的时候，大部分人早就已经选好了自己的搭档。

班级里的女生是单数，顾菁几乎是下意识就反应过来自己会是落单的。

她立刻举手道："老师。"

"嗯？"

顾菁说："我是这学期转学过来的，没人能组队。"

"哦，转学生。"体育老师看了眼点名板，想起来了，"你们四班是有个新来的，我记得。"

"那没事，我叫个男生。"

他一眼就看到男生散开后走得最慢的那个："那个谁，陆江离是吧，过来。"

顾菁："啊……"

体育老师没意识到有什么问题，把人叫来后说："来帮她压个腿。"

陆江离本来想一口拒绝，但看到孤零零站在那儿的是顾菁后，话出口前顿时拐了个弯儿："行吧。"

垫子搬来后，顾菁选了张最角落的躺下。

陆江离在她面前半蹲下，目光扫过顾菁，拧了下眉。

男生的体测项目里是没有仰卧起坐的，所以他想了一会儿要怎么帮人压腿。

他在心里"啧"了一声，看了眼周围女生们的姿势想参考，又挨个比对他和顾菁的关系。

怎么压怎么感觉不对。

顾菁也很犯难。

她不是很能控制自己的条件反射，而且陆江离和她又不算熟悉，所以特别怕自己忍不住，一脚就把陆江离给踹出去。

体育老师正准备吹响哨子，看了一眼别别扭扭的顾菁和陆江离，拧眉道："你们俩干吗呢？磨磨蹭蹭的，快点。全班都等你们呢。"

陆江离低声问顾菁："我压了？"

"……压吧。"

压力从鞋背上传来。

顾菁背脊僵了一下。

那个平时在外面气场强大，让人见了都要犯怵的陆江离，这会儿半蹲在她面前，没什么表情地用一只手压住了她的鞋子。

无论是动作还是力道都堪称温柔。

还好。

顾菁心里一块石头骤然落了地。

没有想踹人的冲动。

"嘿——"

体育老师吹响了哨子。

一、二、三……

陆江离在心里默数，顺便百无聊赖地观察起顾菁的鞋。

他从前从来没留心过女生的鞋码，这会儿才发现她脚很小，和他的比起来简直像没长大的小孩子。

这穿的是几码的？

他没什么概念地估计。

三十四，三十五，三十六？

等陆江离意识到自己在想什么的时候，忍不住在心里唾弃自己一声。

哪有算女孩子鞋码的。

陆江离重新把目光移回顾菁身上。

她一共没做几个，动作就变得懒洋洋起来。

她看起来不是体育很好的类型，旁边的女生都唰唰唰好几个，顾菁却像是被按了零点五倍速的慢放键。

"呼——"

又做完一个，顾菁躺在垫子上，不肯起来了，看起来相当乏力。

陆江离提醒她："才十八个。"

顾菁说："不想做了。"

她在体育这方面可以说是懒怠，除了正式的体测时稍微会上点心，平时都是浑水摸鱼。

拿仰卧起坐来说，她一旦做满十五个就开始偷懒。

不及格就不及格吧，这种平时的小测，除了会被体育老师说两句之外，又不算正式分数，她不在乎。

陆江离垂眼笑了一声，说："体力这么差啊？"

"哼……"

顾菁心想你没被我踹出去真是你运气好。

她闷声道："是啊，不行吗？"

哨声再次响起。

一分钟时间到。

顾菁躺在垫子上懒得起来，对陆江离挥挥手："去报吧。"

她的手挥到一半，就被人握住了手腕。

少年的手掌温热，碰到顾菁的时候让她忍不住颤了一下。

陆江离很自然地把她从垫子上拉了起来："你不去怎么知道我报几个？我报少了怎么办？"

"……随便。"

顾菁不太在意地说："你就算报十个也行。"

等轮到陆江离报顾菁成绩的时候，他先问了一句："及格线多少？"

体育老师："二十四。你问这个干吗？"

"没什么。"

陆江离说："顾菁，二十五。"

　

体育场上，哨声再次吹响。

第二组女生们开始做仰卧起坐。

顾菁和陆江离一起趴在旁边栏杆上。

她侧了侧头，弯起眼说："谢谢。"

陆江离扬了下眉："谢什么？"

"让我及格啊。"

"不用谢。"

陆江离说："所有人都会这样的。"

这种无关紧要的体育记录，大家都会留个相对好看的成绩——至少得糊弄到及格线以上，要不然就会有期末被老师抓去重测的风险，没必要。

"所有人？"

顾菁愣了愣，随后望向前方，像是喃喃自语说："哪儿有所有人啊。"

至少她以前就从来没体验过。

"抓紧时间啊——"

体育老师挨个巡逻过去："还有二十秒。"

顾菁看着季如常做得呼哧呼哧大喘气，却还要倔强地扭着身体从垫子上爬起来，忍不住笑了起来。

她忽然觉得转学这件事，是她人生中走得相当正确的一步。

会费着劲儿给她准备所谓欢迎仪式的班主任。

友善且充满喜剧人色彩的同学。

就连最开始觉得会和她维持敌对状态的陆江离都格外顺眼。

顾菁望着前方。

天气晴朗，日光正好。

她无比确信，她人生中最好的十七岁正徐徐展开。

二中的生活，顾菁适应得非常快。

她表面上是个好学生，实际上这么久了，她自己演得也有点累。

她其实骨子里是相当野而跳脱的性格，在一中的时候被压得死气沉沉无法放纵，等来了这里突然有种如鱼得水、得天独厚的适应感，仿佛她本来就该是这里的人。

所以次日晚自习，她就开始实践自己的计划。

陆江离写完物理作业，侧头看了一眼，突然顿了一下。

他发现顾菁的校服袖子里绵延出一根白色的耳机线，被她藏在手腕内侧，而她撑着脸，将耳机线送进了她的耳朵中。

她卡的视角很好，一般老师从前面过来绝对不会看见。

陆江离有点意外地扬眉，拿笔轻轻戳了戳她的练习册。

顾菁转头看他。

陆江离压低声音问："在听什么？"

顾菁："嗯？"

她把耳机很小心地一抠，摘下来问："什么？"

陆江离点了点她的耳朵。

顾菁很警惕地看了一眼当晚守晚自习的老师的方向，确认她忙着批作业没空顾及他们这后才说："听歌。"

她以为陆江离询问的意思是他也想听，于是小心翼翼地从课桌里扒拉出另一条线，从课桌下递给他："你别被发现了。"

陆江离本来只是想顺口问一下。

然而这会儿他看着掌心半边白色耳机，忽然无声地笑了一下，学着她的样子把耳机放进耳朵里。

缠绵温柔的歌声瞬间填满了他半边世界。

世界突然变得好安静

只剩心跳的声音

窗外的晚风轻轻吹来。

顾菁专心致志地写着题。

教室的灯光落在她身上，光圈绕过她半边侧脸，最终沿着她的刘海在练习册上投下温柔的影子。

世界仿佛在那一刻真的安静下来。

陆江离听着她放的歌，不自觉地看了她许久。

然而所有人都没注意到，年级主任是什么时候从后门进来的。

他动作雷厉风行，立刻就抓了一个后排打游戏的。

"晚自习竟然玩手机！"

年级主任的声音回荡在教室内："什么风气！什么态度！我要找你们班主任好好谈谈！"

教室内顿时骚动起来。

陆江离还没反应过来的时候，顾菁迅速捅了捅他，把他这边的耳机一收。

年级主任又快步走到前排："前面的！别收！我在外面就看到你了！"

季如常只得苦着脸交出了手机。

屏幕上还残留着"消消乐"最后一步的页面。

顾菁则迅速把耳机塞回桌洞内。

"还有你！藏什么？我都看到了，戴的耳机是吧！"

年级主任走到顾菁面前，敲敲课桌道："给我拿出来！别让我来搜！"

顾菁面露迟疑。

陆江离心下顿生怜惜，觉得这事儿也有他的一半责任，正打算替顾菁认下来时，小姑娘却抢先开口了："老师，对不起。"

她在桌子里摸索半天，拉出一根耳机线，随后顺着这根耳机线，在年级主任的注视下，缓慢地拽出了——一个黑色的小型录音机。

"我不知道晚自习不能听英语听力。"

她把录音机放到了桌子上，垂着眼睛，语气无辜又委屈的样子："我以后

068

不敢了。"

陆江离愣住了。

"对对对。

"您说得对，这我也有责任。

"我回去一定加强对学生的批评教育。

"这当然不可能还给他们了。您放心，到期中考试之前，我都替他们保管着这些东西，让他们好好长个记性。"

数学组办公室内，李建明正在和年级主任认错道歉。

被收了电子设备的几个学生齐刷刷站成一排，竖起耳朵偷听情报。

而顾菁站在离空调风口不远处的地方，一边光明正大地蹭空调一边小声说："我怎么觉得老李的态度比我们还卑微呢。"

"谁说不是呢。"

季如常压低声音道："咱们这年级主任一向严格，除了校长不敢骂谁都敢骂，全学校上下从老师到学生都怕他。上学期，咱们班团购奶茶外卖被发现，也是老李被他痛批了半个小时。"

顾菁觉得，老李带这个班真是辛苦他了。

"没事的。"

季如常怕顾菁担心，以过来人的身份安慰她说："以我对老李的了解，最多就挨会儿骂，然后他就会把东西还给你了。"

顾菁疑惑："不是说考试前都归他保管吗？"

季如常哼了一声："知道什么叫'外交辞令'吗？"

等年级主任一走，李建明把所有人叫到他面前，板着脸说："晚自习擅自带电子设备，知道这是什么性质吗？"

季如常立刻为自己澄清："我不是擅自带的，这周马上出黑板报了，我作为宣传委员是有权利带手机来学校的。"

"哦——宣传委员。"

李建明点了点她手机，道："年级主任特地说了，抓到你的时候咱们宣传委员还在玩'消消乐'呢，怎么，这也是你黑板报里的一环？"

季如常："这……"

"哦，对了，还有这个录音机。"

李建明看向顾菁，语气瞬间温和起来："听年级主任说，抓到一个在晚自习听英语听力的？"

"……是我。"

顾菁举手小声说，表情小心翼翼又可怜兮兮："对不起老师，我下次不会了。"

"怕什么，我又没训你。"李建明立刻安慰她，"你这没事，纯粹是年级主任没事找事不肯承认自己抓错了，还让我仔细检查你的磁带，说什么提防学生假借英语听力的名义实际在听别的。要我说，这种不信任自己学生的事儿，反正我是不会做的！"

顾菁垂着眼，装着很感动的样子点点头，心里却道就算检了也没事儿。

反正她这录音机里放的确实就是盘英语磁带。

"你看看你们，再看看顾菁同学。

"看到差距了吗？有的人晚自习抓紧时间听英语，有的人却抓紧时间打游戏，这就是为什么人家能考年级第一的原因。"

李建明甚至拿顾菁当起正面例子："和她学学！听到没！"

门口忽然传来一声低低的嗤笑。

李建明看过去，看到飞速掠过的半个脑袋，立刻道："干吗呢陆江离？别以为我认不出你。"

陆江离声音懒洋洋的："上厕所。"

"谁准你晚自习出来上厕所的，给我回去！"

李建明说完后把录音机还给顾菁，拍拍她的肩膀："今晚吓到你了吧，快回去休息休息。

"至于其他人，继续留下，给我挨个说清楚为什么带！"

顾菁拿着录音机，从办公室退出来的时候还顺便体贴地把门给带上。

陆江离插着口袋站在门外走廊，见她出来后晃到她身边，打量着她手里的东西："你听的真是这个？"

"当然不是了。"

顾菁很淡定道："我准备了两副耳机，一副连手机，一副连录音机。就算被当场抓包，只要我能顺着其中一副耳机扯出来录音机，老师多半不会自己再搜。"

学校规定不准带电子设备，但从来没人说不准带录音机。

再说了，就算真的不准，谁又能苛责一个带录音机是为了听英语的学生呢？

顾菁语气轻松，甚至带了点狡猾的意味，和传统三好学生的形象大相径庭。

陆江离有点意外地挑了下眉。

顾菁抬眼看了眼陆江离："你来这儿又是干什么？"

"来看看有没有我这个'共犯'能帮得上忙的地方。"

陆江离手插着口袋，瞄她一眼，嘴角翘了下："没想到我们顾菁同学，比我想象中的更聪明。"

顾菁不仅没挨骂，还受了老李的表扬。

但季如常显然就没这么好的运气了，被整整骂了半个小时才回来。

虽然手机确实还给她了，但是付出的代价也不算小。

季如常趴在桌上，低声碎碎念道："老李居然不相信我的话，作为宣传委员，我带个手机找模板难道不是很正常的事情嘛——"

"找模板找到游戏上了。"章音一针见血地点评，"不抓你抓谁？"

顾菁倒是好奇地问："你是宣传委员？"

"是啊。"

季如常说："不然你以为我为什么会在那个迎新 MV 里站'C 位'？"

一提起那个 MV，顾菁顿时又起了一身鸡皮疙瘩。

原来那是季如常的策划，那就可以理解那种诡异而热情的尴尬感是从何而来了。

"你们宣传委员可以带手机上学吗？"

"原则上不行。"

季如常说："但实际上这是约定俗成的。毕竟不能真让人凭空想模板吧，你们以为宣传委员的灵感很好找吗？"

顾菁揶揄她："好找啊，'消消乐'不就是吗。"

"……咱能把这一页揭过去吗？"季如常苦着脸长叹口气，"说起来，下周就要交黑板报了，我还真没想出来这一期的排版和内容呢，看来今晚回去又要熬夜想了。"

顾菁想了想，问："需要我帮忙吗？"

季如常的眼睛瞬间亮起来："真的？当然需要了！"

章音闻言立刻好心提醒道："菁妹，我劝你这事儿还是让季如常自己来，她思维太跳脱，正常人跟不上。"

顾菁却依旧问："这期主题是什么？"

季如常很期待道："就开学季嘛，九月一般都是这个。"

顾菁抽了一张草稿纸出来："我想想。"

她唰唰唰几下，用铅笔把框架搭好，版块分明，甚至还真的把"消消乐"的元素加了进去，填上了各个学科的名字以及公式。

下方是一排齐刷刷的小人，背着书包坐在课桌前，纷飞的卷子和课本是他们"作战"的武器。

不过五分钟，她将草稿画完，转身交给了季如常。

"厉害啊！"

季如常只扫了一眼就惊了惊："我以为你的天赋点顶多点了学习，没想到还点在了美术上啊。"

"知道怎么练的吗？"

顾菁转了转手中的铅笔，说："考场草稿纸上画小人练出来的。无他，惟手熟尔。"

当然，她这点功底和正儿八经的美术生肯定是没法比，充其量也就是自娱自乐。

季如常问："你在你们以前班级负责过黑板报吗？"

"有。"

顾菁很认真地点头："不过通常我提出的策划都被驳回了。"

对于一中的学生来说，学习以外的所有天赋点，只要不能给学习打辅助就统统是无用功。

每个月的黑板报无非就是写写字、描描边框，真要认真画也太耽误时间了，没必要。

顾菁对每期主题都有想法，但每期主题都轮不上她。

这也就是她很期待季如常能让她试试的原因。

"那是你以前班里的人都太没有眼光了。"

季如常当即拍板道："没关系，从明天开始，你就是我季如常的人了！"

顾菁说："大可不必……"

季如常以出黑板报的名义，为顾菁连续两节体育课争取到了不用下楼晒太阳和练体测项目的自由。

她从前几乎是一个人负责整个大方向，顶多叫几个字漂亮的来帮她把空白处的字补上去，现在终于有个人能和自己一块儿出谋划策，她颇有一种"天涯遇知音"的感觉。

况且那还是一个画画很漂亮的知音。

季如常觉得自己幸福得简直要冒泡。

她看着顾菁在黑板上涂上可爱小人，恨不得拿个大喇叭向全世界喊——这才是真正的黑板报。

不过顾菁的设计也有一个问题。

以前季如常设计的排版都是字比画多，能找人一块完成。

现在顾菁的排版画比例显著提高，班级里除了她又没人擅长画画，以至于她加班加点三天，拖到周五放学，还剩下一部分没画完。

"你们先走吧。"

顾菁看着最后一片空白，不忍心拖所有人陪她一块儿加班："我最多还有一个小时就完成了。"

"行，那我们就先走了。"

季如常背上书包，对顾菁说："画完后给我拍张照，让朕验收一下。"

顾菁笑起来，两指并在一起，在眉毛处一扬："收到。"

周五放学早，大部分人都想着快点回家。

所以没过十来分钟，整个教学楼像是空了，世界仿佛只剩下了她一个人。

而顾菁沉浸在自己的世界里，没发现窗外乌云滚滚，一场倾盆大雨即将落下。

轰隆隆两声闷雷响起。

乌云阴沉沉地罩住了整座城市。

"要下雨了。"

"不打了，撤吧。"

陆江离拎上书包，从篮球场跑回教学楼走廊的时候，雨已经下起来了。

这场雨来得突然，陆江离本来想直接冲回家，想起教室里有把公共备用伞，又折返回去。

他跑得飞快，一把推开教室后门冲进去时，就看见顾菁站在椅子上，认真地用粉笔一下一下地铺色。

教室外灰茫茫的雨幕哗啦啦落下，而她就安静地站在那里，仿佛外面的一切都和她无关。

陆江离一个急刹驻足，顾菁听到开门声，像是被吓了一跳，转头对上陆江离的视线，歪了下头："嗯？"

"外面下雨了，我回来拿伞。"

陆江离回神过来，从讲台下面抽出把伞，正想走的时候忽然想起什么，问顾菁道："你带伞了吗？"

顾菁回忆了一下："没有。"

她刚想说没关系，你不用把伞留给我，就见陆江离点了下头，把伞挂在了讲台边："那你还要多久？"

顾菁眨了眨眼："嗯？"

陆江离说："我等你一起走。"

天边闷雷声滚滚。

二中校园被笼罩在一片急雨里。

高二（4）班的班级内。

陆江离坐在自己课桌上，低头发了个消息后，又抬眼看向顾菁的背影。

她骨架小，二中最小号的秋季校服穿在她身上还是有些显大，所以她挽起了点宽松的袖口，露出细白的手腕，继续专心致志地用粉笔铺色。

陆江离往后靠了点，安静地看着她作画。

他向来喜欢那些热闹、刺激、新鲜的活动，觉得绘画这种需要几个小时对着同一个场景的事情简直没劲透顶。

如果这世界上有比画画更无聊的事，那就是看别人画画了。

然而现在，他偏偏就在看顾菁画画。

而且还真的给他看出了点趣味。

顾菁显然不是正儿八经的美术生，画的都是简单小人。

然而她个人风格比较突出，画风随意又飘扬，普通的单色粉笔被她捏在手里都能绽出几分鲜活的跳动感，从她指尖里拉扯出来的每一条色彩都是生动的。

在她眼里，这不是一次应付学校任务的黑板报计划，而是一次属于她自己的自由创作。

创作最能反映出一个人最基本的性格态度。

陆江离看了半晌，确定顾菁原本应当是个活泼明朗，对世间一切都充满意趣想象的女孩子。

她本该是自由的风，不羁的云。

然而想起她遭受的不公平，他心里又是喟叹一声。

"好了。"

不知道自己又在陆江离心里经历了百转千回苦难挫折的顾菁，从椅子上跳下来，拍完照，拍了拍手上的粉笔灰，说："我去洗个手，准备走吧。"

她路过陆江离身边，忽然见他伸手，点了点他自己的脸颊。

顾菁怔了一下。

"你这里，蹭到灰了。"

陆江离轻声提醒。

周五的这个点，学校几乎没人了。

偌大的校园里，只剩下雨水打在伞上的噼里啪啦声。

这把伞不算大，撑两个女孩子绰绰有余，而对于他们来说则有点勉强了。

顾菁边走边想，毕竟她和陆江离的关系比一般同学要熟悉，却还达不到朋友的尺度。

但这场雨和这把伞，却在一个猝不及防的时间，把他们放到了同一个紧密的伞下空间内。

雨势渐大，风也迅猛。

即便举着伞，雨点还是滴滴答答往里溅。

陆江离忽然问："会淋到吗？"

顾菁愣了半秒，随后下意识地摇摇头。

陆江离却垂眼，看到她的鞋面和衣角都被雨水沾湿了。

他伸手，将顾菁往自己这边带了带，用伞以及他自己一米八的个子，替她挡下飘摇着往里吹的风雨。

一时间，顾菁的呼吸都安静了片刻。

陆江离穿的是短袖，这会儿手臂正贴着她薄薄的秋装外套，在潮湿微凉的空气里，带着一点少年的体温传递给她。

她眨了两下眼，自己的心跳声和雨水落在伞面上的声音啪嗒一下合上了拍。

而陆江离一边护着顾菁，一边不由得思考起来。

即使他这么挡着，顾菁肯定还是淋到了点。

也不知道有没有受凉。

他家里好像还剩一点姜——虽然他不会煮姜汤，但这也没什么关系，上网查一查就能搜到，也不是多大的事儿。

他要挑什么时间把姜汤给她送过去呢，她回家肯定先得洗个澡吧，留半个小时，还是一个小时？

这些零零碎碎的想法占满了他的脑袋，以至于他走出校门后，下意识地就想往家的方向走。

"菁菁——"

门口停着的一辆车突然降下车窗。

陆江离身旁的小姑娘忽然动了动，应了一声："周叔。"

她侧头，看向陆江离说："那我先走了。"

先走了。

走了。

陆江离直到这个时候才反应过来，今天是周五。

也是顾菁每周该回自己家的日子。

先前安排的所有计划被打乱，陆江离好几秒后才缓过神来，他说道："我送你过去。"

他将伞往顾菁的方向偏了一偏，送顾菁上了车后，从车窗外垂眼看她："周一见？"

顾菁系好安全带，点了下头，很自然道："周一见。"

车窗缓缓上升。

陆江离撑着伞，在雨幕中看着车子远去，半天后收回视线，一瞬间觉得自己刚才简直像个傻子。

周日晚上。

顾菁打了个哈欠，正在写最后一篇作文的时候，手机振动两声。

她看了一眼，是季如常火急火燎地发来的消息：*江湖救急！上周的数学卷*

子最后一题怎么写！老李查作业了，我还没订正完呢！

和她这种走读生不一样，住宿生在周日晚上也要上晚自习，经常会发生值班老师来班里当场收作业的情况。

顾菁心领神会，立刻给她详细地讲解一遍。

季如常：感谢！菁妹！你是我的神——

季如常：哦对了，你今晚不在不知道，老李在说值周的事儿，怎么这周偏偏轮到我们班。

季如常：这周为了国庆调休得多上一天学就够惨的了，还要多干一天活算什么事儿啊。

值周？

顾菁想了一想。

这个她以前的学校也有，但值周的班级只要在周一负责一下升旗仪式，其他时间基本上就没事儿了。

但季如常既然说到多干一天活，顾菁就留了个心眼，问：你们值周还有任务啊？

季如常：那当然，值周班差不多一半的人都有活儿干。

季如常：主要负责打扫学校什么的，大部分就是走个过场，真要打扫卫生哪轮得上我们啊。

季如常：哦对了，关键还要选一男一女站校门！这个才是最惨的。

季如常：老李开始选人了！但愿不是我！

季如常一边啪啪啪打字过去，一边忍不住在心里腹诽。

站校门岗的早上七点就要到校门口，主要是检查入校同学的仪容仪表，还要和进门的老师打招呼，一直到早自习结束才能回教室。

持续时间长，还要经历风吹日晒，总之是个最没人愿意干的工作。

她正想和顾菁说"放心，你没来晚自习的话，老李怎么随机抽都不会抽到你身上"，就听见教室后面的郑徐之突然站起来："咱们班不是有两个人特别合适吗？"

陆江离是所有人里最晚知道自己明天的值周任务的。

晚上十点，收到郑徐之幸灾乐祸的消息的时候，他立刻就要怼回去一句"我不干"。

然而对方迅速又补充了一句：老李说了，顾菁同学刚转学过来一个月就要负责站校门，很辛苦，你要好好关照顾菁同学。

陆江离的指尖顿时在发送键上方一停。

"……"

怎么偏偏选中他们俩？

陆江离向后一靠，想了一下，如果他明天不去，那就顾菁一个人站在大门口，要是她体质弱站不住的话，连个替她打报告的人都没有。

她那么乖的一个好学生，恐怕真站不住也不会主动提。

陆江离"啧"了一声，删掉那行，又重新打下三个字：知道了。

次日清晨。

当陆江离的几位好友看到他真乖乖站在门口的时候，差点以为自己还在做梦。

只有郑徐之一脸意料之中的表情，戳了戳身边的人，说道："说好的，一百啊。"

"一百就一百，回去给你。"

对方横看竖看，还是有点不相信那是陆江离："就是我怎么也想不到，陆哥能真来站岗，按他往常的性格早就翘了。

"你是不是提前买通他了，用金钱的力量？"

"什么金钱的力量。"郑徐之摇摇头，"我看是顾菁的力量。"

陆江离插着口袋，很不爽地站着。

其实说起来，他们这工作没有什么难度。

说是检查仪容仪表，但其实走读生数量并不多，大部分人也不会真不穿校服就进来，毕竟除他们之外，里面还有一道年级主任的关卡更难过。

就是和罚站军姿似的站着比较费劲而已。

陆江离看了一眼顾菁。

她果然站得很直，表情很乖，一看就是好学生的模样。

"我们要站四十五分钟。"

陆江离靠过去一点，轻声说："你要站不住就去休息，有我在呢。"

他显然始终对顾菁只能做十几个仰卧起坐的事印象深刻，觉得以她弱不禁风的体质，恐怕站个二十分钟都受不住。

顾菁心想，陆江离是不是看不起她？

她立刻站得更直了一点。

陆江离："……"

早自习铃声打完。

运动员入场曲响起，今天是举行升旗仪式的日子。

顾菁手里拿着记名册，翻过一页，问："那接下来进来的是不是就该记迟到了？"

她话音刚落，就有人匆匆朝着大门过来，无视了旁边站着的陆江离和顾菁就要冲进去。

"同学。"

顾菁立刻拦下她："你迟到了，需要登记一下信息。"

"等、等会儿。"

迟到的这位小姑娘是个蘑菇头发型，大概因为跑得急，头发都有点乱了："我现在……不，你们能不能先让我进去，我想去通知老师——"

她跑得有点上气不接下气，语序也有点紊乱。

顾菁蹙眉问："怎么了？"

"……有、有人抢了我的书包。"

"蘑菇头"语气低低的，带着点求情的意味："就在校外那边，能不能让我去和我们老师说一声……"

抢书包。

还是抢女孩子的书包。

顾菁瞬间血液往脑袋上涌。

她立刻问："多少人？"

"蘑菇头"被她吓了一跳，说："三、三个。"

顾菁二话不说，把身上值周的徽章摘了："你带我过去。"

她就要拉着对方出门，手腕却突然被人扣住了。

陆江离拧着眉问："你干吗去？"

"伸张正义啊！"

顾菁气血上涌，什么人设也顾不上了。

她一把甩开陆江离的手，道："你去通知老师，我必须先去看看，再晚可能就抓不到他们了。"

陆江离还没反应过来，顾菁已经带着那小姑娘跑出了十来米。

"他们在哪儿抢的书包？"

"就、就前面不远那条路。"

"蘑菇头"妹妹指完后，忍不住往回拉了拉顾菁的衣角，语气紧张："同学，你确定你要过去？他们好几个人呢，都是男生。"

她打量了下面前的顾菁。

真要说起来，这女孩比她还矮上好几厘米呢，娃娃脸小个子，看着半点战斗力都没有。

她抿了下唇，很担心顾菁只是脑子一热，像影视剧里的女主角一样通过说理征服反派，于是她问道："你不会要和他们谈判吧？"

"谈判？"顾菁轻笑一声，"我哪有这个闲工夫。"

比起用说的，顾菁更喜欢用行动让对方乖乖认错。

顾菁过去的时候，果然那几个混混还没离开。

领头的那个靠着墙，手里拎着一个书包，里面的东西抖落一地，另外的两个一边蹲着翻看地上的东西，一边发出不友善的哄笑声。

"蘑菇头"脸色发白，下意识地往顾菁身后钻。

顾菁握着她的手，感觉她整个人都在轻微发抖。

"哟，知道叫人回来了？"

领头的那个烫了个"锡纸烫"，咬着根烟，看见她们后阴阳怪气地笑了一声："叫人就叫人，叫一个女的过来什么意思，你看不起谁呢？

"这位妹妹，以前没见过你，看样子也是个好学生。我劝你一句别掺和这事儿，我们呢，也就是想让她长个记性，没别的。"

"但你要是掺和进来，那会发生什么，我们可就不清楚了。"

顾菁笑了一下。

她长得乖巧，笑起来的时候也温软和善，然而下一秒说出的话却是带着刺的："长记性？今天是谁给谁长记性还不一定呢。"

"锡纸烫"把烟吐了："你找打是吧？"

顾菁抬了抬下巴："你试试。"

一般来说，顾菁还挺讲究仪式感。

"开战"前总要和对方说两句，对方要愿意道个歉，这事儿就算过去了，对方要不愿意就别怪她动手。

俗称"先礼后兵"。

但今天顾菁实在懒得和他们多说废话。

升旗仪式最多二十分钟，之后就该上课了。

她必须速战速决。

顾菁掰了两下指骨，正准备"开战"的时候，背后忽然响起熟悉的声音："又是你们。"

顾菁正欲上前的脚步骤然一顿。

"高一的时候还没被揍够是不是？"陆江离眯了下眼，嗤笑一声，"半年过去了，还敢主动招惹我们学校的？"

"锡纸烫"原本打算骂一句"你又是谁"，定睛一看，认出来了。

他脸色瞬间一变："陆江离？"

"算了。"他飞快地改口，"今天哥几个还有事儿，就先放过你们。知趣点，否则下次继续找你们。"

他回头，对小弟道："走了。"

不过几秒，人就跑得没影了。

顾菁蒙了一秒，回头看向陆江离："你把人吓跑了？"

"是啊。"

陆江离说："这不就解决了吗？"

顾菁面无表情地想，她本来要让这三个人认输然后赔礼道歉的，现在这样算什么解决。

"大哥，咱就这么走了，太窝囊了吧？"

"锡纸烫"一掌拍在小弟的后脑勺："你笨啊，你刚刚没看到那是谁？陆江离，他打人多狠你不知道？你有几条命够他造的？"

小弟："那咱们不是三个人吗？三打一怎么也该够了。"

"够个啥呀。"

"锡纸烫"显然是想起了高一时候的事情，心有余悸地抖了下："二中谁能惹谁不能惹我心里清楚，犯不着和陆江离对上。

"方然这回应该被收拾得差不多了，她胆子小，不敢再做什么。"

"至于那个小姑娘，嘴这么欠，这次算她走运。"

他冷笑一声道："等下次陆江离不在……有她好看的。"

顾菁和陆江离一起帮着收拾"蘑菇头"的书包。

她不禁腹诽，要不是陆江离横插一刀，她现在应该站着看那三个人收拾东西才对。

顾菁捡起一本封面皱了的笔记本，瞄到了上面娟秀的字迹。

高二（6）班，方然。

陆江离边塞东西边顺口问道："他们为什么抢你书包？"

他语气不算凶，但方然还是被问得吓了一跳，表情无措又迟疑。

顾菁理解地看向她："可以不说。"

被坏人盯上有一百种理由。

但无论是什么理由，都不该是她被这样对待的原因。

所有东西收拾完，顾菁拉上拉链，把书包给方然背好，然后温和道："没事了，我是高二（4）班的顾菁，如果以后还有人欺负你，你就来找我——"

"——找我们。"

陆江离说。

顾菁愣了下，也只能顺着他的话说："嗯，找我们。"

方然之前被欺负的时候都没怎么哭，听到顾菁这句话倒是眼圈红了："谢……谢。"

"走吧。"顾菁拍了拍她，"快上课了。"

他们回去的时候，升旗仪式正进行到各班退场。

顾菁溜进校门的时候感到问心有愧："刚刚保安肯定看到我们出去了。"

"无所谓。"

陆江离淡定地说："只要我们没出事，他就不会往上报的，否则也算他的失职。"

顾菁不太相信地看着他："这么肯定？你试过？"

陆江离："试过。"

顾菁点点头，行吧！

方然的教室和他们不是一栋楼，她指了指自己要去的方向，挥了挥手，在一群从操场回来的学生进楼道后，迅速混入了他们当中。

等她一走，陆江离才终于问：“你刚才怎么想的，真打算一个人去？不知道多危险？”

顾菁后知后觉地想起来自己还有个伪装的人设在身上，只得顺着他的话卖了个乖：“所以我不是让你去叫老师了嘛。我就是想拖延点时间，等你们来了就能处理了。”

“等我把老师叫来，黄花菜都快凉了。”

陆江离语气有点冷：“而且对于他们这帮人来说，找老师没用，反而下次还会变本加厉。”

顾菁问：“你认识他们？”

“不算认识。”

陆江离说：“高一的时候有接触。”

沉默片刻后，他看向顾菁。

顾菁面色平静，就是拳头无意识地攥紧了。

她很难不生气，尽管她知道这样的事情会发生在世界各地每一处，每时每刻或许都有人在遭遇不幸，她根本管不了那么多。

但只要发生在她面前，她就不可能不管。

顾菁正冷着脸思考要不要找个机会打听一下那几个人到底什么来头，突然听到身边人轻声开口：“你不用怕。”

顾菁抬眼，对上陆江离的视线，有一瞬间的茫然。

陆江离忽然理解了顾菁今天为什么要冲出去。

她的共情能力极强，在自己身上发生过的事情，她肯定不希望在别人身上同样发生一次。

所以哪怕前方是火坑，她也会义无反顾地往前闯。

他想，她就是这样的女孩子。

陆江离无声地叹口气，说：“有我在，他们不会再找上你的，放心好了。”

大概是因为要一起值周的原因，顾菁发现陆江离这几天起得很早，然后会在家门口等她出来，再和她一块儿去学校。

顾菁倒是无所谓，反正本来就是同路，刚好也避免了两人到岗时间不一样的问题。

这周为了国庆假期调休，周六多上一天课。

于是好不容易挨到周六下午的时候，所有人的心几乎都放飞出去了。

从下午第二节课开始，课堂纪律就直线下滑，学生们全都在想七天的假期要做什么。

等撑到最后一节自习课时，守自习课的老师为了接孩子提前下班，嘱咐班长帮她盯一下纪律。

班长一向性子软，哪儿管得住班里这群人。

果然，男生们等老师一走，基本都偷摸着下去打篮球了，教室里瞬间空了一大半。

而季如常迅速开始整理东西。

章音问："你这就打算走了？"

"当然。"季如常一边往书包里塞卷子一边说，"放心，这种时候学校不会管的，大家都想着早点下班呢。况且我还得回宿舍收拾东西，七天，七天的东西，我至少得整理半个小时吧。"

她问章音："你走吗？"

"不了。"遵纪守法好学生章音立刻拒绝道，"我要奋斗到打铃。万一老师回来了我还能替你打个掩护。"

她看了一眼前桌认认真真写作业的顾菁说："你看人家菁妹多乖，我要向她学习。"

季如常点了下头，又戳了戳顾菁："走吗？"

顾菁摘下耳机，带着点惊喜："嗯？原来可以提前走吗？"

章音："呃……"

校门果然已经开了，门口人声鼎沸。

一眼望去，成群的家长正在门外等自己的孩子。

顾菁绕开他们，往出租房的方向走。

还好她和司机说晚上到小区接她，要不然门口车都快停不下了。

顾菁刚走出没几步，忽然发现好像被人给跟上了。

她不动声色地往后瞥了一眼，又打量了一下周围的环境。

自己走的是条小路，平时路过的人很少，确实是个堵人的好地方。

只是这条路也不长，她要是跑起来应该完全能跑掉。

如果跑不掉，大喊一声也能叫来路人帮忙。

两种选择摆在她面前。

但顾菁垂了下睫毛，随后选了第三条路。

她缓慢地转身站定，看到来人的时候目光还是温柔的，乖得像只天然无害的小白兔。

傍晚的风徐徐吹过。

顾菁背着双肩包望着眼前的三个人，莞尔一笑："找我吗？"

第四章 / 不要过来

夕阳西下，天边被落日的余晖染成一片橙黄。

小巷里安静异常，还能听到不远处校门口传来的放学后人流的喧闹声。

顾菁站在黄昏的光影里，嘴角一弯，看向来人："有什么事，说吧。"

"挺聪明啊？"

来人正是"锡纸烫"和他那两个小弟。

他们观察顾菁很久了，偏偏二中放学晚，上学她又几乎都是和陆江离一块儿走的，没给他们留半点机会。

今天终于被他们等到她单独出现了。

"锡纸烫"笑了一声，吊儿郎当地说："妹妹，别怪我们事先没警告你，都说了让你别替方然强出头，你自己非要往枪口上撞，那也没办法。"

"就为了这个？"

顾菁语气还是软和的，但不带半点惊慌。

她一边说，一边不动声色地观察着"锡纸烫"和他那两个小弟的位置。

一前两后，"锡纸烫"看起来应该算是他们大哥一类的人物，根据擒贼先擒王的道理，一会儿得先放倒他。

顾菁天生长着一张人畜无害的脸，装起好学生来还真的像那么回事。

"锡纸烫"听她语气轻软而温柔，表情也乖巧，一时有点心痒痒。

"别怕嘛。""锡纸烫"接近她，一脸坏笑，"哥哥也没有恶意，就想来和你交个朋友。"

顾菁退后两步，慢悠悠地放下书包。

她望向来人，放出自己的最后一次警告："我劝你们不要过来——"

陆江离打完篮球回教室，离正式放学还有十分钟，教室里的人却已经走了大半。

他灌了两口矿泉水，正准备收拾东西离开时，一眼瞥见顾菁空荡荡的座位，忽然觉得有点不对。

他往后看了眼，敲了敲章音的桌子："她人呢？"

章音还在写作业，闻言抬头茫然道："谁？"

陆江离没什么表情地吐字："顾菁。"

"走了啊。"

章音说："都有好一会儿了。"

陆江离脸色骤然一变，二话不说，书包都没背就往外冲。

今天不用上晚自习，最后一节课下课就可以回家，顾菁应该是想提前回去整理东西。

陆江离顺着她平时回家的路线摸索过去，走到小巷前，果然听到了顾菁熟悉的声音。

她正细声细语，好脾气地说："我劝你们不要过来——"

那几个混混放声大笑，大有调笑的意味。

陆江离脑袋上血管突突突直跳。

下一秒，他正要冲进去，却见眼前的景象和他想象的完全不一样。

顾菁出手极为迅速。

那"锡纸烫"的手指头还没搭到她肩膀上，顾菁就把人放倒了。

整个过程干脆利落，没超过三秒。

那两个小弟正打算坐看老大调戏漂亮小姑娘，没想到老大直接折了。

他们没多少实战经验，每天跟着"锡纸烫"基本就是撑场子的，根本没想和一个小姑娘动手，人都蒙了。

然而顾菁也根本没给他们反应的时间。

半分钟后。

顾菁居高临下地望着地上的三个人，揉了下手腕。

随后顾菁蹲下来，目光里还带着柔和的关切："没事吧，需不需要我帮忙打个120？"

"锡纸烫"："你——"

"不用啊？"

顾菁站起来，双手合十，表情无辜又诚恳道："那就不怪我了。我就说让你们不要过来了，怎么不听劝呢？"

"锡纸烫"脸都扭曲了："……"

"现在我们能好好谈谈了吗？"顾菁踩着块碎石，慢悠悠地碾碎后问，"方然到底怎么得罪你们了？"

"锡纸烫"刚想伸手抓顾菁一把，被顾菁迅速地闪避过去。

"我建议你最好说实话。"

顾菁骨子里"小恶魔"的本性此刻暴露无遗，在自以为没人看到的小巷里，笑得轻松肆意："我不介意陪你再来一场。"

"锡纸烫"有些不情愿地交代道："其实也不是什么大事儿，就是我……我认的干妹妹看不惯方然，想让我帮她出口气。"

"为什么看不惯？"

"……女孩子间的事情，我怎么好意思问。"

顾菁歪了下头："既然是女孩子间的事情，那你怎么好意思插手？"

"锡纸烫"："……什么？"

他被她的逻辑绕蒙了，半天没接上话来。

"你一个大男人，针对一个小女孩，好意思吗？不过……"

顾菁看着躺在地上的人，扬眉说："你现在觉得不好意思也是有道理的。如果你觉得这次带的人少所以才会输给我，欢迎下次用人海战术围攻我。"

她扬了扬下巴，带着点小得意："我随时奉陪到底。"

顾菁说完后拎起地上的书包，拉平了校服，正打算离开时抬头看了一眼，不偏不倚正对上在巷口不知道站了多久的陆江离的视线。

他抄着手，平静地看着她，眼底的情绪微妙又复杂。

顾菁心想，好了，现在比刚才棘手一百倍的事情来了。

"两杯四季奶青，谢谢。"

学校旁的奶茶店里。

顾菁小心翼翼地推给陆江离一杯，表情乖巧："请你的。"

陆江离没接，只垂眼看着她。

"那个……"沉默很久后，顾菁终于硬着头皮开口说，"你刚刚是不是看到了？"

陆江离点了下头。

"从什么时候？"

陆江离说："从你让他们不要过来的时候。"

"好吧……"

顾菁闭上了眼。

那不就几乎等于围观了全过程。

她苦心经营了一个月的人设，顿时崩塌了。

想到以前在陆江离面前的伪装，顾菁尴尬得头皮发麻，趴在桌子上，脸贴在去冰的奶茶杯上，下意识地看着陆江离，似乎在思索什么。

陆江离对上她的视线，往后靠了靠，说："让我猜猜，你现在在思考怎么灭我口？"

顾菁心想：不瞒你说，还真的想过。

陆江离从没觉得自己看人会看得这么走眼过。

其实仔细想想，之前很多地方都有过蛛丝马迹。

比如她一个人搬得动半人高的书。

比如她牵得住几十斤的大型犬。

又比如在方然求助的时候，她第一反应是带着方然出去找人，半点害怕和犹豫都没有。

但他就是不能把刚刚一个人放倒三个人的顾菁，和他曾经想象中的顾菁联系在一起。

那个他以为的胆小、谨慎、努力让自己从心理阴影里走出来的顾菁，实际上一拳下去能把人揍出几米远。

陆江离觉得有一瞬间，他的世界观经历了崩塌再重建。

沉默良久后，他问："我可以提问吗？"

顾菁点点头："当然。"

"你到底为什么要转学？"

陆江离说："当然，你说过是自愿的，可我想知道导火索是什么。老李说，是因为你之前在一中可能受过欺负，最后才不得已离开，真的吗？"

"啥？"

"老李说的？"她茫然地眨了两下眼，"不该啊，我当时明明和他说实话了。"

陆江离问："你说了什么？"

"就……和今天差不多的情况。"

顾菁说："以前我在我们学校算是个风云人物，但是我一般不主动找人麻烦，不过一有什么事儿，大家也都会第一时间来找我。"

她顿了一下，敛起眼底的一些情绪，让语气显得轻松了点："后来在一次帮人的过程中，不小心惹了点小麻烦。对方在学校内有点话语权，我思来想去不想待着继续受气，所以就主动转学啦。"

陆江离叹了口气。

原来这就是他猜测了许久的心理阴影。

真是好一个"心理阴影"。

"来新学校以后，我爸说我不能再像以前那样了，得装得乖一点。"

顾菁吸了一口奶茶，长出口气接着说："就是这样了。"

陆江离评价她说："那你还演得挺好。"

顾菁笑眯眯道："谢谢。"

陆江离又回想了一下刚刚那一幕："你是学过柔道之类的吗？"

"没有。"

顾菁说："就学了两年跆拳道，其实水平挺业余的。主要是，你知道什么叫'一力降十会'吗？"

陆江离："嗯？"

说起来顾菁还有点不太好意思："我从小力气比一般人大很多。所以别人打架靠技巧，我打架主要……靠力气。"

一般女孩子有天然的身体限制，即使学过两三招，和男生打架也不占优势。

然而顾菁突破了这种限制，她天生拥有对同龄男生绝对压制的力量。

比如顾菁一脚下去，那力度是真的能把人踹飞的。

顾菁把底交了百分之八十，试探着问："那现在你知道了这件事——咱们就是朋友了吧？"

陆江离说："嗯？"

他一时没跟上顾菁这个脑回路，顿了一下问："以前不是吗？"

顾菁"唔"了一声，说："那就是变成了关系更进一步的朋友？"

她这个措辞，让陆江离忍不住就往奇怪的方向想了下。

"既然是好朋友了……"顾菁眨眨眼，眼神放得很软，"那能替我保密吗？毕竟我不想让其他人知道这件事。"

陆江离神情复杂。

半晌后，他轻轻叹了口气，点了下头："可以。"

"谢谢。"

顾菁笑起来，伸出一根小手指："那我们拉钩吧。"

陆江离怔了一下。

他一是有点没想到一个高中生还会用拉钩这样的方式来表示约定，二是没想到自己竟然真的鬼使神差地钩住了顾菁的小指。

她指尖碰到陆江离皮肤的时候，让他忍不住眼皮跳了下。

"好啦，就这么决定了。

"你帮我保密，那从今以后有什么事儿需要帮忙可以告诉我，我一定帮忙。"

顾菁像是以这种幼稚的方式签好了属于她的保密协议，松开手，拿起自己那杯奶茶，潇洒地和他挥了挥手："拜拜陆同学。"

陆江离看着顾菁的背影飞快离去。

半天后，他才捏了捏自己的小拇指，低声笑了一下。

"拜拜。"

"砰"的一声。

郑徐之拉上车门，和前排的司机笑着打了声招呼："谢谢叔。"

他抱着书包坐在后座，调侃般地对陆江离道："今天不用和顾菁妹妹一起了？终于想起我这个被你残忍抛弃的兄弟了？"

陆江离靠在车椅背上，懒洋洋地扫了他一眼："不想坐就给我滚下去。"

"为什么？"

郑徐之和陆江离认识好几年了，一听语气就察觉到他情绪不对劲："不高兴啊？是不是咱们的顾菁妹妹惹你不开心了？"

陆江离白了他一眼。

其实也不是不高兴，但他就是有点意外，还有一点说不出口的落空感。

他把人当小可怜细心保护了一个月。

结果没想到对方是个"大魔王"。

就她揍人那几下的准头，陆江离觉得要是自己和她对上，都未必有百分之百的胜算。

他一下子就没了保护对象，这会儿有种茫然的不自在。

郑徐之追问："到底怎么了？总不能为了咱们放完假就要月考吧，那是你该担心的事儿吗？"

"也没什么。"

陆江离看向窗外，半晌后说："我问你，如果有天你发现有个人和你原来心目中的样子完全不一样，你会有什么感觉？"

"和你想的不一样？"

郑徐之立刻说："是不是你发现，其实咱们顾菁妹妹是个'非主流少女'？"

他"嘶"了一声，似乎在判断自己的接受程度："'甜妹'变'朋克'，那其实好像还挺有趣的。"

"……去你的。"

陆江离顿了一下，想起顾菁说替她保密的约定，又立刻补充道："我没在说她。"

"不是咱顾菁妹妹啊。"

郑徐之放松下来，胡侃道："那得分情况了，主要还得看你自己讨不讨厌这种不一样。"

他说完，瞥见陆江离旁边放了杯奶茶，伸手去拿："你什么时候买的，都快放成常温的了还不开封，不喝给我喝算了。"

陆江离直接从他手上又拿了回来："我没说不喝。"

陆江离望向车窗外，片刻后又弯了下嘴角。

蓝天一碧如洗，澄澈透明，像所有烦扰和担忧都被清扫得干干净净。

顾菁本来对于人设崩塌这件事挺介意的。

尤其还是在陆江离面前。

毕竟她在他面前装了一个月乖巧胆怯的好学生。很多时候顾菁能感觉到，陆江离在下意识地护着她。

如果不是这次意外，她觉得自己能装到毕业也说不定。

没办法了。

顾菁边整理书包边想，谁让陆江离自己走出了"楚门的世界"。

好在就这一个月的观察来看，陆江离是个靠谱的人，至少她不用担心被第三个人知道。

　　她拎上书包踏出门，看向对面正靠着门等她的陆江离，打了个招呼："早。"

　　片刻后，她又觉得哪里有点不对劲，看了一眼手表，问："这周我们不用值周吧？"

　　"嗯。"

　　陆江离说："习惯了。"

　　顾菁本来以为他要说的是习惯了值周，下一秒却听他似笑非笑道："上周，我一直担心你被那三个混混围堵，习惯了上学路上替你保驾护航。

　　"——差点就忘记了，你好像不需要。"

　　乍然又提起这事儿，顾菁再次头皮一麻。

　　陆江离慢悠悠道："不过既然遇到了，那就一起走吧。"

　　"那没关系。"

　　顾菁跟他身后走进电梯，说："如果有一天你需要我保护的话，我也会帮忙的。"

　　陆江离看她一眼。

　　顾菁察言观色完毕，又立刻说："不过我想你应该用不上吧。"

　　十一假期结束后就迎来了月考。

　　这次月考持续三天，连考九门，对所有学生来说都是个不小的压力。

　　最重要的是，学校会根据这一次月考的成绩，以及本人的意愿做出物化生史地政六门的选课安排。

　　最后一门考完是下午四点半，距离六点半开始的晚自习还有两个小时。

　　顾菁她们没去食堂，而是选择了校外的自助烧烤彻底放松一下。

　　"三天，整整三天。"

　　季如常在"刺啦刺啦"的烧烤盘前叹口气："我觉得我都快'考'焦了。"

　　顾菁笑起来，把盘子里的牛肉翻了个面："那我给你翻个面。"

　　"对了，我们这次考完就要选课了吧？"章音问，"你们都想选什么？"

　　"我想选史地政，不过还得等成绩呢，听说如果想选的科目的月考成绩太差的话会被老师劝退。"

　　季如常夹走一块冒着香气的烤五花肉，说："当然，像你们俩这种学霸就不用考虑成绩了，只要按照意愿随便选就行。"

顾菁点了下头，说："我打算选化史生。"

季如常筷子一滑，五花肉"啪叽"一下掉进酱料里："失敬，没想到咱们菁妹原来是个理科生。"

"也不算是。"

顾菁很淡定地说："只是觉得理科相对好拿分，只要做对了我就能保证拿到分。"

至于为什么还要选一门历史，只是相对物理这个"魔鬼科目"来说，还是历史更简单一点。

"果然和你们这种天才没法儿聊。"

季如常唉声叹气地说："你知道我为什么选文科吗？因为这是我唯一能把卷子填满的方法。"

过几天成绩出来，季如常用实践证明，她说的是实话。

她在无论对与不对的情况下，能把文科卷子的每道题都写得满满当当，但对于理科卷，尤其是物理的解答题，她能交半张空白卷上去。

顾菁的发挥则依旧很稳定。

上一次期初考她有提前学过内容的优势，所以考得好不足为奇。

但这一次月考她依旧每门都拿了很漂亮的分数。交选课志愿表的时候，还被李建明特地当众表扬了一番，说她选课就算闭着眼抓阄都行。

确定志愿后一周，高二年级课表大调整，学生从此开始了走班制度。

顾菁运气不错，三门都在自己班里上课。

而陆江离选了物化生三门，上物理课的时候要到隔壁三班去。

离开前，他对着自己书放得有点乱的课桌思考了一会儿——要不要稍微整理一下，想了想又觉得没人敢坐自己的位置，抽出课本就走了。

预备铃打响。

这节课是历史课。

顾菁正忙着低头找月考卷，突然听到旁边怯生生一句："你好，请问你旁边有人吗？"

"没。"

顾菁说完，抬头看了一眼。

眼前的女孩子梳着"蘑菇头"，长得很眼熟。

"方然？"

顾菁愣了一下，随即扬起眉，愉快道："没人，随便坐。"

方然松了口气："谢谢。"

她正想坐下来的时候，被后排的季如常拉了拉衣袖："同学，你确定你要坐这个位置？"

方然茫然地问："怎么了吗？"

"陆江离你听说过没？这就是陆江离的位置。"季如常提醒。

顾菁说："你少吓人家，陆江离哪有这么吓人。"

季如常叹了口气。

也是。

你都和陆江离一块儿遛狗站岗吃甜筒了，当然不觉得吓人了。

但方然果然迟疑了一下。

她虽然没听过陆江离的大名，但她向来谨慎胆小，不敢冒这个险。

"没事。"

顾菁终于找到了自己的月考卷，又抽出两本历史书，一口气丢到了陆江离的桌上。

她很爽快地挪了过去，然后将自己的位置让给了方然："你坐这儿好了。"

"你不要紧吗？"

顾菁很淡定地说："那就让他找我吧。"

下午第二节课，正是困意最足的时候。

这位历史老师说话语速慢，点评最后一道大题时讲了整整二十分钟，从洋务运动讲到戊戌变法又讲到清末新政，顾菁听得眼皮打架，支撑着脑袋就睡着了。

下课铃声响起。

她困得要命，已经全然忘记自己换过位置，趴下就睡着了。

方然收拾完东西准备离开，看她睡得正熟的样子又有点迟疑，于是看向顾菁后座的两位问："要叫醒她吗？"

"当然啊。"季如常一想到那个场景就觉得很恐怖，"万一待会儿陆江离回来了怎么办？"

　　章音很淡定地问："那你想知道陆江离会拿她怎么办吗？"

　　"呃……"

　　好像也是。

　　季如常很佩服自己同桌的"远见卓识"："你说得对。"

　　本着看八卦的心情，季如常让方然先离开了。

　　果然，两分钟后陆江离就从隔壁班回来了。

　　他刚习惯性地想把书甩到自己桌上，就发现自己桌上正趴着个小姑娘。

　　他放书的手顿时一收。

　　顾菁睡得很熟，半点都没察觉。

　　她刚刚嫌睡得不舒服，还顺手从旁边抽了几本书垫着。

　　所以陆江离一垂眼，就能看到她现在枕着的正是自己的化学书，连书边都被她不小心压皱了一些。

　　季如常悄悄地把桌子往后移了一点，提心吊胆地看着陆江离的动作。

　　然而陆江离垂眼看了一会儿，却突然笑了。

　　值日生正在前排擦黑板，粉笔灰尘在阳光里自由浮动。

　　陆江离下意识地用课本替她挡了一下。

　　待粉尘散去后，他也没有叫醒顾菁，安静地在她的位置上坐下。

　　第三节课铃声响起。

　　顾菁被吓了一跳，揉揉眼睛起身，缓了好一会儿，忽然觉得自己的位置有什么不对。

　　她侧头看了一眼，对上陆江离的视线，脑子蒙了一下。

　　"陆江离同学，你好。"

　　陆江离挑了下眉说："我是新来的转学生顾菁，请多指教。"

　　这会儿正式上课铃已经拉响，老师也进了教室。

　　这节课是来不及把座位换回来了。

　　所以顾菁缓了几秒后，干脆点一下头，接了他这句话："顾菁同学你好，欢迎来到高二（4）班。"

　　这节是生物课。

　　在实行走班制后，六门选课的老师几乎都发生过变动。四班之前的生物老师被调去教另一个班了，所以他们换了一个新的生物老师过来。

新老师是个快到退休年龄的小老头，眼镜片厚得和啤酒瓶底一样。

自我介绍完毕，他眯着眼打量一圈，确定这班大部分学生他都不认识后，从课本夹页中抽出一张白纸，放到第一组第一排的同学桌上。

"来，往下传。"

生物老师说："把你们的名字按位置顺序写上去，下次我点名就能知道谁是谁了。"

"其他的同学拿出月考卷，我们来讲评一下这次的试卷。"

顾菁的试卷全放在自己课桌里了。

她转过头，顺着刚刚的话头小声说："顾菁同学，不知道你方不方便帮我找一下我的试卷？"

陆江离撑着脸，懒洋洋地说："你的试卷不就在桌上吗？"

顾菁看了一眼桌子上那张写着陆江离名字的生物卷子，小声嘀咕道："难道你要我给你记笔记吗？"

陆江离本来只是想开个玩笑，在听到这句话后却立刻改变了想法。

他压着声笑了下，说："那就麻烦你了，陆江离同学。"

顾菁说："行吧……"

亏得她生物分数不低，不需要对着改错，只需要有份试卷对照而已。

她无声地叹了口气，拿过陆江离的试卷，按动两下红笔，认真听起课来。

五分钟后，座位顺序表传到陆江离这里。

他刚提笔，顾菁趴过去一点，盯着他签名说："你可别签反了啊。"

"我知道。"

毕竟他们也只换这一节课而已。

陆江离按照原来的座位顺序把两个人的名字都写上了，再继续往旁边传。

这份座位表很快登记完毕，重新被送回老师手里。

"……讲到这里，我们来回忆一下高一讲过的一个知识点。抽一个同学来回答一下，看看你们以前学得扎实不扎实。"

生物老师正站在讲台旁边，伸手点了点顾菁的桌子："你来，储存和复制遗传物质的主要场所是哪里？"

顾菁立刻站起来，几乎是脱口而出："细胞核。"

"很好。"

生物老师满意地点了下头，从讲台上拿起刚才登记完的座位表，对照顾菁坐的位置，道："你是叫，陆江离，是吧?

"你这名儿倒不太像女生。"

生物老师说着又像想起什么似的，"哦"了一声后道："对了，我们这位陆江离同学好像还是本次月考的年级最高分。大家要向陆江离同学好好学习。"

顾菁尴尬得耳朵有点红，刚想解释："我——"

她话还没说完，坐在她身边的陆江离带头鼓起掌来，要说的话瞬间就被"噼里啪啦"的掌声给淹没了。

顾菁："？？？"

故意的吧你?

课后。

顾菁咬牙切齿地开口问责："陆江离同学——"

"注意。"

陆江离气定神闲地打断她的话："现在你才是陆江离同学。"

顾菁："……"

要不是她刚刚趁着下课问问题的空隙和生物老师解释清楚了这个乌龙，恐怕接下来一年她都要顶着陆江离的名字上生物课了。

他不帮她解释就算了，竟然还带头鼓掌。

她很不开心地审视着陆江离，似乎在思考着怎么平息心中的怒火。

陆江离察觉到顾菁的目光，于是按了下笔后低头看着她，问："生气了?"

顾菁面无表情地说："没有。"

陆江离又笑了一声。

她眼神充满杀气，还说没有。

换作以前的顾菁肯定不会这么看他，然而自从戳破伪装后，从前那个谨慎乖巧的顾菁就消失得一干二净，而面前的"小魔王"又真实又好玩。

有意思。

陆江离弯了下嘴角，又靠近她一点，压低声音道："你骗我这事儿，我可还没和你算账呢。"

顾菁没想到他又提起这茬，愣了一秒，气场瞬间弱下去一点。

片刻后，她就换了一副表情。

"这两码事儿嘛。再说了，我这也不算骗吧？"

她音量渐低，语气委委屈屈的："非要说起来，难道不是你自己误会我的？还想怪我吗？"

陆江离："……"

明明知道她是装的，陆江离还是忍不住笑了下，很认命地退一步："好吧，不怪你。"

月考过后没多久，二中就迎来了十月另一个重要活动——运动会。

班会课上，全班吵吵嚷嚷闹成一片。

文艺委员站在讲台上努力控场："安静，安静，我们今天要把班服选出来。

"老李说了，我们去年没上心，走方阵的时候都是穿校服走的，结果一下子就被其他班的给比下去了，今年绝对不能再这样了。

"我已经在网上简单搜了几套班服的样式，你们自己选好最喜欢的，最后我们进行匿名投票，按总票数来决定，够民主化吧！"

她滑动鼠标，播放 PPT。

前面几套都是平平无奇的定制T恤，出来的时候就被班级里的同学喊着"过过过"。

一直放到第五套的时候，班级里的男生瞬间起哄声一片。

顾菁本来对此不怎么感兴趣，被快要掀翻天的噪音逼着抬头看了眼。

屏幕上显示的是两套水手服。

上身差异不大，区别在于男生穿的是长裤，而女生则是裙子。

当然，裙子长度适中，仅在膝盖上一点点，并不十分出格。可即便如此，大部分男生还是激动得要命。

但班内女生反对的声音却更响。

体育委员挠了挠头，很好奇道："为什么不要啊？我还以为你们女生都很喜欢穿裙子呢。"

顾菁见季如常也在大声拒绝，语气甚至比拒绝前几套平庸T恤的时候还亢奋，好奇地问："为什么这么反对？"

季如常眼神幽怨地看了一眼顾菁："亲爱的，毕竟不是所有女生的腿都和你一样细的。

"要知道，穿这么短的裙子会暴露我所有的腿部缺点。"

她一想想就觉得很致命："到时候全班，不，是全校同学都会看到，我的淑女形象还要不要了！"

顾菁欲言又止。

而章音则很直接道："你本来也没什么淑女形象。"

"哪有……"

季如常拍了章音一下，继续说："而且我肯定不能穿裙子参加比赛啊，那就说明走完方阵还要回来换衣服。换衣服能在哪儿换，是不是得去厕所换，到时候厕所得有多少人啊，麻烦死了。"

顾菁觉得她的逻辑难得如此清晰明了，拍板道："懂了，那我也不投这个。"

而陆江离看着屏幕上的裙子，忍不住回想了一下。

他记得顾菁第一天转学过来时穿的就是条黄白色的格子裙，裙褶整齐利落，更衬得她的小腿白皙纤细，十分漂亮。

他眯了下眼，在这套服装的选项上打了个钩。

投票卡被收走后，由文艺委员进行汇总。

而在她计票时，换体育委员上台，开始做运动会的报名动员。

按理说，运动会的参赛项目并不是硬性要求的。

然而二中的比赛项目多种多样，每个人能报名的项目却是有限的。

这就导致了如果一个班积极性不强，就很容易出现多个项目悬空的情况，那体育委员就得求爷爷告奶奶地到处求人报名。

毕竟名次是一回事，有没有人参加是另一回事。

这不仅关乎荣誉，还关乎面子。

体育委员催了一圈后，很自然地催到了顾菁头上。

顾菁装无辜："我是新来的也要啊？"

体育委员义正词严："新来的不就更要为班集体做点贡献吗？"

"这……"

顾菁想了想，皱了下鼻子，很为难的样子："但我体育不好，如果选我去，那不是给我们班拖后腿了吗？

"我自己丢脸不要紧，重要的是我们班不能因为我，被其他人看不起吧。

"你说我要是报个跑步，结果我跑了最后一名，岂不是有人会说原来四班就这点水平？"

她这话说得相当诚恳，语气里还有点可怜劲儿。

体育委员愣了愣，还真被她的逻辑给带过去了："你的话好像也有道理。"

"就是嘛。"

季如常一向心思单纯，听完她这一席话瞬间就动容了，忍不住帮着顾菁说话："你看她这样像体育好的吗？命里有时终须有，命里无时莫强求——"

"那好吧。"体育委员转移了目标，"那季如常，你必须得报满两个。"

季如常："……"

顾菁"祸水东引"完毕，松了一口气。

陆江离转头看向她："你体育真不好？"

他想起顾菁做二十个仰卧起坐都费劲儿的样子，又想起她揍人时的利落干脆，一时有点拿不准她这句话到底是真话还是假话。

"真不好。"

顾菁说得很真心实意："毕竟做人要懂得知足，德智体美劳我也不能全占了不是？"

"也不一定。"陆江离转了下笔，"我觉得有个集体项目就很适合你。"

顾菁问："哪个？"

陆江离说："拔河。"

顾菁说："啥……"

校运动会还有这个项目？

陆江离想了想，又说道："不过拔河光力气大应该不行，还得看人和地面的摩擦力。"

道理是这个道理。

但顾菁生平最不喜欢被人看不起。

以前不知道就算了，现在陆江离明明知道她什么水平还质疑她的实力，她下意识地就怼了回去："是吗？不过，你和我拔河还不一定谁赢呢。"

陆江离上下打量顾菁一圈儿，忍不住笑了声："你真是这么觉得的？"

说到底，顾菁是个女孩子——即便是个颠覆了他原先认知的"大魔王"，那也还是个女孩子。

一个一米六都没到，看起来体重不会超过九十斤的女孩子。

和他在身体素质上的差异还是非常大的。

"当然，我力气肯定比你大。"

顾菁扬了扬下巴："敢不敢比？"

陆江离挑了下眉："行啊。"

他想了一下，又道："不过拔河就算了，我们就两个人的话不好判定，换个别的。"

顾菁想了想："那就掰手腕？"

"可以。"

陆江离问："输了怎么办？"

顾菁当即思考了个对自己十分有利的选项："谁输了谁就必须在一个月内无怨无悔、随时随地为对方买到指定的零食。"

陆江离其实不怎么爱吃零食。

但是一想到顾菁输了就得乖乖给他买零食，他忍不住勾了下嘴角："好啊。"

顾菁将比试的地点定在了家里。

"学校里人太多了。"

她很认真道："如果我在众目睽睽之下把你这个校园传说给掰倒了，那你岂不是很没面子？"

她甚至觉得自己格外的体贴："好歹我们也是朋友，我会给你留个面子。"

陆江离对顾菁深信不疑她能赢这件事感到有点好笑。

但本来他是随便打的这个赌，顺着顾菁的心意也就答应了："可以。"

于是，等他们下了晚自习后，顾菁抱着书包抬头就问："去你家还是去我家？"

陆江离顿了一秒，才说："有没有人告诉你，和一个男生讨论这个问题很危险？"

顾菁怔了一下后，反应过来了。

但她没半点害羞慌乱的意思，慢悠悠地眨了下眼，脸不红心不跳地怼了回去："那有没有人告诉你，和一个很能打的女孩子讨论这个问题也很危险？"

"而且……"她凑近一点，自下而上地看他，笑得很温柔，"我家不就是你家？"

她明显是故意的，用一种很甜很暧昧的口吻，在讲一件客观事实——她现在住的房子确实是陆江离家的。

但即便如此，陆江离还是脊背一紧。

以前的顾菁绝对不会这么讲话。

然而现在的顾菁不仅说了，说完后甚至还要观察他的表情，随后眉眼弯起，笑得像一个计谋得逞的"小魔王"："这就不好意思了？"

陆江离轻笑一声后起身，顺手替她拎走书包，很配合道："回家了。"

最终两人还是一起回了顾菁那里。

"开始前先说清楚规则。"

顾菁把书包放下后坐在桌前，说："一局定胜负？"

陆江离觉得自己胜券在握，也不在乎，顺口应道："行。"

顾菁伸出手放在桌上，扬了扬下巴："来吧。"

陆江离弯了下唇角，带着点调侃的意味："要不我让你两根手指？如果你能掰过的话也算你赢。"

"不用。"

顾菁很不满意道："你瞧不起我？"

还挺倔强。

陆江离觉得自己当时对她的评价没错，勇敢坚强——虽然不是他想的那种勇敢坚强，但也确实是不服输不认输的个性。

"没有。"

顾菁执意如此，陆江离就决定再顺着她："那就来吧。"

他想了一下又说："一会儿我下手可能会没个轻重，你要是疼就告诉我。"

顾菁没接这句话，拧了下眉，催促道："可以开始了吗？"

陆江离说："你说开始就开始。"

顾菁说："那就开始。"

陆江离当然没想认真和顾菁比掰手腕。

他一个男的，可能掰不过一个女孩子吗？

不可能的。

他甚至在想怎么让顾菁输得高兴一点，比如在开局有意识地放水十秒，或者是演出那种势均力敌最后反杀的感觉，总之让顾菁觉得自己落败也情有可原。

但这一切的想法在顾菁喊出开始两个字后，就都烟消云散了。

陆江离甚至还没缓过神儿来，就感觉自己的手掌被人狠狠桎梏住，一种令人无法挣脱的力量袭来，让他的手不受控制地朝着一方倒去。

他以为是自己没调节好，咬着牙再发力的时候，却依旧使不上劲。

顾菁看他一眼，浅浅地笑了："我下手没个轻重的，你要是疼就告诉我。"

语气风轻云淡，却把他刚刚的话原封不动地还回来。

三十秒后。

顾菁把陆江离的手腕"啪"地扣在桌上，长出一口气："愿赌服输啊。

"其实你还挺厉害的，我哥和我掰手腕的时候，一般掰不过五秒就开始喊疼了，你竟然能撑这么久，有资格当我的对手。"

她甩了下手后，看着陆江离怀疑人生的表情，很怕他突然反悔："等等，你不会和我说要三局两胜吧？"

陆江离收回手，看着顾菁，随后缓慢地说："不会。

"我这人，一向愿赌服输。"

二中运动会的日期最终确定在十月底的一个周四周五。

据说因为前几年的校运动会总是遇到下雨天而推迟，这次校方还特地对照多个版本的天气预报，确定那天的降雨指数接近百分之零才定下的日期。

而在这之前，四班的班服也订好了。

在女生们齐心协力的反对之下，那套水手服裙子没有被选作班服。

取而代之的，是一身黑色魔法袍。

还是哈利·波特那种样式的。

顾菁在投票的时候本着凑热闹的态度选了这个。

结果没想到，还真成了他们的班服。

她拿到手的时候还觉得很不可思议，抖了抖说："穿这个，再拿个魔法棒去喊我们班'四班当关，万夫莫开'的方阵口号，到时候全校都知道我们四班是中二病（网络词语，源于日本，指青春期少年特有的自以为是的思想、行动和价值观。）集合地了。"

唯一的优点是这魔法袍作为班服可以随时穿随时脱，就算走完方阵立刻被拉去赛场比赛也可以，不影响任何行动。

运动会当天天公作美,阳光明媚,万里无云,天气非常好。

在所有班级走完方阵后,再由几位校领导以及学生代表轮流做开幕式致辞,这一上午就基本上算是过去了。

下午,参赛的运动员开始检录,而没有项目的同学则到各自班级划分到的看台上坐着观看。

全校大部分人在上午走完方阵后就把班服换了,而顾菁依旧顶着一身魔法袍,在看台找了个角落坐着,把尖尖的高帽子立了起来。

很热,尤其黑色格外吸热。

但怎么说也算是个遮阳的存在。

她刚戴好帽子没多久,就感觉脑袋上被压了一袋东西。

顾菁立刻道:"别压着本魔法师的帽子!"

她伸手一抓,抓到了一个人的手腕,后仰着抬头看了一眼,正对上陆江离的视线。

陆江离懒洋洋地挑眉道:"您点的外卖到了。"

顾菁顿时笑了起来,带着点得意从陆江离手里接过那满满一袋零食。

那当然不是外卖配送,是陆江离按着她昨天开出的购物清单,刚才去学校小卖部一点点搜集过来的。

当时他们约定的时候只定了一个月,后来顾菁把它补全为到下个月的那一天之前,陆江离都得无怨无悔地给她买零食,且每日购买的零食量还没有上限。

前段时间顾菁倒没有要求太多,但今天是运动会,实在值得敲诈一笔。

"你还不换掉这身?"

陆江离在她身边坐下,打量着她这一身黑,说:"不嫌热?"

顾菁眨一眨眼,说:"勇敢的格兰芬多(《哈利·波特》中的一个角色)不惧任何严寒和酷暑。"

陆江离忍不住笑了一声。

顾菁对运动会兴趣不算太大,也懒得离开看台,偶尔趴在栏杆上看看跑步就算是最大的参与了。

而季如常不一样,去操场窜了小半天后回到看台拿水,一眼就看到了顾菁膝盖上的一大袋零食:"你'抢劫'了小卖部?"

顾菁澄清说:"这是我自力更生得到的。"

一旁的陆江离:"……"

从某个角度来说，确实也算是自力更生。

顾菁打开零食袋，问："吃吗？"

"现在就算了，本将军马上就得去作战了，战前可不能意志不坚定，还是等我跳高完，再说吧。"

季如常飞快地扫了一眼她零食袋里的东西，提前预定道："我要吃青柠味的薯片，记得给我留着！"

顾菁早已习惯，笑眯眯地接戏道："得嘞。那小女子就在此恭候季将军凯旋了。"

……

顾菁这一袋子零食种类繁多，够三四个人吃上一整天。

她本来想邀请陆江离一块儿吃的，结果他玩了会儿手机就起身去看郑徐之跳远了，一转眼四班的看台上只剩下她一个人。

好在顾菁也不觉得无聊，一边把季如常喜欢的青柠味薯片放好，一边等着她回来。

然而没过多久，季如常被章音扶着回来了。

顾菁上前搀了一把，问："怎么了？"

"没什么。"

季如常挥挥手，大大咧咧地说："就是我跳高的时候发生了一点意外，想用背越式过杆，但没掌握好方向，扭到右手腕和右脚踝了。"

"你也太不小心了吧。"章音无语，"这都能受伤。"

顾菁安抚般地把青柠味薯片给季如常递去："得，凯旋奖励这下变工伤补偿了。"

"谢谢。"

季如常乐呵呵地说："我觉得挺好的。塞翁失马还焉知非福呢，比如现在我可以有正当理由不写作业了吧？"

"想多了。"章音说，"就算你真骨折了，过段时间也得把落下的作业给补上。"

季如常奋起反抗："我这是为班奉献！不给我发补偿金就算了，还带继续欺压我的啊？"

她们在讨论因运动会受伤有没有作业赦免权的时候，体育委员过来表示慰问了。

"没事吧？"体育委员观察了一下她的伤势后提议道，"要不要去医务室看看？"

"不用。"季如常晃晃脚踝，"我知道自己什么情况，又没骨折，休息两天就能好。"

体育委员"哦"了一声后又问："那你接下来的比赛项目还能参加吗？"

"那肯定不行了啊。"季如常举起自己的"爪子"晃了晃，"我还剩的那个项目是扔实心球，你是打算让我用左手扔还是左脚扔？"

体育委员挠了挠头："那怎么办，总不能直接弃权吧？"

章音不在意道："我看咱们放弃算了。反正以她去年的战绩，去了和没去也没什么区别。"

二中运动会采用的是积分制，一项比赛内只要进了前五都能有分数，第一名拿十分，第二名拿八分，以此类推。

季如常去年也报了实心球，然后得了个第十名。

全年级一共就十个班。

"友情提示一下，一整天下来咱们班的积分好像还是零。"

体育委员很为难道："虽然咱们班是著名的体育弱班，但还是得稍微努力争取一下。"

顾菁说："找人替补吧。"

"哪那么容易，你看这看台上还剩几个人，大部分人都跑得不见踪影了。"体育委员看起来非常头疼，"实心球……我看看，还有十五分钟就得检录了，那边好几项比赛都没结束，无法找人过来顶替。"

顾菁说："你不能上吗？"

体育委员沉默两秒后说："补充一下，这项比赛的全称是，女子实心球投掷。你想让我男扮女装上？"

顾菁想了一下："好像也不是不行。"

体育委员看向章音："你呢？"

"我不行。"章音摇了摇头，"学校有规定，每人最多报名两个项目，替补项目也包括在内，我已经满额了。"

这项规定是为了防止部分班内有体育特长生，一人报名十项，挣完了所有分。没想到这会儿竟然成了绊住他们的限制。

季如常想了想，说道："要不然还是让我去吧，我用左手扔也不是不行。"

章音把她按住，语气带着隐约的怒意："你的手不要了？"

顾菁一边翻零食，一边给他们归纳情况："所以现在问题的关键是，你们要找一个项目没满，且在十五分钟内能迅速赶到的人。"

她正思考着拆哪个牌子的辣条，说完后抬头忽然对上他们三个直勾勾望过来的目光，怔了片刻后，有点怀疑地指了指自己。

"我？"

实心球赛场上。

各班参赛选手检录完毕，按照班级次序开始排队。

而顾菁作为替补上场，自动排在了队末的位置。

"别紧张，放轻松。"

季如常用另一只没受伤的手给顾菁捏肩膀："咱们不在乎成绩，俗话说得好，重在参与嘛。"

她兴奋地问："要不要我去司令台那边给你加个油？"

司令台的话筒供各班轮流使用，为班内同学打气，这会儿使用权正在跑女子组八百米的选手后援团手里。

"高二（10）班，孟晓冉！你是电！你是光！你是唯一的神话——"

"晓冉！加油！跑第一！你是我们十班的无冕之王——"

顾菁一身鸡皮疙瘩都立起来了。

她毫不怀疑季如常真的做得出来这种事，立刻劝阻她："不用，别给我太大的心理压力。"

"好吧。"

季如常只得打消这个念头，又拍拍顾菁说："反正无论扔多远，你都是我们四班的骄傲。"

顾菁问："你去年投了多远？"

"没什么印象了，应该是五米多吧。"季如常回忆了一下，随后带着点遗憾说，"其实我觉得我扔得还可以的。"

顾菁想了一下。

五米多好像也就是个高中生及格线的水平。

看来四班是真的没有其他人选了，要不然也不会让季如常上。

"好吧。"顾菁揉了揉手腕，给自己设了个最低目标，"那我尽量达到你去年的成绩吧。"

下午，比赛陆陆续续结束了。

女子实心球投掷项目检录早，开始晚。

等选手正式开始比赛的时候，场边来了不少其他项目结束后的围观群众。

"欸欸欸，陆哥，你看那是不是咱们顾菁妹妹。"

远处，郑徐之惊讶了一声后，乐了："咱们体育委员也真想得出来啊，竟然让她报名参加实心球，就她那小细胳膊能扔多远啊？"

陆江离听到后半句话后愣了一下："什么？"

"你看啊。"郑徐之给他指了下，"那不就是顾菁吗？"

陆江离印象里，顾菁没报过任何项目。

然而现在他望过去，她身上确实贴着运动员的号码牌，没什么表情地站在实心球赛场边，目光盯着前面的草地。

各班选来参加实心球投掷的女生几乎都是个高或健壮的类型，顾菁像根细细白白的小豆芽菜，在队伍尾巴那儿格外突兀。

郑徐之还在碎碎念："你说就顾菁妹妹那点力气能拿得动球吗，我是真怕她扔球的时候把自己给伤到了。

陆江离则忽然笑了一声。

郑徐之一脸困惑："不是，你笑什么？"

"就她那点力气——"

扔十个球都绰绰有余。

陆江离当然没把后半句话说出来，嘴角一弯，说："走，过去看看。"

"20418。"

"到。"

顾菁举手出列。

裁判点了下头，示意她可以开始了。

按照规则，每个选手有两次投掷实心球的机会。

顾菁从地上抄起第一个球拿在手里，眯着眼打量了一下前面的草地。

今天前面有好几个选手发挥失常，甚至有人扔出了三米多的成绩，还让季如常感叹了一番自己"生不逢时"，但凡这成绩放到去年，她肯定不至于垫底。

而目前的第五名扔了六米八，换言之，顾菁要扔到六米九，才能为他们班挣下宝贵的两分。

——也是四班今天可能得到的唯一一分数。

这个距离对普通女生来说都有点费劲。

更何况是看着瘦瘦弱弱的顾菁。

场边四班的人虽然心里本能地觉得希望不大，但还是在不断地为她加油鼓劲。

"菁妹！加油！"

"相信你自己！大力出奇迹！你可以做到的！"

顾菁的压力有点大。她一方面不希望暴露太多自己的实力，另一方面觉得辜负全班人的期待不太好。

加上她也有两三年没扔过实心球，上一次投实心球的时候还是在初中，不确定手感究竟如何。第一球出手的时候甚至没找准姿势，手一滑就抛了出去。

一球落地。

裁判："六米一。"

场边顿时一片叹气声。

季如常依旧不死心道："别放弃！还有机会！！别光用胳膊发力，全身，是全身！"

确实比她想象中的近了点。

本来她是打算扔个八米左右，拿个第三名的。

顾菁微微拧起眉，听着季如常的话调整了一下姿势，又拿起了第二个球。

也许她高估了自己的力量也说不定，毕竟实心球距离和力量不一定完全成正比。

场上的加油声此起彼伏，顾菁觉得自己肩上担负的是今日四班人所有的期待。

本着不让他们再度失望的心态，她铆足九分力道，把实心球一口气丢了出去。

这是今天的最后一球。

所有人不由得屏住呼吸，目光跟着实心球抛出的弧线一块儿移动。

顾菁用力过猛，跟跄了一下，刚收回手站定，想看自己成绩的时候，却听场上安静了一秒，接着四班人群里爆发出剧烈的欢呼声。

"啊啊啊！多少啊，这是多少啊？"

"不知道，这好像过界了？"

顾菁一抬头，试图在赛场草地上寻找自己实心球的踪影——没有。

她愣了愣，目光再往远推，终于在草地之外两三米的橡胶地上，看见了那个实心球。

好像有点超常发挥了。

傍晚，食堂面馆。

二楼被四班的人几乎占满，季如常正绘声绘色地描述。

"你们都不知道当时发生了什么，我那会儿都做好我们今日零分收官的心理准备了，等菁妹好好回来再狠狠安慰她一把的准备了。

"没想到她直接把球给扔过界了！

"过界是什么水平啊！咱们建校以来，好像也就几个男生有扔过界吧！

"裁判都有点傻了！这还比什么，直接赢了啊，什么叫断层，这就叫断层！

"菁妹，此情此景，我有一首歌不得不献给你——"

季如常说着就要蹦跶着站起来，还没开嗓就被忍无可忍的顾菁怼过去一瓶碳酸饮料："喝你的吧！"

顾菁揉了下自己发红的耳朵，有点无奈地想，她当时怎么就没收住劲儿呢。

"你有其他要替补的项目吗？"

体育委员关飞鹏抖着手把项目名单拿了过来："明天还有一天比赛，按照规则你还可以再替一个，你要不要考虑一下其他的项目——"

"同一只羊只能薅一次羊毛！"

顾菁一口拒绝，随后往下拉了拉自己的帽子，小声道："而且我真没其他擅长的了。"

"太谦虚了。"关飞鹏说，"在这之前谁也没想到您擅长的是扔实心球呀。"

顾菁试图说服其他人："真的是运气好，我平时其实扔不远的——"

旁边的班长点了点头，说："潜力型选手，我懂的。"

顾菁总觉得她塑造了两个月的人设正在摇摇欲坠。

"报！"

有同学看完运动会实时更新的布告榜回来，大喊道："因为顾菁同学拿的那十分，我们的总排名现在已经升到第七名了！"

关飞鹏一挥手："再探再报！"

"得令！"

有人起哄道："欸，这种好日子我们不叫个外卖是不是太可惜了？"

"叫，必须得叫！"

"来不及吧，还有一个小时就晚自习了！"

"晚自习怎么了，大不了不上了！"

"就是，不上了！"

室内吵吵嚷嚷，闹成一片。

顾菁其实不能理解从倒数第一上升到倒数第三有什么值得庆贺的。

但周围人的快乐情绪实在太浓烈，像是有无数看不见的兴奋分子在空气中撞击扩散，传导到每一个人身上。

尤其是想到这份简单的快乐竟然是因她而来，她心里的情绪就跟着一点点往上翻涌，像是冻了一个冬季的冰河遇到春风吹过，正有什么在汩汩消融。

……

四班这帮人嘴上说是要翘晚自习，但一个个在晚自习铃声响起前还是回了教室。

顾菁刚坐下没多久，陆江离从外面回来，见到她扬了下眉："我们'挽狂澜于既倒，扶大厦之将倾'的顾菁同学回来了？"

顾菁正想说你没事吧，却听他下一句补充说："这可不是我说的，是我们宣传委员写在今日通讯稿里的词。"

顾菁的表情顿时一僵。

她声音抖了一下："什、什么通讯稿？"

"哦，你刚转学来可能不知道。"

陆江离说："二中运动会的规矩，每个班宣传委员在运动会第一天结束后都得交一份通讯稿上去，主要表彰一下自己班里的同学，会在次日比赛时在广播里统一播报。"

宣传委员？

那不就是季如常吗？

顾菁想起她平时夸人的风格，又想起她做的那个迎新 MV 的策划，顿时觉得很不妙。

陆江离继续说："一般别的班都是夸一下获奖运动员的整体风貌，但我们班很特殊，今天就你一个人拿了分。

"我刚从老李那儿回来，看他好像对这份通讯稿还挺满意的。

"三百字。"

他凑近一点，说："好好期待吧。"

顾菁曾经以为自己天不怕地不怕。

直到这个时候，她抖着手把自己的魔法袍帽子往头上一扣，趴在桌上，终于露出了自己真实的一面。

比起其他女孩子，顾菁很少有害羞、露怯、不好意思的情况。即便有人逗她，她也能挑一下眉把人逗回来。

——但是，她很怕尴尬的场面。

陆江离垂眼看着她，发现她整只耳朵都红了。她试图像只鸵鸟一样把自己埋起来，样子有点可爱。

"害羞什么。"陆江离忍不住继续逗她，"你扔得确实挺好的，直接破了几十年来的女子组校纪录。通讯稿全篇表扬你也合理，这可是光荣的事情。"

顾菁沉浸在自己明天就要面临尴尬的思绪里，听到陆江离这句话颇有一点"这福气给你，你要不要"的怨气。

她忍不住气急败坏道："说得轻松，你要是参赛胜利了，别说三百字，我一定给你写八百字的通讯稿夸爆你，我看你会不会觉得光荣。"

陆江离挑了下眉："真的？"

"对、对啊。"

顾菁话已出口，又隐约觉得不太对，想了想，谨慎地问道："那你有参赛项目吗？"

陆江离说："你觉得会有人强迫我报名吗？"

果然。

顾菁赌的就是关飞鹏再怎么头疼没人报名也不敢催到陆江离头上。

"你看，明明是为班级争光的事情你自己却不做。"

顾菁瞬间放心，学着体育委员当时的腔调道："你还有没有一点集体荣誉感？"

"——有啊。"

陆江离慢悠悠道："所以虽然没人逼我，但我自己报了接力。"

"就在明天下午，来看吗？"

顾菁："……"

那你前面说什么!

逗我玩呢?

几种不好的情绪夹杂在一起，让她磨了磨牙，一抬下巴道："当然来啊。而且你最好拿个漂亮点的名次，要不然我从哪儿给你编八百字。"

次日，运动场上。

今天阳光比昨天更为毒辣，广播里的女声正抑扬顿挫地朗读着季如常写的通讯稿。

顾菁躲在魔法袍下，拿出提前准备好的耳塞，面无表情地把自己的耳朵堵住，并决定剥夺季如常一天的零食分享权。

大概因为顾菁昨天那一球创造了前所未有的奇迹，今天四班同学都情绪高涨，个个摩拳擦掌，决定继续巩固昨天的胜利成果。

好消息源源不断地从前方传来，几乎都是四班同学在项目中有所斩获的报告。

"我刚刚计算了下理论分数。"

看台上，数学课代表推了推眼镜，说："根据现在的分数，以及剩余项目的胜率，虽然我们进入前三是没什么可能了，但前五努力一下，还是有希望的。"

关飞鹏当即拍板："好，那咱们今天的目标就是保七争五！体育弱班也有春天！"

"报——"

关飞鹏问："又是哪个比赛出分了？"

"不是！

"最新消息！顾菁昨天替补上场的事儿被人举报了，她拿的那十分可能会被清零。"

顾菁拆棒棒糖糖纸的手指顿了一下，不明所以道："为什么啊？"

她还是第一次听说校内运动会还能把拿到的分数清掉的。

四班其他人也是一脸茫然。

"什么原因啊？"

季如常道："我们替补上场也没违反规则啊？菁妹按时检录，也没有参加其他项目，这有什么不行？"

探听消息的那位挠了挠头，说道："我也不清楚具体的……但刚刚听他们说，似乎是因为替补上场要在原参赛选手有特殊情况，确定无法上场的情况下才行？"

"那确实是啊。"季如常举起自己的手，"我右手现在还疼着呢，不信让他们自己来看。"

班长意识到什么，忽然问："如常，你昨天受伤后去医务室了没？"

季如常愣了下，下意识道："没。我又没骨折，觉得去医务室也没用——"她说着忍不住睁大眼，"他们不会因此举报我假伤吧？"

班长皱眉，面色不佳，道："不是没有这种可能。"

四班顿时群情激愤。

"这是什么举报理由啊，纯粹嫉妒我们。"

"不是，还有人关注这个？"

"本来可能没有，不过顾菁昨天直接扔了个破界球，估计就有人嫉妒了吧。"

顾菁实在想不通举报倒数第三名班级的意义是什么。

总不能是倒数第二或者倒数第一举报的吧？

季如常气呼呼地拍了下看台凳子，骂骂咧咧道："别逼我，逼急了除了数学题我什么都'做得出来'！"她发泄完后才意识到敲的是那只受伤的手，忍不住倒吸一口冷气，"嘶——"

"别折腾了。"章音皱着眉把她的手拿回去放好，"一会儿该肿成'猪蹄'了。"

季如常端详了一下自己的手，恨恨地说："肿成'猪蹄'了倒好，有物证了。"

顾菁想了想问："那接下来怎么办，学校真的会清我的分？"

"——不是你的分，是咱们班的分。"

班长纠正顾菁，思考片刻后又道："我觉得学校负责人可能会找你们核实一下情况再做决定吧。"

她看起来忧心忡忡的："如果真清零了，我们会排第几？"

数学课代表算了算："我们现在第六，扣掉那十分的话，可能会掉回第八第九的位置。"

所有人都沉默了一下。

关飞鹏问："我们还有几个项目？"

"哦，刚刚女子组接力结束了，我们班第四，拿了四分。"

"半个小时后，还有最后的团体项目，男子组4×400。"

"……"

顾菁咬着棒棒糖，有点面无表情地思考着方案。

她原本对于分数确实不怎么在意，但平白无故被人用莫须有的理由扣掉，谁能接受。

再说，看着班级里的人为她打抱不平，她也不能置之不理。

她一口咬碎了棒棒糖，刚想说"要不然我亲自去和负责人谈一下"的时候，忽然被人拍了下肩。

"听说你要被扣分了？"

陆江离在她旁边的看台凳子上坐下，懒洋洋地问："什么情况？"

顾菁挑简要的告诉了他个大概。

陆江离听完后说："这不还不是最终决定吗？他们举报也不一定能成功，别担心了。"

顾菁嚼着嘴里的碎糖，烦恼地拧起眉："怎么可能不担心？"

"就是啊，那可是十分。"

"除了顾菁昨天拿的十分，我们今天一上午那么多项目加起来一共也就拿了十六分。"

换言之，顾菁昨天的十分依旧是他们班的"半壁江山"。

一旦被扣，不仅伤筋动骨，更重要的是四班全员今天好不容易建立起来的希望将会全部坍塌。

"那再拿一个第一不就行了？"

陆江离忽然开口道："今天的比赛还没结束，还有机会。"

"要是他们最终还是扣了那十分，那我们就在接下来的接力里挣回来。"

午后炙热的阳光烤着红色的橡胶跑道。

顾菁从看台上被拉下来，站在终点线旁边被烤得同样有点发烫的绿茵草地上，拉了下自己的帽子后小声嘀咕说："你说他们行吗？"

季如常一本正经地说道："确实挺有希望的。毕竟4×400是我们班去年唯一拿了前三的项目。当时最后一圈就是靠陆江离大爆发反超，拿了第二，得了八分。

"可以说，在你来之前，他就是我们班运动会里的顶梁柱，我就没见过比他更行的了。"

季如常顿了下，又补充说："当然，现在有你们'两根柱子'了。"

听起来不是个令人愉快的并称。

顾菁不解道："那他跑步那么厉害，不报个单项吗？"

季如常："那你投实心球这么厉害，当时怎么没报？"

顾菁当即闭嘴，继续看向赛道。

刚才六班到十班已经结束了他们的比赛，跑道上是一班到五班的参赛选手准备入场。

裁判吹了好几下哨子，指挥着操场旁所有围观的人往后退："不是参赛选手的都别进来啊。"

毕竟是运动会最后的比赛项目，操场旁挤满了围观群众。

数学课代表在一片杂乱声中，冷静开口："我查过了，六班到十班刚才的最好成绩是五分零一秒，比我们去年拿第二的成绩用时还长，基本可以不考虑，主要就看这轮比赛结果。"

他顿了一下，说："不过，去年我们就没跑过三班。"

"我看今年也跑不过吧？"旁边三班的学生显然在听他们聊天，闻言插话说。

季如常不高兴地回呛道："谁说跑不过？"

"那确实也说不准。"三班学生嘻嘻哈哈道，"毕竟你们班今年都违规用替补上场了，谁知道接力的时候会做什么小动作？"

四班的学生本来就因为这次莫名其妙的举报而心情郁闷，如今被三班这么嘲讽更是受不了："什么意思啊，把话说清楚。"

三班也不甘示弱："怎么了？不是你们班自己违规的吗？做了还不让说啊？"

其中说得最大声的那个说完后，就见四班人群中一个小个子女孩突然冷淡地斜睨了他一眼。

他莫名打了个寒颤。

不知道为什么，明明对方看着瘦瘦小小，却让他感受到了一种无形的压迫感。

118

顾菁转回头，忽然问："昨天我拿了第一后，第二名是谁？"

季如常想了想，说："三班的啊。那姑娘扔了十二米本来觉得肯定稳拿第一了，结果没想到最后杀出你这个'绝世高手'。"

顾菁点了下头。

这就可以理解了。

举报者并不是在意她们班倒数第三的名次，而是因为通过举报令她分数清除后，三班能立刻补位再重新拿下两分。

"别吵架，别吵架。"班长很理性地劝架道，"有什么放到赛后再说，现在最重要的是接力赛。"

关飞鹏跑第一棒。

他"咕嘟咕嘟"灌下去一瓶矿泉水，把空矿泉水瓶往旁边一放，说道："行，我豁出去了，必须把第一拿回来。"

他接过接力棒，道："四班的，走了！"

随后带着其他三个人雄赳赳气昂昂地就上场了。

参与接力的这几个人脸上明显挂着情绪，唯有陆江离的面色很淡定。

顾菁望向他的时候，恰巧他也正看过来。

四目相对后，顾菁看见他勾了下嘴角，对她做了个口型。

——看着。

发令枪"砰"地响起。

关飞鹏当即箭一般地冲了出去，跑得比单项比赛的时候还要快得多。

他上午的单项两百米勉勉强强拿了个第五，但他这会儿全力爆发，跑完400米交棒的时候四班是第一。

四班人的喊声地动山摇，像是肆意宣泄着所有的情绪。

"有机会，真的有机会！"

"我们四班就是最强的！！！"

这不是一次接力——或者说不仅仅是一次接力。

场上场下所有的四班人不仅背负着如果被扣十分，要从这接力中挣回来的压力，更是想通过这场接力赛，向全校证明他们。

什么体育弱班。

什么靠违规小动作才能赢。

胡扯！

光明正大赢给你们看！

第三棒是郑徐之，他体育不好，参加接力赛完全是被逼着来的，饶是费了九牛二虎之力去跑也逐渐被另外两人反超。

他咬紧牙关拼尽最后一口气，忍住想吐的欲望，到线的时候虚虚地伸着手把接力棒传给了陆江离。

最后一棒了。

所有人的心脏都跟着提了起来。

顾菁也下意识地攥紧了自己的指尖。

在所有人的注视下，陆江离几乎是用夺的姿势，顺走了郑徐之手里的接力棒。

他冲出去的一刹那简直像头迅猛的猎豹，在红色的跑道上快如闪电，于第一个拐弯处就超过了第二名的一班。

现在就剩三班了。

午后的阳光晃眼，额头的汗顺着流下，迷住了他的眼。

陆江离眯起眼，凭着意志和直觉一路飞奔。

最后一百米。

他的刘海被气流卷起来，露出好看的额头和眉眼，浑身都带着一股狠劲儿。

大家都站起来为他喝彩。操场边的打气声整齐划一，带着雄壮的气势。

"四班！加油！"

"陆江离！加油！"

耳畔全都是班级同学的声音。顾菁被包围其中，心跳没来由地跟着加快。

她一直以为自己是没什么集体荣誉感的人，然而在这个环境下，她却也跟着热血沸腾起来。

秋季的风吹过她的发梢，她感受到自己的血液正一点点往上冲。

高中生的快乐就是这么简单。

顾菁心中冰封千里的永冻河终于"噼里啪啦"地碎开，爆裂出翻江倒海般的热烈情绪，向着场上的人涌去。

最后五十米。

陆江离硬生生在直道上反超隔壁赛道的三班队员，在一片山呼海啸般的尖叫声中，以肉眼可见的明显优势冲过了终点线。

"按表！"

季如常抖着手说："四分……四分五十六。"

那一瞬间，她的眼泪几乎夺眶而出。

高二（4）班，接力赛第一！

操场上轰然响起一片欢呼声。

在这一瞬间，挤压的愤懑和怨气一泄而空。

跑过终点的陆江离被旁边的人一把接住。

他刚才用尽了全力，这会儿握接力棒的手都有点发抖。

"水，水呢？"

"谁帮忙递个水！"

顾菁被拍了拍肩膀。

她瞬间意识到自己脚边就是矿泉水箱，快速拿起一瓶，小跑过去递给陆江离。

陆江离刚拿毛巾擦完汗，周围同时递过来好几瓶水。

他也不知是看清还是没看清，飞快扫了一眼就接过了顾菁手里的那瓶。

发烫的指尖从她的手背上飞快掠过。

顾菁觉得手背有点发麻。

她收回手，下意识地抬起头，看见陆江离正垂眼望着她。

刚跑完步的他浑身上下都是压不住的荷尔蒙气息，肆意又青春，声音有点发哑，却带着明显的笑意："现在不担心了吧？"

操场上喧闹嘈杂。

顾菁忽然冷不丁地想起了刚认识陆江离没多久的时候。

那会儿她还在装胆小乖巧的好学生人设。陆江离为了安抚她，和她说："我说话，一直都很算话。"

她又回忆起刚才接力赛的一幕。

陆江离逆着风，迎着光，为了班级荣誉去拼命的样子，带着十七八岁少年独有的那股意气风发。

他用实际行动在证明自己说过的话。

果然是言出必行，说到做到。

"菁妹。"

季如常拍了下她的肩膀："想什么呢？"

顾菁回过神来。

陆江离已经走到另一边去登记成绩了。

她看了会儿他的背影，收回目光："没什么。"

大抵是因为阳光太好，烤得她的指尖发烫，脑袋发晕。

接力赛的喜悦并没有完全冲昏四班同学的脑子。

没过多久，他们又想起了顾菁那悬而未决的十分。

但毕竟刚刚赢了比赛，没有人能这么快从兴奋情绪中抽离开来。反而接力赛的第一给了他们底气，个个带着少年气，吵吵嚷嚷地说要去找校方负责人理论，凭什么扣他们的分。

首先，他们找到了李建明。

李建明下午在忙学校的事，只来得及看了接力赛的尾声。

他本来还乐呵呵的，觉得不愧是他们四班的孩子，就是优秀，还没等离开就被四班的同学给团团围住了。

他们一个个七嘴八舌地把举报的事情说了，像是把所有的委屈和不忿都一股脑地倒了出来。

李建明刀子嘴豆腐心，平时对内教育自己的学生都担心话说重了，对外更是不让自己的学生受半点委屈。

再一听，被冤枉的居然是新来的顾菁。

这就更忍不了了。

"放心。"李建明信誓旦旦地说，"这事儿我必须给你们做主。"

于是他带着四班同学，浩浩荡荡地就去找运动会负责人理论了。

负责人其实只是接到了举报，并没有打算真的理会，更不知道是怎么就以讹传讹成了要取消四班这十分。

所以李建明带着学生来的时候把他们都吓了一跳。

顾菁上场，的确是"临危受命"，符合一切规定。

于是最终判决下来，顾菁那十分毫无问题，继续归四班所有。

运动会的名次也随之公布。四班凭借最后接力赛第一的十分，一跃成为年级第四，倒是和他们的班名很配。

闭幕式环节，关飞鹏作为体育委员上去领奖状的时候仰头挺胸，意气风发。

四班的同学在下面疯狂鼓掌。

这是他们扬眉吐气的证明！

闭幕式结束，各班自行退场。

四班的同学过去团团围住刚拿着奖状下来的关飞鹏，而关飞鹏举着奖状在操场上飞奔起来。

"四班！第四！"

"干干净净！光明正大！"

甚至还有人直接喊起方阵口号："四班当关，万夫莫开！"

李建明在后面追着他们喊："行了，都别疯了，回教室——"

那天的天空特别蓝，阳光特别好，风声把他们的笑闹声送得特别远，在校园内久久回荡。

顾菁跟在班级末尾跑，觉得所有青春的烦恼至少在这一刻都不值一提，只剩下被无限放大的痛快畅意，活在自己每一次呼吸和尖叫声中。

"这次同学们做得非常好，很有团结精神。"

四班教室内，李建明说起运动会，脸上还带着明显的骄傲："你们不要看那是小小的十分啊，这十分是没什么，但这是我们班级荣誉的象征，是我们全班团结一心的证明——"

而这十分的创造者顾菁撑着脸打哈欠，有点好笑地想，如果是她原来学校的班主任，一定会说："这十分有用吗，能加到你高考成绩上吗？"

"李老师！"郑徐之忽然举手说，"我们好不容易拿了第四，是不是应该给我们点奖励啊？"

周围同学跟着起哄，李建明忍不住笑了一声："给！

"今天天热，一人一根雪糕！关飞鹏，带几个男生去小卖部搬两箱来。"

"好嘞！"

季如常跟着举手发言："李老师，那我们可以挑吗？"

李建明问："你想要什么？"

季如常胆大道："我想要'可爱多'！"

"那我也要！"

其他人也跟着举手："我要'梦龙'！可以吗？李老师！"

李建明故作正经地板起脸："想得美，一人一根雪糕就差不多了，别得寸进尺啊。"

班内轰然笑开。

顾菁也忍不住跟着笑了起来。

陆江离忽然拿笔敲了敲她的课桌。

顾菁转过头来："嗯？"

陆江离问："你是不是忘记了什么事？"

顾菁还沉浸在班内欢声笑语的氛围中，没缓过神来，眨了眨眼，说："什么？"

陆江离耐心地提醒她："你昨天答应过我什么？"

陆江离的措辞实在有点暧昧，顾菁一时不由得回想她昨天难道有答应过什么奇怪的条件。她的思绪慢慢倒推回去，直到那句"我一定给你写八百字的通讯稿，我看你觉不觉得光荣"突然窜进了她的脑子。

顾菁的表情忽然变得微妙起来："你不会真的打算要那八百字吧？"

陆江离挑了下眉："想赖账啊？"

"当然不是。"

顾菁下意识地否认了，想了想又据理力争道："我就是觉得现在写了也没有意义了。运动会都结束了，我总不能午休去广播室给你念吧？要不然这样，等到明年高三——"

"有意义啊。"

陆江离打断她的话，说："你可以单独给我，当作给我的私人礼物。"

顾菁说："啊？"

陆江离看着她茫然的表情，笑了一声。

他低一点头，附在她的耳侧，轻声说："我会很期待的。"

"啪嗒"一声。

顾菁按亮了台灯，望着面前的信纸叹了口长长的气。

她很后悔自己当时怎么就头脑一热，真的说了写八百字。

顾菁从旁边翻出一包咖喱味鱼蛋，想到这是陆江离输给她的，心情又稍微平缓了一点。

行吧。

不就是八百字嘛。

让她写也行。

顾菁把鱼蛋当成陆江离，一边嚼得"吧唧吧唧"响，一边心想，既然让她写，那就别怪她"过度诠释"了。

顾菁正写第一行字的时候，台灯"啪"一下，开关跳了。

她被吓了一跳。

不至于吧？

顾菁心惊地想，她只是腹诽两句，又没说出口，这台灯难道还通灵性，懂得维护它房子的主人？

手机屏幕也跟着亮起。

顾菁看了一眼。

是因为刚才还在充电的手机突然断电了。

停电了？

顾菁站起身，打开窗户望了一眼。

小区内其他楼依旧灯火通明，唯独她这里一片漆黑。

深秋的夜风冷而急，刮过她耳侧的时候还带着点阴森森的怒号。

顾菁立刻关上窗户，打开手机手电筒看着面前的信纸。

不说欠陆江离的八百字只写了个开头，就说明天早上要默写的英语单词还一个未看。

麻烦。

总不能真用手机手电筒的光支撑——况且电量在运动会上用了一整天，这会儿才刚刚充到百分之二十五。

她正思考着该如何解决时，突然传来"咚咚咚"的敲门声。

室内非常安静，衬得这个敲门声格外诡异突兀。

顾菁提心吊胆片刻后，还是拿着手机，摸索着过去。

她打开门。

楼道内的灯像是也灭了。

眼前却有一束极刺眼的光，隐隐约约照出前面一人的脸部轮廓。

一片漆黑中，单束光亮照在他脸上显得有点惨白，头发还正滴答滴答地往下滴水。

顾菁没怎么看清，直接被吓到了，下意识地后撤一步，就要拿着手机劈过去的时候却被人用力抓住了手腕。

接着，光源往上移了一点，将他的眉眼照得更清晰了。

顾菁抖了一下，然后说："陆、陆江离？"

陆江离扬了下眉："被吓到了？"

听到是她熟悉的声音，顾菁总算松了口气，说："没有。"

"但愿没有。"陆江离放开她的手，"否则我担心我晚一秒钟出手，现在就该横躺在地上了。"

顾菁定了定心神，说："怎么了？"

"来看看你这里是不是也停电了。"

陆江离语气里透着点无奈："我刚洗完澡就停电了，头发还没吹呢。"

难怪。

顾菁心想你大半夜的头发滴着水过来，真的很难不让人想到国产恐怖片里的情节。

她又问："就我们两户停了？"

陆江离摇头："刚刚看了一下，应该是整栋楼，毕竟电梯都停了。"

顾菁放松了点，调侃他道："作为房东，你不该对此负责吗？"

陆江离笑着说："我是房东，又不是物业。不过，我确实可以尽一点房东的义务。"

他说着递过去一袋子东西："给你带了蜡烛，凑合用用吧。"

顾菁刚打开看了一眼就忍不住皱了下眉，带着点嫌弃说："这年头谁还用蜡烛——还是红色的。"

陆江离说："那不然你想要白色的？"

顾菁想了下，忍不住打了个激灵："算了。"

她想了想问："你家就没有充电台灯吗，就那种高中生住宿时以防宿舍断电，人手一个的？"

陆江离问："你住过宿？"

"没有。"

陆江离点了下头："那很巧，我也没有。"

顾菁："……"

"能有蜡烛就不错了，好歹能撑过今晚。"

他说："里面有打火机，你如果嫌暗可以点一圈。"

"点一圈……"顾菁想象了一下那个场景，"大半夜我作法呢？"

陆江离哼笑一声："那就祝你作法成功。"

他正准备离开的时候，身后的小姑娘忽然叫道："陆江离。"

她像是迟疑片刻："你怕不怕黑？"

陆江离："……什么？"

顾菁平时并不算胆小，看恐怖片、去鬼屋、一个人住一间空荡荡的房子，都没有什么问题。

偏偏碰上停电，一个人，唯一的光源还是这一堆红蜡烛。

再加上陆江离说什么作法不作法的，让她有点格外不安起来。

故而她睫毛眨了一下，假装很淡定道："如果你怕黑，且恰巧还不想这么早睡的话，我可以勉为其难收留你一段时间。"

陆江离盯着她看了好一会儿，挑了下眉。

"如果我说怕的话。"

他靠在门上，轻轻笑了一声道："顾菁同学会保护我吗？"

咔嚓！

陆江离按下打火机，把拿来的蜡烛挨个点亮。

漆黑一片的房间内，星星点点的光源慢慢铺开。

顾菁打量了下这一排蜡烛，忍不住小声嘟囔道："你这蜡烛质量是不是不行？我看这亮度也就比月光亮那么一点吧。"

陆江离点完最后一支蜡烛，收起打火机说："你要愿意，也可以现在搬个椅子去楼下，借月光继续写作业。"

夜深露重，风声萧萧。顾菁忍不住拉紧了衣服："那还是算了。"

她撑着脸，透过烛光看陆江离给蜡烛摆好位置，说："我还是第一次看到有人在我面前点这么多蜡烛。"

不过有他陪着，惊悚感确实消散了不少。

陆江离顺口问："生日呢？"

"一般用数字蜡烛就解决了，谁有耐心点这么多啊。"

蜡烛点完，顾菁终于想起来正事。

她搬了把椅子过来，就挨着她椅子旁边，一本正经地以保护者的口吻问："你写作业是吧？还差多少，我可以陪到你写完为止。"

陆江离拎起自己的书包，随意翻了翻。

其实原来他准备回去睡了。

之所以选择留下，纯粹因为看出了顾菁那副明明害怕还撑着不肯示弱的样子。

怕黑但不直说，还故意问他怕不怕。

也不知道怎么想的。

陆江离想起来，又忍不住弯了下嘴角。

他从前以为是自己怜弱的保护欲作祟，所以会格外关注这位新同学的一举一动，生怕她受到伤害。

但这保护欲仿佛有惯性使然，即便他现在清楚她到底是个什么性格，也依旧会为她偶尔露出来的柔软动容。

"还差物理。"

陆江离找了个和顾菁因为选课不同而可以蒙混过关的借口，抽出一本不需要写的物理作业："应该几十分钟吧？"

顾菁像是徐徐松了口气，算了下时间道："那我也差不多。"

太好了。

陆江离应该能待到她做完两件事为止。

顾菁把粉色信纸翻出来，刚动笔写了两行，又忍不住打量身边的陆江离。

他写作业的时候会无意识地蹙一点眉，显得很专心。

认识陆江离久了之后，她才渐渐意识到当时对他"学渣"或是"学霸"的判断都下得非常武断。

他其实两种都不算是，只是那类对自己感兴趣的科目会很上心的人，解出一道难题会颇有成就感，也愿意花时间研究超纲范畴的知识点，而对自己不喜欢的科目则很少花时间。

这和她很不一样。

她的学习兴趣早在一中的时候就被机械性的教学给磨光了，如今留给她的是她拿高分的惯性意识和方法。

陆江离和她在很多地方都极其相似，但也有所不同。

所以顾菁会忍不住想，如果那年她没有去一中，如果她和陆江离自高一的时候就认识，会不会她的人生轨迹也会因此有所变化。

顾菁看得有些出神。

陆江离一抬头，两人的视线顿时相撞。

陆江离调整呼吸静了一下，才问："盯这么久，是我的侧脸太好看了？"

"我在收集素材。"

顾菁并没有被戳破的羞赧，反而理直气壮道："不好好观察你，怎么能写好呢？"

陆江离问："写什么？"

顾菁说："给你的私人礼物。"

陆江离想起来后笑了一声，正想凑过去看看，信纸却被顾菁"啪"地捂住了。

陆江离问："写给我的我还不能看吗？"

顾菁很严肃道："看一个半成品是不礼貌的。"

陆江离在面对顾菁时向来很有耐心，也很容易为她让步："好吧，那就等你写完。"

顾菁把信纸挪远了点。

她确实是有点心虚的，本来已经设计好了的思路，但被今晚的停电，以及陆江离的出现给搅乱了方向。

她定了定心神，还是决定按照原方案继续执行。

而陆江离勾了道选择题，看了眼顾菁。

蜡烛光影摇曳，衬得顾菁的眉眼非常温柔，而她正用这温柔的、带着一点微微犯难的情绪——在写给他的八百字褒奖。

陆江离忽然觉得心情很好。

顾菁写字速度很快，大约半个小时后，她把信纸一推。

"写完了？"

陆江离接过的时候，扬了下眉毛："还用的粉色信纸？"

"哦。"顾菁像是想起什么似的解释，"上周季如常生日，我给她写贺卡的时候顺便买了一沓。"

她说着要去翻东西："你需要的话我这里还有粉色信封，是一套的。"

"……算了，写了就可以了。"

他本来确实是随口一说，没想到顾菁会答应，再次提起的时候又存了一点逗她的心态，就算她一口拒绝他也不会失望。

但没想到顾菁愿赌服输，说到做到。

眼前的蜡烛快烧到尽头，光也不太亮了。

陆江离只能一行一行断断续续地往下看。

顾菁的字还挺好看，看起来并不费劲。

她在开头部分先铺垫了一堆，然后才开始天花乱坠地夸他，而且显然是学了季如常那套，什么词夸张堆砌什么词，又把他的名字反反复复提了许多遍，有点故意让他尴尬的意思。

然而陆江离并不会被尴尬到。

而后半部分则是扩展，她写得洋洋洒洒，从陆江离写到全班同学身上，如"运动会从来不是成王败寇的战场，同学们八仙过海各显神通，为了一个目标而努力的样子已经证明了其价值"。

又如"这份拿鸡蛋撞石头的勇气，堪称明知不可为而为之"。

总分总格式，还升华了主旨。

陆江离收起信纸，看到顾菁的表情有点紧张。

他心里骤然一动，想着她是不是也是第一次给别人写这种东西，当然会忍不住期待自己的反馈。于是他点了下头说："写得挺好。"

顾菁的表情松了一下。

陆江离把信夹进了物理书里，很满意地说："我会好好收藏的。"

顾菁整个人都像是放松了下来，抽出英语单词本，说道："那我算完成任务了？"

她话还没说完，桌上突然灭了几支蜡烛。

烧完了。

这些蜡烛燃烧的时间差不多就只有几十分钟，因为点的时间都差不多，灭起来时间也接近。

一转眼间，室内就再次陷入黑暗。

顾菁有点紧张，本想拍一拍陆江离的手背，在最后一支蜡烛熄掉后下意识地抓住了他的手腕："你这蜡烛时间也太短了吧？"

陆江离的心脏跟着她的动作一跳。

顾菁面上不显，声音已经有点抖。

他还有心情逗她："你就是这么保护我的？"

顾菁很硬气地掐紧了他的手腕："这不是在保护了吗？"

嘶！

真够疼的。

陆江离笑了下，却没抽离，而是用另一只手顺势打开了手机手电筒，照在她的单词本上。

"看吧。我帮你开着手电筒。"

陆江离说："不过我手机电量也不是很足，你大概要多久？"

"二十分钟？"

顾菁想了想又说："快点的话我尽量十分钟。不过你要知道，我背单词不仅关乎我，也关乎你。"

陆江离问："嗯？"

顾菁眨了眨眼："毕竟明天英语默写我可以借你抄啊。"

陆江离在心里笑了一声，假意思考了片刻后说："成交。"

然后他把手机抬高了一点，举在她单词本上方，像一个人工台灯。

顾菁想起来又问："你物理写完了？"

"写完了。"

早几个小时前就写完了。

陆江离举着手机说："你背吧，你背完我就可以收工了。"

顾菁翻了一页，又看他一眼，忽然说："你这样倒是让我想起我小时候看过的一部剧。"

哪个偶像剧有这个桥段？

陆江离不看偶像剧，对此没有什么概念，但还是忍不住想了一下偶像剧里男主为女主人工打光的场景，还挺浪漫。

"就是迪迦奥特曼里有一集，迪迦失去了光倒在地上，很多路人打着手电筒去支援他。"

顾菁一本正经地说："现在我是迪迦，你就是那个正义的路人。"

她看向陆江离，对着他严肃地点了下头："地球人民会记住你的贡献的。"

陆江离："……"

顾菁不好意思耽误陆江离太多时间，毕竟这人工台灯举着也怪累的。

她以平生最快的速度过完单词，决定等明天早上起来的时候再细背，很快合上书："我差不多了。"

她站起身来，说："我送你出去？"

陆江离把手电筒关了，却并没起身。

他往后靠了靠，借着月光抬头看她："我这么怕黑，顾菁同学还让我一个人回去？不考虑把保护期延长一会儿吗？"

顾菁怔了片刻。

她还没开口，就听见陆江离笑了一声。

"开玩笑的。"

他说："走了，晚安。"

"陆哥。"

几天后的物理课，郑徐之问："你那本物理公式书带了没，借我看看。"

陆江离没怎么在意地拿起一本，往前一递。

片刻后，他像是突然想起来什么似的，刚想说等等，郑徐之却已经打开书，正翻到了他夹着东西的那一页。

书内页，正安静地躺着一张粉色的信纸。

郑徐之压抑着兴奋的叫声："陆哥，这是？"

陆江离语气沉下来："还给我。"

"让我看看嘛。"

知道上面有老师看着，陆江离不敢直接在这揍他，郑徐之大着胆子迅速将信纸一抽。

然而，他展开刚看了两眼，忽然乐了："给你写这个的人对你怨气挺大的吧？"

陆江离皱了下眉："为什么这么说？"

郑徐之说："你看啊，对方表面上是写东西夸你，实际上埋了一句暗号。这种手段，没点深仇大恨做不出来吧。"

他把信纸递过去，给陆江离点了点。

信纸中央位置，从上往下斜着的一行，拼出来六个字——陆江离王八蛋。

顾菁今天心情还不错。

刚才的历史课当堂写了篇小论文，她觉得自己中心把握准确，史实内容填充得当，等下节课发下来应该会是个高分。

所以她完全沉浸在自己的世界里，等陆江离回来，缓缓打开物理书的那刻还没意识到有什么在等着她。

陆江离把那张信纸重新拿出来，随后在顾菁面前不紧不慢地展开。

运动会已经过去了好几天，顾菁几乎都把这件事忘了个一干二净。

她用一种匪夷所思的表情看着陆江离："你还真的一直随身带着？"

"顾菁同学写给我这么珍贵的东西，我当然会好好珍藏了。"陆江离慢悠悠道，"何况不多读几遍，怎么能发现顾菁同学的良苦用心呢？"

顾菁本能地觉得有点不对。

"你看你这段写得多好。

"陆、江、离、王、八、蛋。"

陆江离一字一顿念完后，竟然还笑了一声："没有藏头，还算聪明。"

顾菁猛地反应过来了。

她的眼睛瞬间睁大，随后羞耻感顿时浮上心头，下意识地就带着椅子往后退了一点。

陆江离目光转向顾菁："我就说你有些地方用词怎么这么奇怪，原来是这个意思。"

他的表情并不像是生气，语气里甚至还带着轻微的笑意。

然而落在顾菁耳朵中，却是口蜜腹剑，笑里藏刀，暴风雨前最后的宁静。

"巧合。"她立刻狡辩，"我只是喜欢乱用词而已，你知道我作文不太好。"

"巧合？"

陆江离垂下眼看她："你觉得我信吗？"

他的气息瞬间逼下来，带着独有的侵略性，跨越了安全距离，侵入顾菁的一方天地。

顾菁自知这事儿确实是她理亏，只能强撑着最后的底气仰头道："那你想怎么办，你又打不过我。"

"扑哧……"

陆江离忽然笑了声。

他手肘撑在课桌上，托着下巴，似是想了想："我说过，我不打女生。"

顾菁点一点头，顺着这话茬说："你陆江离又向来说话算话——"

"所以我想了个更好的办法。"

陆江离看着她，说："我可以把这篇东西发在班级群里，让大家和我一块儿欣赏一下你的文笔。"

顾菁露出难以置信的表情。

她光是想了一下这个场景，耳朵就已经开始变红了，气场也跟着塌陷下来，露出脆弱感。

陆江离观察了一会儿，却见她神情很快一收，随后带着琢磨的视线打量他。

他和顾菁熟悉了以后，这小姑娘微表情里的含义他基本了解了。

"这样，我们想个折中的方法。"

陆江离将信纸重新收进物理书里："这么宝贵的东西，我肯定不会公开。

"但你这么大费周折地骂了我一顿，我也不能轻易说算就算了。

"何况我记得，这八百字还是停电那天写的？"

他故意做出回忆的样子："蜡烛是我给的，后面的手电筒也是我帮你打的。顾菁同学，你这是恩将仇报啊！"

顾菁见他把信纸收了起来，小小地松了口气，但也品出他后面想"敲诈"的意思："你想要什么？"

她语气显然软了点。

陆江离扬了下眉，低头靠近她耳侧，声音低沉而充满诱惑："你总得赔我点什么吧？"

他的气息铺天盖地压下来，然而课桌间一共就这么点距离，顾菁颇有一种退无可退的感觉。

她胡乱地在课桌里抓了一把什么，随后"啪叽"一下拍在了他桌上。

陆江离低头一看。

一包辣条。

"够吗？"

顾菁说："不够的话我这儿还有。"

她迅速从课桌里往外抛零食，牛肉干、干脆面、泡泡糖……天知道她那个小小的课桌内到底藏了多少东西。

陆江离扫了那些东西一眼："这好像是我给你买的？"

顾菁理直气壮地说："是啊，但你不是输给我了吗，所以这些东西的所有权也是我的了，我拿它们重新赔给你，合情合理吧。"

她把零食堆了陆江离满桌，睫毛垂下来，开始装可怜："我的全部身家都在这儿了。我这可是倾家荡产了，够有诚意了吧？"

陆江离挑了下眉："我看不够倾家荡产吧？"

顾菁说："啊……"

陆江离本意是调侃她一下：不是还有你自己这么个活人在这儿吗，不考虑

134

一下一块儿赔给我吗?

没想到顾菁痛苦地一闭眼,从课桌里又拿出来一根棒棒糖:"可恶,竟然被你发现了。"

陆江离没有想到,还带私藏的。

顾菁举起两根手指发誓:"现在真的没有了,你可以自己搜。"

小姑娘神情诚恳,看着他的眼睛眨巴眨巴,可怜里带点精怪。

不知为什么,陆江离忽而嘴角一弯。

他对于这个羊毛出在羊身上的行为没有进一步苛责,而是拿走了顾菁保存到最后的那根棒棒糖:"这个就够了。

"剩下的你拿回去吧。"

顾菁愣了一下。

她都做好被陆江离继续"敲诈"的打算了,心想如果让她再赔一个月零食的话她至少得讨价还价到半个月,没想到他这么快就收住了。

……竟然,还挺好哄的?

趁着陆江离还没反悔,顾菁迅速把零食收了回来。

半晌,她又忍不住看了他一眼。

要是一个月前有人和她说,有个不知天高地厚的小姑娘写信骂了陆江离还能全身而退,她肯定不相信。

但她不仅全身而退了,甚至还只付出了一根棒棒糖的代价。

陆江离转头:"看什么?"

顾菁眨一眨眼:"看你是不是真不生气了。"

陆江离很轻地笑了一声,随后用笔帽那端敲了下她的额头:"你觉得呢?"

顾菁揉了揉自己的额头,收回视线,趴在桌子上想。

看来她最早对陆江离除了"学渣"的初印象不对之外,还有一个也大相径庭。

他脾气一点都不坏。

相反,还很好说话。

运动会后即将迎来期中考试。

这是选课后的第一次考试,规则和以往也不太一样。

主课三门没有什么变化,而选课的六门科目则分两张试卷,一张为合格考难度，一张为等级考难度。

没有选这门课的同学只需要完成合格考难度的卷子，而选了该门课的同学则需要多考一场，多做一张卷子。

顾菁对此接受良好，毕竟对她来说，合格考难度的卷面是真的很简单。

但对其他人来说就没这么轻松了。

期中考试后，季如常看着自己的一沓试卷上的分数，破防了。

"我不理解我们学校这个规定。"季如常语气愤慨道，"用一张卷子羞辱我还不够，还要用两张？"

"还有。"她指向顾菁，"为什么像她这种不选政治的，政治合格卷分数比我还高？"

顾菁无辜地眨了眨眼。

"你和她比什么不好，你和她比这个？"章音幽幽道，"你忘记她不选政治的其中一个理由是什么了？"

——答题要写太多，懒。

季如常觉得，这世界相较于天才对凡人真是很不公平。

顾菁安慰她说："合格考的分数不算在总分内，也不参与排名，没什么所谓的。"

"这不是分数问题，是尊严问题。"季如常万分悲怆地说。

不过，季如常的情绪来得快去得也快。

她长叹一口气后把那一沓卷子全部收起来，语气又兴奋了起来："好在期中考结束了，马上可以去学农了。"

顾菁问："我们十一月学农吗？"

"对啊。"季如常对此充满期待，"终于可以出去放风了。"

顾菁是听说过学农的。

她们市学农在高二上学期，持续一周，主要是为了让高中生也体会一下面朝黄土背朝天的感觉。

只是她对这类活动的兴趣向来不是很大。

比起季如常的兴奋，她更多的是担忧："要在那里住一周啊？环境行不行啊？"

……

而等到了学农正式开始的那一天。

顾菁拖着行李箱，站在学农基地宿舍门口的时候，意识到她当初的担忧是对的。

面前的宿舍——那甚至不能称之为一个宿舍，而更像一个简易搭建的老式平房，十人一间，上下铺，地上全是灰尘。

顾菁问："我们……就住这儿？"

她对于自己长途跋涉坐了一个半小时大巴过来，最后面对的却是这样的宿舍环境，感到难以置信。

"对啊。"

季如常依旧非常兴奋，拍拍她说："哎呀，快进去。"

而等正式进入宿舍后，顾菁就更愁了。

她从小娇生惯养，养成了有点挑剔的性格，连学校的宿舍都住不习惯，需要在外租房，更何况这样的十人集体宿舍。

被褥都是基地提供的，顾菁选定自己的床铺后捏起一角拍了拍，随后忍不住拧起眉来。

顾菁蔫蔫地打开行李箱，开始收拾东西。

对面季如常拉开自己的箱子，里面齐刷刷躺着一排方便面。

章音探头看道："你怎么带这么多吃的，作业呢？老师不是留了一周的作业吗？"

"哎呀，出来玩提这个干什么，我就不能等周六回去一口气补完吗？"

季如常说："我那是听学姐说这里的伙食非常不好才带的，你们都没带吗？"

章音"啧"了一声说："这里的小卖部就有的卖，你费这个劲儿干吗。"

季如常颇为勤俭持家地说道："这儿的物价什么水平，多浪费钱啊。"

"也是。"

章音看向顾菁："那就不带她了，咱俩去小卖部看看。"

顾菁笑了一声，站起身来："走吧。"

"——那不行那不行！"

季如常闻言，东西也不理了，飞快地站起身来："我和你们一起去！"

偌大的学农基地里就一个小卖部。

所以才第一天，就有不少学生在门口排起了长龙。

顾菁看着那边校服颜色各不相同的学生，愣了愣，忽然问："除了我们学校，还有其他学校的也来了吗？"

"对啊。"

季如常说："九月、十月太热，十二月太冷，就现在这会儿学农合适，所以几乎所有学校都集中在这个时间点来，还好营地大也住得下。"

她看了一眼出来的那群学生的校服，眯了下眼判断道："这批人，是一中的吧？"

自从来了二中以后，顾菁对一中的记忆就渐渐模糊掉了。

她现在身边的老师亲切，同学友善，交到的朋友都是性格好且很体贴的类型，校内氛围轻松，且没有什么课业压力。

那些尘封着的压抑岁月在她生命中留下的痕迹几乎快要消失不见，她有时都会错以为自己从一开始就是二中的学生。

直到这一刻，记忆被乍然翻出。

顾菁连呼吸静止了片刻。

季如常并不知道她的过往，也不清楚她和前学校的恩怨，问道："对了菁妹，你在一中的朋友来了吗？要不要找找他们打个招呼什么的——"

"——不用。"

顾菁顿了下，才说："我和他们，都不太熟。"

她垂了下睫毛，再抬起眼的时候很快转移了话题："你们刚才说要买什么来着？"

顾菁不太住得惯集体宿舍。

但除她以外的所有人似乎都早已习惯集体宿舍生活，且非常会因地制宜，也就是按照不同地方的宿舍规则研制出不同的应对方针。

"听说白天年级主任会随时来查房，重点检查有没有带手机，大家记得进门随手关门，手机都藏好点。"

"咱们的敲门暗号是什么来着？"

"三长两短报名字，不是自己人都别开。"

"浴室是不是在宿舍外面来着？那晚上我们组团去吧，月黑风高的，我害怕。"

"行，我们十个人一起！"

……

女孩子们苦中作乐，语气欢快，叽叽喳喳的，像一群小百灵鸟，驱散了顾菁那一点因为住宿环境糟糕而产生的烦恼。

一直到晚上熄灯后，她们也没乖乖睡觉，甚至好几个都没打算上床，而是坐在了朋友的床边继续打闹。

顾菁抱着膝盖坐在自己床上，问："你们不睡觉吗？"

"这才几点啊，怎么可能这么早就睡？"

对床的女生从行李箱里翻出零食："我等这天都等了好久了，哪有出来玩不夜聊的道理。"

季如常用一脸揭示世界真理的表情道："没有经历过一次集体夜聊的人生是不完整的！"

其他女生纷纷点头："没错！"

就连临时宿舍长章音也带头违规："就聊一两个小时吧，声音轻点小心被发现。"

季如常打开手电筒，从床上拿了条从自家带的毛毯爬下来后很自然地往顾菁的床上一滚："菁妹，不介意我借一下你的床铺吧？"

顾菁怔了怔，摇头说："不介意。"

她之前没住过宿舍，况且听闻过一中的住宿生回到宿舍也多半在各自挑灯夜读，所以对宿舍生活毫无期待。

她也自然没体验过熄灯后女孩子们依旧叽叽咕咕压低声音、天南海北聊天的场景。

这会儿她被季如常裹在温暖的毛毯里面，听着她们聊天，心中顿时产生一种新奇的感受。

原来女孩子的集体生活是这样的。

她们会抱怨学习生活、食堂饭菜，会畅谈明星八卦、追星体验，也会分享自己心底那点青春期不可言说的小秘密，在其他女生拉长调的起哄声中蒙住脸蛋，感觉到心脏跳得"怦怦怦"。

好有意思。

"今天动员大会的时候你们看到一中那帮人了没有？那叫一个高冷范儿。"

"完了，我怎么感觉未来的日子里我们会被一直拿来比较呢。"

"不要怀疑，我今天已经听到三班的班主任说，你们怎么不和一中的多学学。"

对床那女孩说着翻了个白眼："谁要和他们学啊，我怕我学成机器人。"

"对了对了，顾菁不就是从一中转学过来的吗？"

忽然有人提起："和我们说说你在一中的生活吧？"

顾菁正窝在季如常的毛毯里，像只温顺乖巧的小动物一样听着她们聊天，时不时插一句嘴。

万万没想到话题会引到自己身上。

她愣了片刻，难得地沉默了下，刚想着怎么把这个问题糊弄过去的时候，窗户被手电筒忽地一照。

"——五零七，还说话呢？"

女生们顿时如鸟兽般散去，纷纷爬回自己的床上。

刚才的问题自然终止，也不再有人提。

而顾菁躺在自己的床上，回想着那个问题，闭了闭眼，有点失眠。

一中的生活，那是她自己不愿意提的过去。

顾菁曾经以为，学生时代的大部分人在分别后就再也不会遇见。

她离开一中时走得干脆利落，甚至在尘埃落定那天之前都没和家人以外的任何人提过，就是想狠狠心将过去全部割舍。

她也真的以为，她和那些人再也不会见面。

一中对她来说，应该仅存于全市联考时会被提起的一个比较对象而已。

偏偏没算到还有学农这茬。

她轻轻叹了口气。

几个月而已。

希望他们都不记得她了。

学农的第一天主要是留给学生们适应环境以及开动员大会，而从第二天开始，则要开始正式下地劳作了。

学农也有教官，每个教官带一个班。

"来，每人一双手套和鞋套。"

教官开玩笑道："穿戴好，鞋套坏了可就没有了，我看你们这里好几双名牌鞋呢，应该不舍得踏进泥里吧？"

鞋套是一次性的，而手套则是多次回收的，且统一大小，没有尺码之分。

顾菁拧着眉戴上，觉得这手套比自己的手大了一整圈，非常不适应。

第一天的学习任务是翻土。

教官示范了几遍后，说："都看懂了吧？"

"看懂了！"

"好。"

他收了锄头说："你们学农，除了基础劳作，还要学习精诚合作的态度。"

"你们班四十二个人是吧？来，那就三男三女为一组，分成七个组。"

"那正好，咱们三个一块儿。"季如常左拥右抱式地把身边的顾菁和章音搂住，"还要拉三个男生的话——"

她话还没说完，郑徐之和另一个男生立刻拽着陆江离过来了："我们我们我们！"

季如常看了郑徐之一眼，立刻领悟其中关窍："好嘞！"

教官继续发号施令："现在各组选一块地。"

季如常掐着指头道："等等，让我算一算哪块是风水宝地——"

"——再算就要被抢完了。"顾菁迅速拎起季如常，随便选了一块作为他们组的劳作对象。

翻土没有什么技术难度，主要就是力气活儿。

"好累啊。"

季如常原本跃跃欲试，真拿着锄头开垦了十几分钟才发现没自己想象的那么好玩："下次我再也不说学习不好就回家种田了。"

翻了几十分钟后，所有学生都免不了有点懈怠起来。

"翻好了的组才能吃饭啊，翻不好的就给我在这儿干一天。"教官站在上面视察，"团队合作，女生挖得慢的，男生可以帮个忙。"

一听到和吃饭有关，所有人都拼命了起来。

陆江离掀了下眼皮，看着眼前埋头翻土的女孩子："需要我帮忙吗？"

顾菁本来在专心翻土，闻言抬了下下巴说："这话应该我问你才对吧？"

陆江离忽然说："你昨天没睡好？"

"嗯？"

顾菁下意识地用手背碰了碰下眼睑："有黑眼圈吗？"

"没有。"

陆江离说："就是看起来状态不太好。"

顾菁怔了一下。

一想到有可能在这里遇到一中的人，她心情确实不太好，但她自以为自己掩盖得很好。

陆江离追问说："遇到什么问题了？"

"没有。"顾菁垂下眼，"就是刚来这里有点不习惯而已。"

陆江离："因为一中的人也在这儿？"

顾菁锄头动作一停。

片刻后，她面无表情地用力翻了下眼前的土："和他们有什么关系。"

"那你'老仇家'不是也该来了吗？"陆江离压低点声音，用只有两人能听到的音量道，"他们没来找你麻烦？"

顾菁敛起眼底情绪，抬眼笑起来，语气轻松道："你觉得真要算起来，是谁找谁麻烦？"

陆江离："……"

"这位同学！"教官突然从远处走过来，"你翻好了吗？光顾着聊天不干活是吧？"

顾菁一抬头，语气平静地说："翻好了。"

"你翻好了，你——"

教官望下去，声音骤然一顿。

他刚才远远就看到这边有个小个子姑娘边翻土边聊天，以为是那种平时娇生惯养的小公主正想着通过撒娇靠队友帮自己完成任务。

没想到定睛一看，顾菁已经把她负责的那一小块全部翻完了。

"教官，您误会了。"

顾菁眨眨眼，表情无辜又诚恳："我刚刚是在问陆江离同学需不需要我帮忙，毕竟您看他一个男生在这儿翻这么久了，进度还没我快呢。"

翻了一上午土，终于迎来午餐时间。

然而一进食堂，所有人都忍不住抱怨起来。

一桌十个人，几道清汤寡水的菜和一大碗米饭，不说菜好不好吃，就是分量上也并不充足。

对于干了一上午农活，饿得前胸贴后背的学生来说，根本不够吃。

"我还以为翻土第一名能有奖励呢。"回到宿舍，季如常抱怨着泡了一桶红烧牛肉面，"枉费我们这么辛苦了。"

季如常问："欸，菁妹去哪儿？"

"洗衣服。"顾菁展示了一下洗衣盆里蹭了一裤腿泥的校服，"趁着天好，洗完能快点干。"

晾衣服的地方在楼下，顾菁洗完衣服后抱着盆下去，刚把衣服夹好，就听见有人叫她。

"顾菁？"

顾菁的手僵了一下。

她认得出这个声音。

她慢慢地转身，看着那个人走到自己眼前，低头打量了她一会儿，笑了一声道："真的是你啊。好久不见啊。"

顾菁面无表情地扫了他一眼。

真是冤家路窄。

郭啸。

就是让她转学的"罪魁祸首"。

"哟，这不是二中的校服嘛。

"当初听说你转学去二中了，我想不至于吧，你顾菁大小姐就算真转学也得挑个好点的学校，大不了就往隔壁市转也行。没想到还真能接受掉一档的学校啊。"

几个月过去，面前的人半点没变，吊儿郎当，带着胜利者的得意猖狂。

不仅踩她，还跟着羞辱了一下她现在的学校。

顾菁白他一眼，不予理会，正拿起洗衣盆准备离开时，听到郭啸继续说："我说你当时和我道个歉，这事儿不就过去了吗？你看看你现在，都落魄成什么样了，后悔了吧？"

顾菁站定，终于抬眼看向他，忽然笑了。

她歪了下头，问："你是不是挺想念医院的？"

郭啸疑惑道："嗯？"

顾菁笑眯眯道："否则怎么这么想让我再送你进去一回？"

从知道顾菁转学的那天起，郭啸就格外得意。

他还记得当时顾菁死犟着不肯道歉认错，哪怕重重施压下来，说是处分可能会进她的档案永久留存，她都表现出毫不在乎的样子。

没想到后来没多久就听到了顾菁转学的消息。

果然还是怕。

现在又在这儿逞强。

郭啸打量她一下，嗤笑一声："你还想再被退学一次？"

"再和你说一次。

"我当时没有做错，现在也不会承认。我之所以转学，也并不是因为你。如果实在要说和你有什么关系，那我转学的原因之一确实是因为不想和你这种人待在同一个空间里。"

顾菁比他矮近二十厘米，然而抬头看他的时候气场却半点不落下风："更何况现在我在二中过得很好，难道你的手还能伸到这边来？"

"这可说不准。"郭啸冷笑着放狠话，"你可以试试。"

"那你也可以试试。"

比起他的厉色，顾菁语气却是非常温和："你骨折应该没好多久吧？听说三个月内很容易发生再次骨折，要当心哦。"

郭啸接二连三的挑衅没有得到想要的回应，反而自己被顾菁给惹毛了："你——"

楼上传来季如常的声音："菁妹！准备集合了！"

顾菁收回视线，正准备抬脚离开。

"有新朋友了？"

郭啸忽然说："她们知道你以前的事情吗？"

顾菁脚步顿了一下。

"这么丢脸的事情，你应该没说吧？"

郭啸自以为拿住了顾菁的软肋，很得意地笑了一声："如果她们知道了你的转学原因，你说她们还能继续和你做朋友吗？"

"关你什么事。"

顾菁说："你现在应该关心，离这最近的医院也有十几公里，打120都不一定能马上赶得到。"

她用关切的眼神看了郭啸一眼，语气充满怜悯："保重身体。"

郭啸："你……"

顾菁拿着洗衣盆上楼的时候，心情很差。

她沉浸在自己的世界里脚步飞快，走过楼道拐角时没有留神，直接撞上了一位下楼的人。

"抱歉。"

那女孩子低头看了一眼，愣住了。她迟疑着叫出名字："顾、顾菁？"

顾菁刚想说没事，被叫出名字后才抬头看了一眼，随后也跟着怔了下。

她今天出门是不是没看黄历？

顾菁有点郁闷地想。

她脚步没停，正准备继续往上走的时候却被那女孩牵住校服。

那女孩像是犹豫了很久，脸色红了又白，终于小声开口说道："我……很抱歉。"

顾菁脸色平静，像面对一个普通的陌生人一样："没事。"

"菁妹——"

季如常从楼上三两步蹦跶下楼，催促她说："集合了，快点快点，放好东西就走。"

顾菁点了下头，抽出衣角，正准备继续往上走的时候，突然听到身后说："我真的不知道后来会发展成那样……也没想到你会因此转学。"那声音像是在微微发着抖，"对不起……"

季如常骤然一愣，她看了一眼那女生身上的一中校服，一瞬间有点没反应过来。

"真的没事。"

季如常听见顾菁说："你没必要和我道歉。"

顾菁语气很平静，没等人反应过来就快速往上走，带起的风吹过季如常的鬓角，带着一丝难得的凉意。

她匆匆一瞥，只来得及看到顾菁冷淡得几乎有点陌生的侧脸。

什么情况？

季如常蒙在原地，有点茫然地想。

下楼整队途中。

季如常忍了很久，终于还是憋不住开口说："菁妹，你刚刚——"

顾菁长叹了一口气："你想问就问吧。"

"不是。"季如常顿了顿，"我就是想问你，你刚刚午饭吃饱了没？"

顾菁始料未及："啊？"

季如常继续小声说："刚刚我们在宿舍吃泡面的时候你不在，我担心你饿着。我口袋里还藏了包无骨鸡爪，你要吗？"

顾菁看了她一眼。

季如常眼睛眨巴眨巴，清澈干净，不带杂念。

顾菁心里像是被她温软的情绪浸润了，片刻后笑了笑："不用。你自己吃吧。"

顾菁听着教官的命令，戴好手套，看着湛蓝的天空吐了口气。

每天晚上，所有学校的学生在吃完饭后都要去礼堂听讲座与报告，并在回去后写一份学农日记。

台上的领导语气抑扬顿挫。

季如常把日记纸偷偷夹在地理书里，又把书垫在自己的膝盖上，偷偷摸摸地在这会儿先写起来。

她写东西像流水账，光是今天天气怎么样都能写上好几行。

章音听得无聊，干脆看她写，忍不住皱眉说："你不用把煮泡面这件事都写这么详细吧？"

这是学农日记，又不是美食家日常。

"那要不然我怎么凑字数？"

季如常理直气壮道："我们今天除了翻土就是翻土，难道要我写把土翻过来，再翻过去，再翻过来，再翻过去——"

146

她们俩在这边嘀嘀咕咕，而顾菁正撑着脸发呆，看着前方。

一中的所有学生穿着藏青色的秋装，坐在最前排。

他们大部分人都坐得很直，连悄悄话都不说。

她会忍不住想，如果她没有转学，她是不是依旧是他们当中的一员，日复一日地过着这么刻板、单调而无聊的生活。

"老李。"

坐在她两三个座位之外的陆江离突然说："现在可以出去吗？"

"叫老师！"

李建明板着脸纠正后问："出去干吗？"

"能干吗？"陆江离说，"上厕所。"

"就两个小时能憋死你是吧？"

李建明说完后，又挥挥手："从后门出去，小心一点，别被其他学校的看到了。"

陆江离点了下头，站起来走到最外一排时，忽然飞快地往坐在那儿的顾菁手里塞了个什么东西。

顾菁愣了下，全身都不由得一僵。

她下意识地往后看了一眼，陆江离已经出了礼堂，没有回头。

顾菁心跳得有点快，看了看周围没人注意，才展开手里的东西。

那是一张纸条。

纸条内就两个字，写得龙飞凤舞，收笔还有点飘逸。

——出来。

顾菁找了个借口溜出去的时候，陆江离正在礼堂外面插着口袋等她。

晚上的学农基地空空荡荡，异常安静，除了礼堂内隐隐传来的发言声，只有夜晚草丛中的阵阵虫鸣声。

顾菁走近他，问："有话和我说？"

陆江离没说是也没说不是，只道："跟我走。"

他带着顾菁七绕八绕，在顾菁怀疑自己再走下去要被他卖了数钱的时候，终于绕到学农基地某处隐蔽栏杆所在地。

随后，陆江离自然无比地从对面的外卖小哥手里拿过了两份东西。

顾菁着实被他的操作惊到了："这儿还能点外卖？"

这里是偏僻得不行的郊区，距离最近的餐饮店至少也有十几公里远。

陆江离说："加钱就能。"

顾菁跟在他身后，有点担忧地问："那你不怕被抓啊？"

陆江离看她一眼，像是低笑了声："怕就回去。"

顾菁自然不可能承认自己字典里有"怕"这个字——更何况就算被抓到她也能用自己一贯的方法脱身，把锅甩给陆江离。

他这个背负风险的人都不怕，她怕什么。

学农基地非常大，顾菁也不知道陆江离是怎么摸清地形的。

她跟着陆江离继续往前走，踩过吱呀作响的重重落叶，走过有细碎裂纹的青石瓦砖，终于来到了一处石桌旁。

石桌附近有一盏亮度不高的路灯，四周无人，寂寥无声。

坐下后，陆江离将手里其中一份外卖递给她。

顾菁打开袋子，被塑料盒小小烫了一下。

深秋的夜里气温有点低，她借着这热度焐了下手后才掀开盖子。

是一碗麻辣烫。

在香味飘出来的那一刻，顾菁怔了片刻，随后几乎是下意识地就把盖子扣了回去。

陆江离看她："不爱吃吗？"

"……不是。"

顾菁说："就是觉得八百里外的人都能闻到我在这里。"

她警惕地望了周围一圈，确定真的没人之后才再度打开盖子。

麻辣烫的香味扑面而来，在学农基地吃了两天素食的顾菁，终于享受到了人类食物带来的幸福感。

她眼睛被氤氲热气烘得有点不适，嘴上却道："你点外卖之前也不问问我挑食不挑食吗？"

"嗯……"

凭他对顾菁的了解，她应该只挑做得不好吃的食物才对。

陆江离心里这么想，手上却将自己的那碗递过去，摆出一个接的姿势。

"那你看一眼单子，有不吃的给我。"

他的语气自然，像是并没有意识到你不吃就给我这件事情有多亲密。

而顾菁掰开一次性筷子，认真检查了一遍那碗麻辣烫——确实没有她不吃的。

她默默把自己的外卖盒移了回来："不用。"

尝了两口后，她又问："怎么想到点外卖的？"

陆江离说："你晚饭没怎么吃。"

顾菁说："嗯？"

"刚刚听讲座的时候看起来心情又很差。"陆江离说。

顾菁笑了下，顿了顿后说："谢谢你。"

从今早开始，顾菁的情绪就明显不太对劲。

而在刚刚听报告的时候，她整个人都被很重的愁绪笼罩着，眼里空空荡荡，像是在发呆，又像是沉浸在自己的世界里。

他没见过顾菁这个样子。

陆江离不知道她到底遇到了什么事情。

但他知道，无论是什么原因，食物总是一个能给人带来快乐的存在，尤其是对于顾菁这样的美食至上主义者，这是最好的哄人的方式。

果然，她的情绪缓解了点，"呼噜呼噜"吃得飞快。

等快见底的时候，她吸了下鼻子，随后抬头看了一眼。

现在城市内空气污染严重，只有在这种偏僻的市郊，抬头才能看见一片星空。

在这个深秋时分，夜风吹得草丛和树叶轻颤，顾菁下意识地拉紧了点自己的衣服，那种茫然再次显现。

陆江离看着她。

顾菁的眼睛很亮，在灰暗无光的地方就格外明显。

此时她表情忧郁而脆弱，眼里却像是落着一片漂亮的星河。

他的心脏像被什么攥住了，带着两分酸涩的苦，渐渐涌上去堵住他的喉头，让他很难去问她到底怎么了。

然而顾菁却先开口了："陆江离，我记得你高一的时候和外校的学生打过架是吗？为什么？"

"打架要什么理由？"陆江离想都没想，"替人出头。"

顾菁又问："如果被你帮的人不理解你的行为呢？"

陆江离皱眉："怎么可能会有这么不识好歹的人？"

顾菁坚持问："假设有呢？"

"那，帮都帮了，不领情就算了，还能怎么样。"

陆江离说："反正该做的我都做了，我问心无愧。"

顾菁侧头看他一会儿，很温柔地笑了："我想也是。"

陆江离沉默片刻，很小心地猜测问："你是遇上了农夫与蛇的故事，还是吕洞宾与狗的故事？"

"我还东郭先生与狼呢。"

顾菁笑了下，随后摇头："都不是。"

她很怕陆江离继续追问，垂下眼睛，筷子在汤底随意捞了两下，语气漫不经心道："我就随便问问，没有别的意思——"

她话没说完，突然感觉自己的脑袋被人很轻地揉了揉。

顾菁捏着筷子的指尖一顿。

她这一天都有点情绪不好，自以为藏得很好，没人会发现。

她没想到会有人把她带出来，吃了一顿让她胃里和心脏都暖呼呼的麻辣烫。

也没想到这个人听她问了一大堆莫名其妙的问题后没有刨根问底，只是用安抚式的态度，揉了揉她的脑袋。

顾菁心脏顿时"怦怦"直跳，开始胡思乱想起来。

她自以为是个很坚强的人。

但再坚强的人也需要一个释放点。

顾菁觉得自己现在情绪非常不稳定。

为什么呢？

为什么这么对她呢？

为什么在她走之后，还能遇见这些人呢？

顾菁和陆江离分别隔了几分钟回去，虽然出去的时间有点久，但并没有被老李怀疑。

倒是季如常的狗鼻子格外灵敏，在她回去后闻了闻她周围的空气，很肯定地说："你是不是出去偷吃了？"

顾菁难以置信地看着季如常："这你也闻得出？"

"当然！"

季如常气呼呼地磨牙："太可恶了，你出去吃东西居然不叫我，说吧，该当何罪？"

顾菁笑起来："下次一定，下次一定。"

季如常显然对她的态度不满意，一直碎碎念到回宿舍，随后被另一件事吸引了所有注意力。

"周四晚上有文艺会演，每个学校至少要贡献五个节目。现在学校要求每个班级至少出一个节目给他们初审。"

作为宣传委员的季如常自然得挑起大梁："来吧姐妹们，大家讨论一下出个什么节目？"

而除了她，其他人的兴致都不算太高。

"非要去吗？"

"每天学农回来都这么累了还要排节目，我看就报个集体合唱糊弄一下就行了。"

"实在不行看我们班谁有才艺，让他去报个单项吧。"

"那怎么行。"季如常严肃地说，"无论是集体合唱还是单人才艺都太平庸了，怎么对得起我们'文艺四班'的称号？"

章音用疑惑的表情看她："我们班什么时候有这个称号？"

"还不是因为我们班学习不怎么样，体育也差，只能在这个方面争取一下了！"季如常说，"再说，这个称号可是有理有据的。上次靠着菁妹出的那期黑板报，我们被评了优秀板报，你们都不记得了？"

说到这儿，她像骤然想起什么似的，看向顾菁说："菁妹呢，菁妹你必须得支持我吧？"

顾菁这会儿正趴在自己床上，纠结怎么给陆江离发消息。

今天晚上她难得失态了一小会儿，回来以后想起自己说的那些话尴尬得耳朵发红，恨不得立刻说点什么打个圆场。

——感谢你的麻辣烫，能不能顺带清除一下今晚的记忆？

太刻意了吧。

——我今天都瞎说的，你别往心里去？

听着也挺假。

她趴进枕头里，有点后知后觉地后悔起来。

陆江离真是个危险的存在。

在不知不觉之间，他已经知道这么多她不为人知的秘密了。

她正在编辑消息的时候，季如常过来晃她的床。

顾菁差点被季如常从床上抖下来，顺口敷衍说："支持，支持——你决定是什么节目了吗？"

"决定了。"

季如常说："唱歌跳舞什么的都太平常了，咱们要搞就搞个大点的。我打算——排话剧。"

顾菁想了一下一般话剧的时长："你不会打算独揽晚会的两个小时吧？"

"怎么可能。"季如常说，"就十分钟嘛，我们可以适量缩短一下时长。"

顾菁纠正季如常："那叫小品。"

顿了顿，她又说："你打算排什么？"

季如常开始翻手机挑选："要不就这个吧。这个去年特别火，我们可以翻排这一段，我可以演妈妈，你演我闺女——"

顾菁想都不想，直接否了："下一个。"

一听说可以自己选剧本，宿舍内的女孩子们都起劲了，纷纷围坐了过来。

在经过公平公正公开的投票，以及季如常运用了几次作为宣传委员特权的一票否决后，最终拍板定下了。

她们要演一个小女孩被未来的自己拯救的故事。

"那我们现在就开始安排角色吧。"

季如常说："首先是主角。

"因为角色设定年龄比较小，所以我们要找一个长得比较显小的人。

"其次，她要记性好，能顺利背出最多的台词。

"还有，她得长得好看，毕竟要作为主角上场，肯定不能给我们班丢脸。"

顾菁毫无意识地低头玩着手机，敷衍地"嗯嗯"两下后，突然，肩膀被季如常拍了下："那这还用选吗？按这个标准，我们这儿不是有个天选女主在嘛！"

顾菁抬起头。

只见所有人的目光一齐望过来，看了看剧本里的设定，又看看她。

满票通过。

顾菁："嗯？？？"

等等，你们刚刚好像决定了什么大事？

"——所以，你要参演周四的文艺晚会了？"

陆江离饶有兴致地问。

今天学农的任务是学习草编。

顾菁一边编着手里的黄草条，一边叹气说："还不一定能过初审呢。"

昨天在被推选成为主角后，顾菁的第一反应就是拒绝。

然而季如常用少数服从多数的理由驳回了她的请求，又一个当机立断，直接把剧本发给了她，说："好好背词吧。"

顾菁小声嘀咕一句："我可从来没演过小品。"

"所以这是一个多好的锻炼机会。"季如常在旁边笑嘻嘻地接话说，"第一次上台就演女主角，这可不是每个人都能有的体验。"

顾菁看着要在小品里扮演成年后的她的季如常，面无表情道："但一想到我长大后成为了你，突然就不想长大了。"

季如常愤愤地过去捏顾菁的脸，被顾菁向后迅速闪避开，继续编着手里的杯垫。

顾菁一开始的确犹豫了。

不仅仅是因为没有经验。

还因为一旦确定要上台，就意味着她要在那些一中学生面前进行表演。

想到要再次被那些人的目光注视，她心底本能就带了点抗拒。

然而面对班里那么多人的期待，顾菁又不好意思辜负，勉强把这个任务给揽了下来。

算了，既接之则安之。

走一步看一步吧。

而陆江离忍不住想了一下顾菁上台表演的样子。

啧。

还挺期待的。

他正好奇她演的是个什么角色的时候，顾菁忽然用手肘悄悄戳戳他，压着声音说："昨天还没有好好谢过你。"

昨天顾菁纠结了一晚上，还是没把手机消息发出去。今天起来后想了想，还不如当面和他说。

她顿了顿，正想说"但你能像之前一样替我保密吗"的时候，却听见陆江离低低地笑了一声，说："就口头谢啊？"

得寸进尺的男人。

她两三下把手里的草编杯垫快速编完，递过去："那这个送你。"

陆江离挑了下眉："你就用课堂作业还我人情？"

顾菁心想还不是你非要提的，面上却正色说："待会儿每人都得交一个成品作为这次考核的分数，我这算是帮你提前做完了，这人情还不够大？"

"你如果觉得不够的话，我可以额外再给你编一个别的。"

"你想要什么，包、杯套、收纳罐？"

顾菁打量了一下剩余的黄草，忽然叹道："可惜了，这草不是绿色的。否则我一定给你编一个帽子。"

陆江离：我谢谢你……

学农的基础任务不能落下。

所以他们排练小品只能利用学农结束后的自由活动时间，以及原本该听讲座报告的晚上。

"感谢我吧。"

季如常拍了拍自己："要不是我把你们从讲座的苦海深渊中拯救了出来，谁知道你们还要在那边坐多久。我刚刚听老李和其他老师聊，今天起码又是三个小时。"

听着众人的哀号，她很满意地点了下头，说："时间紧任务急，明天早上就要准备初审。大家昨天晚上都背过台词了，那咱们今天就按照昨天分的角色顺几遍走位，尽量做到脱稿完成。"

她说着搬来了一个箱子："我还特地借了服装过来——"

顾菁好奇地看了一眼，接着脸上立刻露出嫌弃的表情："哪儿来的？"

"这边有服装道具组呀。"季如常说，"毕竟每次学农结束都会举办一个文艺晚会。"

工作人员就在这里，周复一周地看不同学校不同学生在这里上演不同又相似的节目，也已经成了习惯。

顾菁心里别扭："那这服装得有多少人穿过啊？"

"能有就不错了，知足吧。"

季如常说："我点一下人数啊。"

她数到末尾，看见最后那边坐着的是陆江离，愣了愣后翻阅起刚打印出来的纸质剧本："等等，陆江离同学，你是打算参演我们的小品吗？"

"不想听讲座。"

陆江离说："找个正当借口翘了。"

季如常翻完剧本，悄悄问顾菁说："那我们怎么给他安排角色？剧本里也没有啊。"

顾菁眨了眨眼："他可以给我们打杂呀。"

季如常被她的大胆发言吓得大气都不敢出。

然而陆江离像是真考虑了一下，说："也行。"

季如常哪敢真让陆江离打杂，想了想后只得说："那你就负责在旁边以观众视角帮我们看一下走位好了。"

她拍了拍手："朋友们，准备开始了。"

陆江离之所以过来，一方面确实是因为不想听讲座，另一方面则是因为担心顾菁。

昨天顾菁难得地在他面前流露出一点脆弱形态，虽然今天又像没事人一样，但他很清楚这事儿不会简单地过去。

他不清楚发生了什么，但唯一能探求真相的方法是跟着她。

为什么呢？

陆江离想到这儿，突然被自己的想法吓了一跳。

为什么非得知道呢？

这是顾菁的事情，她也没有请求他帮忙的意思，为什么他非得管呢？

陆江离抱着肩，看着前方开始表演的人，面无表情地往墙上靠了靠。

管他呢。

管都管了，管到底又怎么样。

况且要是他不管，还有谁能帮她？

季如常选定的排练地点是礼堂外面那一块空地。

这会儿大部分人都在礼堂内听讲座，其他在排练节目的班级也各自选好地盘，互不打扰，所以他们过第一遍的时候很顺利。

然而等到第二遍的时候，忽然有人从旁边路过好几次，探头探脑。

季如常本着剧本不能泄露的心情大喊一声："谁在那儿偷窥？"

"话说这么难听呢，什么偷窥，我就路过看看不行？"

郭啸走过来，笑了声说："二中的，在这儿排小品呢？"

他语气非常轻佻，季如常不由得蹙了下眉："你哪位？"

"你可能不认识我。"郭啸目光落在顾菁的身上，"但我和顾菁可是老熟人了。"

在场所有人的目光顿时望向顾菁。

顾菁只想了一秒，立刻装无辜地说："我不认识他。"

郭啸刚想指着顾菁说"你在这儿装什么装，别逼我把你的事儿都抖出来"时，忽然有人挡住了他看顾菁的视线。

他愣了愣，正准备开口，那人却二话不说拽着他领子就往外赶。

郭啸还没反应过来，被连拖带拽拎出去好一段距离后才骂道："你有病吧？！"

陆江离嗤笑一声："我们班正排练，你看什么？"

他沉着脸的时候看起来很不好招惹，况且他人比郭啸高好几厘米，气场也强，一说话就把郭啸的嚣张气焰往下压了几分。

郭啸张了下嘴，一时被哽住了。他心里隐约清楚眼前的人他多半惹不起，只撑着面子说："我找人不行吗？"

"你找的人说她不认识你。"陆江离声音很冷，"离她远点。"

郭啸听到他这句话愣了一下，随后有点回过神来了。

"我懂了，你这是要护着顾菁是吧？"

郭啸上下打量一眼陆江离，冷笑一声道："你知道她是什么样的人吗，就敢这样护着她——"

陆江离没反驳，只冷淡地打断他的话："比你知道。"

他松开了郭啸的领子："滚吧。"

季如常被刚才陆江离的气场吓得有点犯怵，等他出去后小声和顾菁嘀咕："我觉得他不像来打杂的，他像来打人的。"

顾菁小幅度点点头。

话说完没多久，陆江离就回来了。

他回来后第一时间就看向了顾菁。

季如常见状，迅速判断了一下情势后识趣道："咱们排练也有段时间了，大家都先休息会儿，十分钟后再集合。"

众人四散而开。

顾菁随便找了个凳子坐下，晃了晃腿。

陆江离走过来，没说什么，只从口袋里拿出块水果糖递给她。

因为他给她买了一个月的零食，这种口味的糖顾菁也让他买过很多次，所以她很自然地就接了。

陆江离的指尖擦过她掌心，稍稍有点发痒。

等接完之后，顾菁才像是突然想起来什么似的说："我们的赌约好像已经到期了吧？"

"是吗？"陆江离说，"不记得了。"

顾菁笑了下，把糖拆了："那我就当多占你便宜了。"

"随便占。"

陆江离在顾菁旁边坐下，考虑了很久后终于还是问道："他是什么人？"

顾菁装傻："什么？"

陆江离没说话，只是看着她。

顾菁知道自己躲不开，迟早都要说，叹了口气道："一个坏人。"

"你这话可不太准确。"陆江离忽然笑了声，"我也是坏人。"

顾菁恨恨地磨了下牙："他可比你坏多了。"

陆江离一时之间不知道该不该为自己在王八之争中占了上风而感到高兴。

"总之和你不一样。"顾菁抿了下嘴，说，"我和他的事情很复杂，一时半会儿说不清楚。"

陆江离挑了下眉："感情纠纷？"

顾菁一时没跟上陆江离这个脑回路，等反应过来的时候耳朵都气红了："当然不是了！"

这种猜测对她来说堪称奇耻大辱。

为了撇清关系，顾菁迅速把过往抖了出来："我和你说过吧，我以前惹过一个小麻烦。"

陆江离有印象："就他？"

顾菁点了下头，大概把来龙去脉讲了一遍后说："这人记到现在。"

顾菁眨眨眼，问陆江离："你刚刚出去揍他了没？"

"没有。"

陆江离轻笑一声："我心想万一真的是你认识的人，把人揍了你和我翻脸怎么办？"

"怎么可能！"

顾菁一想到郭啸就气不打一处来："他活该！何况就我们俩这个关系，你帮我出气我怎么会和你翻脸？"

陆江离转过头，忽然说："什么关系？"

顾菁愣了一下。

陆江离的瞳色很深，认真看人的时候几乎让人逃避不开。

顾菁无端被他看得有点心慌，片刻后慢吞吞地说："或许是，甲方和乙方的关系？"

四班用一个晚上，加班加点地排完了小品。

毕竟这小品只有两个主角的词比较多，顾菁记忆力好不用多说，而季如常除了知识点，背其他任何东西都非常快。

她以前听两遍歌就能顺下歌词，如今过两遍走位自然也把台词顺得滚瓜烂熟了。

次日中午，学农任务是用上午挖来的菜，以及基地提供的一部分食材做一顿简易的烧烤。

他们每天吃的是粗茶淡饭，而今天终于可以改善一下了。

在一片欢腾的气氛中，季如常忽然举起杯子，站了起来。

"我要宣布一件事。"

她神色庄重，把白开水拿出了庆功酒的架势："我们班的节目在刚刚通过了初审，可以被搬上今天的文艺晚会了，请大家到时候一定要多多关注。"

四班全员非常捧场，立刻举起手里的串串欢呼。

"我在此预祝我们的小品获得圆满成功！"

季如常一口闷掉了塑料杯里的白开水后，拿着筷子当话筒，来到顾菁面前："顺便采访一下我们的女主角，晚上就要上台了，现在什么感受？"

而此时的女主角正在吃鸡翅。

烤鸡翅让她浑身都充满了动力，以至于对晚上的表演有了期望和憧憬，认真道："那就希望我们晚上能够顺利演出吧。"

根据墨菲定律，越害怕出事，就越可能出事。

158

刚开始决定要演小品的时候，顾菁其实不怎么情愿。

然而排练两天下来，她对自己演的角色竟然有了点感情，也在心中祈祷这次小品演出能顺顺利利。

但她内心又总觉得有点不安。

等到晚上，她的预感成真了。

文艺晚会开始前不久。

季如常发现她们的道具服装忽然不见了。

她心急如焚道："我们的衣服呢？谁负责的？拿到哪儿去了？"

章音回忆了一下："没有专人看管，因为之前彩排的时候就一直放在这边，根本没人拿过。"

季如常立刻下令："去找！"

文艺晚会即将开始，后台挤满了好几个学校的人，乱成了一锅粥。

这边又没有摄像头，连找哪儿都没有头绪。

正在所有人焦头烂额的时候，顾菁被人捎了个口信，说是有人让她过去，他知道服装的下落。

顾菁心中隐隐觉得不妙，但还是赴约了。

等到了之后，她心道一声，果然。

郭啸插着口袋站在那儿。

"让我猜一猜。

"你们是不是找不到东西了，正着急呢？"

他走近一点，自上而下地看着顾菁，很得意地笑了声："别着急嘛，现在距离文艺晚会开始还有一段时间。你要是求一下我，说不定我能想起来放哪儿去了。"

郭啸就是想恶心顾菁一把。

"当然，你也可以动手，我知道你很擅长这个。"

郭啸故意拖长声调说："可是——这有用吗？

"况且，你和现在班级里的人关系不错吧，你还想再转学一次吗？"

顾菁攥紧了拳。

她很少有情绪失控的时候，然而此时此刻，顾菁的怒火汹涌。

如果郭啸的目的就是要激怒她，那他成功了。

顾菁无所谓郭啸对她本人做什么。

因为他不可能威胁到她的人身安全，她能想到最糟糕的结果也就是他把她之前在一中的流言蜚语重新传到这里来。

而现在身边的人给了她底气，让她有自信就算流言袭来她也能抵挡住。

但她不能容忍，郭啸因为她而牵连其他人。

顾菁气得连牙齿都在发颤。

她知道郭啸说的话有道理，然而此刻她不想用理智去考虑，她只想让他为这一刻的作恶付出应有的代价，她要彻彻底底收拾他一顿。

她带着满腔怒意，刚想踏出步子的那一刻，忽然被人按了下肩膀，往后护了一下。

下一秒，她看见陆江离抢先她一步上前，一拳揍在了郭啸的脸上。

陆江离出手太快，连顾菁都始料未及，更别提反应慢半拍的郭啸，连句话都没来得及说就被陆江离撂在了地上。

"第二次了。"

陆江离神色冷如冰霜："我警告过你的，离她远点。"

郭啸吃痛地骂出声来："又有你什么事啊！"

"她的事就是我的事。"

陆江离声音很沉，带着压不住的戾气："你现在有两个选择，把东西还回来，或者亲自试一下，你能有多耐打。"

……

郭啸的真实打架水平，实在很差劲。

毕竟他以前都不需要怎么出手，仅仅依靠自己父亲的身份就能把人吓得服服帖帖。

然而狐假虎威惯了，遇见真的狠人，只能沦落到被压着打的地步，饶是挣扎了好几次却连反手打回去的力气都没有，反而蹭了一身灰和伤。

顾菁怔在了原地。

适才的怒气渐渐消散，她又惊又蒙。

当然惊讶并不是因为这么近距离地观看了打架现场，而是骤然间意识到，陆江离竟然真的揍人这么狠。

这些天她和陆江离待在一起的时间很久，见过他太多温柔的一面。

他会给她点外卖，会陪她点蜡烛，在打赌输了后也会心甘情愿给她买零食，哪怕自己一再在他雷点蹦跶，最多也只会收获一个半点不疼的弹脑门。

所以顾菁总觉得他的狠是活在传说中的——毕竟他是个掰手腕没有掰过自己的人。

而在这一刻，顾菁才亲眼见证到，原来他生起气来是这样的。

顾菁作为旁观者，都被陆江离周身的气场惊了一下。

郭啸刚开始还想梗着脖子大战一场，没过三分钟就疼得服了软，抱着好汉不吃眼前亏的心态，恨恨地报了个地点。

陆江离收手很快。

他拧着眉在衣服上擦了下手，随后走过来，拉着顾菁的手腕就往外面走。

"你给我等着！"郭啸在他身后喊道，"一会儿有人找你们算账！"

陆江离头都不回，仿佛这种程度的威胁根本进不了他耳朵。

顾菁被陆江离拉着走，转头看着他，心里一时五味杂陈。

这种感觉太陌生了。

在她从前的人生里，只有她把人往身后护的体验，从来没有被人护的体验。

直到遇见陆江离。

他是第一个在打架的时候，会把她往后护的人。

以前不知道她能力也就算了。

可现在的陆江离应该再清楚不过她揍起人来什么样才对，千钧一发的时刻，他却还来得及按一下她肩膀，把她往后护，像是怕把她扯进来一样。

——他在保护她。

为什么？

顾菁看着陆江离的侧脸，眨了眨眼。

他脸颊左侧有被抓伤的伤口，刚刚还不明显，这会儿慢慢开始往外渗血。

顾菁脑子里乱成一锅粥，很久才说出一句话："你的脸没事吧？"

"没事。"

陆江离语气充满嫌恶："我就没见过男的打架会拿指甲抠人的。"

顾菁想了想，又问："你要不要去下医务室？"

"再说吧，又死不了。"

陆江离顿了顿，大约是想到在和顾菁说话，语气变温和了点："先去小树林把他藏起来的服装箱拿回来。"

他忍了会儿，终于还是低声骂道："你这以前认识的什么人啊？"

顾菁叹口气："你现在知道他有多坏了吧？"

她自己被郭啸针对的时候，没有慌过。

但现在她想着郭啸的行事脾气，再想想陆江离，难得地生出了点慌乱的情绪："他之后找你麻烦怎么办？"

"他一定会找我麻烦。"

陆江离说："这就是我去揍他的原因。"

顾菁："……啊？"

"那种情况下，我不出手你就会出手，但你马上就要上台，如果被他闹过来胡搅蛮缠，毁了你的表演怎么办？"

陆江离说："我不一样，我不用上台。

"所以他就算来找麻烦，第一个找的也是我，不会影响到你。"

顾菁怔了一下。

她被陆江离周全的考虑震得心脏一麻，随后一股酸软的情绪涌上心头，重重包围了孤身的她。

傍晚的天边，夕阳即将坠下山头。

而陆江离握住她的手往前走，语气沉着，驱散她因光亮消失而带来的慌乱无措："放心。我手里捏着分寸，只是皮肉伤，没动到他骨头。就算真要处分我，也不会有多严重。我扛得了。"

他有点难以辨别自己这么做的动机和情感是什么，只知道在那一瞬间，他把保护她的责任给下意识地扛了起来——不管她需不需要。

在太阳下山的那一刻，天边雷声滚滚而来。

一场夜雨猝不及防落下。

雨势虽然不大，但来得很突然。

没有了日光，又逢夜雨，学农基地本就不平的路变得更难走了。

于是等顾菁和陆江离赶到郭啸藏东西的小树林的时候，他们所有人的服装都被泡在了雨里，连装服装的硬纸板箱都湿透了。

顾菁只觉得心脏和指尖都在发凉。

她站在雨里，浑身发抖，气不打一处来，恨不得现在回去再给郭啸补两脚。

接着，陆江离的校服从天而降，罩在了她头上。

属于他的气息层层笼住了顾菁，让她的不满瞬间消下去一点。

"没事，先回去。"

陆江离一手拎着被雨水浸软的硬纸板箱，另一只手挡在顾菁上方："回去我们再想办法。"

顾菁回去的路上还思考着该怎么和大家解释。

这事毕竟因她而起，郭啸想针对她，结果害了她们整个小品表演组，所以顾菁心中的愧疚感极强，生怕和季如常坦白的时候看到对方难过又失望的表情。

但等她回到后台的时候，才发现所有人已经在风风火火准备新的服装。

顾菁站在原地，愣了愣。

"找回来了？"

季如常匆匆看了一眼，不甚在意道："都湿成这样了，算了算了，好在我有 B 计划。"

顾菁刚刚还在想道歉的措辞，一下子事儿被摆平了，还有点没缓过神来，磕巴了下才说："你从哪儿弄来的新衣服？"

"当时我眼看着衣服一时半会儿找不到了，但我季如常能让其他人为这个操心吗？当然是发挥了我的人格魅力，搞定了新的衣服。"

季如常说着指了指自己："看我这身，找隔壁三班的班主任借的，连鞋子都全了，像样吧？"

她还化了点妆，配上这一套衣服，真的褪去了稚气，很有二十多岁成年人的感觉。

章音过来，补充道："你该感谢杨老师人好。"

"那当然，杨老师确实人好。"

季如常不服气地说："但能迈出这一步的我也很了不起的好吧。当时开口要背负多大风险啊，弄不好就得挨骂。

"但我想着我作为总负责人，我不入地狱，谁入地狱，一咬牙就上了，结果就成了。要不是有我孤注一掷，能行吗？

"其他人的衣服我也都厚着脸皮找各个老师借到了。说实话，这基地的衣服本来就挺旧的，来来回回那么多人都穿过，咱们不要也罢！"

顾菁有点怔然地看着季如常，一时间又有点想哭。

"至于你嘛，就穿这身校服好了，穿校服有什么不行的，咱们就穿校服演。"

季如常伸手擦了一把顾菁脸上的雨水，没问她任何问题，只弯弯眼，笑起来说："还有十五分钟就到我们了，准备准备上台吧。"

四班排的这个小品故事是这样的。

主角长大后过得穷困潦倒，某天却无意间发现了时光穿梭机，于是想穿越回到一年前去买彩票，实现一夜暴富的梦想。

没想到时光机出了故障，不仅一下子多倒了几年，还让这个时空中同时存在了两个她。

也就是说，她遇到了学生时代的自己。

顾菁就负责出演主角的小时候。

她天生娃娃脸，因为自己校服淋湿了，就换了套季如常的。

季如常的校服大一号，她穿上后显得空空落落，等第二幕开始她蹦蹦跳跳上台，确实很有初中生的感觉。

这是顾菁第一次演小品，且刚刚发生了这么惊心动魄的事，她上台的时候觉得腿脚还有点发虚。

然而很快，她定了定心神，朝着季如常走过去。

这小品的前半段充满喜剧色彩，季如常饰演的主角遇到小时候的自己，因为她的穿着打扮和这个时代格格不入，还被小时候的自己以为是骗子，上演了许多啼笑皆非的桥段。

然而在陪伴童年自己的过程中，主角慢慢地意识到，她之所以后来人生处处不顺，根源就是童年缺爱。

周围所有人都在打压她。

家人、师长、朋友，没有一个人爱她，关心她，知道她想要的是什么。

她每天都陷在痛苦的深渊中，即便长大之后仍旧活在童年的阴影下，穷极一生都没有能治愈自己。

主角刚回来的时候，想说服小时候的自己在这个时代提前赚钱。

然而最终，她却没有再提这件事，而是带着她去了想去的地方，给她买了那时候最想要的东西。

十几岁时没有得到的玩具和爱，二十多岁的她终于能买给自己了。

然而就在这个时候，时光机的时限到了。

长大后的主角不得不离开。

小品的最后一幕，是主角之间的告别。

"你说……"

顾菁坐在街边，靠在季如常的肩膀上，迟疑着问："我长大后是什么样子的？"

季如常半蹲着，很温柔地抱住她："你学业有成，事业圆满，还有一个非常爱你的人陪着你。"

长大后的主角慢慢地给小时候的自己讲述她的未来，即便那不是真的，也愿意给她一个最美好的幻想："你的未来前途似锦，星光璀璨。"

她不知道未来会不会因此改变。

但她希望在这一刻，告诉曾经的自己："你会变成很优秀的人。"

台上的光落在顾菁的身上。

她埋在季如常的肩膀里，像是呜咽了一下后慢慢点头："好，我一定会。"

小品结束的时候，四班的人集体起立欢呼，闹腾得要命。

他们大声欢呼、鼓掌庆贺、为台上的伙伴加油的瞬间，会被永恒地定格在他们的青春岁月里。

而另一边，则坐着一中的几百人。

一中这届高二的学生，或多或少听过顾菁的名字。

顾菁走的时候干脆利落，很多人对她的印象只停留在那个和郭啸对上的自不量力、螳臂当车的小姑娘身上。

然而现在顾菁站在台上。

台下欢呼声浩荡响亮，鼓掌声除了二中学生的，还有很多其他学校的。

而台上所有人亲昵地把她拥在中间，感谢她带来的这出完美表演。

她倔强张扬，始终没有折掉自己的傲气，依旧发光发亮。

表演完毕后，顾菁和所有参演的同学们一齐鞠躬。

而抬眼时，她却一眼看到了四班人群后的陆江离。

他不知道什么时候回来了，靠在礼堂墙上，脸上依旧有伤，嘴角却带着笑意，望着她的视线淡定而骄傲。

像是在为她自豪。

"别动。"

陆江离刚刚出去转了一圈，却没找到医务室。

幸好章音行李箱里有个家用急救包，被顾菁借了过来。

这会儿顾菁在礼堂后台找了个没人的房间，举着棉签，正小心翼翼地给陆江离处理伤口："疼吗？"

陆江离勾了下唇，故意说："疼啊。"

"疼你当时不躲开？"

顾菁撇撇嘴，很嫌弃的样子："我以前打架可从来没受过伤。陆江离，你好差劲。"

陆江离气得笑了："我是为了谁？"

他"啧"了一声："小没良心的，下次不救你了。"

"本来也没让你救。"顾菁一边给他涂碘伏一边嘴硬说，"你不来我自己也能解决。"

陆江离问："然后在上台前就被叫去谈话？"

顾菁眨眨眼，说："他不也没来吗？"

"那是他动作慢。"

陆江离眯了眯眼，又猜测道："过去这么久了，不会被吓跑了吧？"

"不可能。"

顾菁说："你不了解郭啸，他这个人非常小心眼。我都转学了还能找我麻烦，你揍他这几下，他估计能记到进棺材。"

"我了解他干吗。"陆江离懒洋洋道，"我了解你就够了。"

顾菁愣了下，抬了下眼，正撞上他的目光。

他这句话说得漫不经心，像是随口一提，顾菁却听得心跳快了两拍。

两人这会儿距离挨得很近，呼吸交错间，顾菁没来由地有点慌。

那种很陌生的情绪再次涌上来，不受控制地在她心底抽根发芽，蓬勃向上，像是夏季烈阳下的碳酸饮料被拧开瓶盖后，有无数气泡正沐浴着滚烫日光，"咕嘟咕嘟"地往外冒。

顾菁垂下眼睛，把棉球扔进旁边的垃圾桶，又去撕了个创可贴，轻声说："谢谢。"

"什么？"

陆江离挑了下眉，说："没听见。"

顾菁把创可贴"啪嗒"一下按在了他的伤口上："没听见算了。"

"嘶！"

166

陆江离疼得倒吸一口凉气，伸手捉住了她的手腕，把她往回拽了拽。

两人四目相对，陆江离脑子也跟着卡了一瞬，刚想说什么的时候，被一声急切的声音打断。

"菁妹！陆江离！"

季如常撑着膝盖喘着气，缓了片刻后，说道："出事了，老李让你们过去一趟。"

郭啸不是不想立刻找他们兴师问罪。

他第一时间就给他爸打电话，结果没打通。

没有自己父亲帮忙处理，他当下就四神无主起来。

因为怕丢脸，被揍的模样被其他同学看到恐怕要毁了名声，于是他只能先去厕所待一会儿，等情绪缓过来后再用校服蒙住脸去找自己班的班主任。

班主任也吓了一跳，立刻把他拉到一边："什么情况？谁打的你？"

"就那个——"郭啸发现他压根不知道陆江离的名字，半天后说，"我不知道他是谁。"

"你这……"

不知道对方什么人就干上架了？

班主任知道这小祖宗的来头，即便心里再觉得麻烦也只得耐着性子继续问："那是哪个班的？"

郭啸立刻说："这我知道，就顾菁那个班的！"

班主任无语了一秒，说："顾菁早转学了。"

郭啸说："就她后来转学去的那个班级啊！"

班主任说："那谁知道顾菁转学转的是哪个班级啊？"

郭啸闹着说道："反正是二中的，一共就十来个班级，挨个儿找一下能怎么样？"

哪有这么简单。

班主任头疼道："你等等，我想想怎么办。"

然而直到台上表演结束，郭啸才后知后觉回忆过来，不就是那个排了小品的班级吗？

再回想刚才报幕说的——

"是高二（4）班！"

郭啸恨恨地咬着牙道。

陆江离和顾菁过去的时候，李建明正在和对方班主任谈话。

郭啸要面子，没有告诉他们班的人。

但四班的小喇叭刚一探听到这个消息，就让这事儿直接在班级里传开了。

对面班主任语气严肃道："李老师，这件事非常严重，你看看我们班这孩子，都被打成什么样了。

"我不知道你平时是怎么管教你们班学生的，但这件事必须让他给出一个说法和赔偿。"

李建明说："我知道我知道。"

李建明刚听了对方描述就知道多半又是陆江离惹出来的事，心里一阵愁，赶紧让几个同学去找人了。

这会儿见陆江离来了，他立刻虎起一张严厉的脸说："陆江离，过来。"

陆江离无所谓地拉开椅子坐下，一副天不怕地不怕的样子看向对面鼻青脸肿的郭啸。

而顾菁站在陆江离身后，小声问周围的人："到哪一步了？"

季如常摊了摊手："我刚去找你们了，什么都没听到。"

李建明说："说说吧，什么情况。"

陆江离轻描淡写道："是我。"

对面班主任看着陆江离桀骜不驯的样子，皱起眉说："李老师，你看看这是什么态度！"

李建明其实也是个很护犊子的人，他自己学生什么样他最清楚。

陆江离虽然平时鲁莽了点，但绝对不是主动惹是生非的性格。

所以他本来有心想护一下陆江离，但没想到陆江离竟然在外人面前还是一脸毫无悔意的样子，碍着别人班主任的面子，他不得不厉声说："你还觉得自己没错是吧？为什么打人？"

"因为是他先动手的。"

陆江离点了一下自己脸上的创可贴："我还手虽然重了点，但顶多算防卫过当吧。"

郭啸见过打架完找借口的，没见过打架完还会赖掉的，立刻站起来指着人说："他胡说！是他先打的我！"

168

"哥们，讲讲道理。"

陆江离眼都不眨，淡定扯谎道："我压根就不认识你，主动打你干什么，我吃饱了撑的？"

郭啸气得一顺口就道："那不是因为我拿了你们班衣服吗？"

李建明立刻捕捉到这个重点："你拿我们班衣服干吗？"

"就——"

郭啸想着反正自家班主任也会维护自己，糊弄着承认了："我和顾菁以前认识，知道她要演小品了，和她闹着玩呢。"

他甚至狡辩道："但我绝对没有恶意，顶多算是个玩笑。没想到这人二话不说上来就打我，这怎么算？"

对面班主任和李建明的目光顿时落在顾菁身上。

李建明没想到这事儿还会扯到顾菁，转头看向她，问："顾菁，你当时也在场吗？"

顾菁犹豫着点了点头。

两个男生打架各自带伤，顾菁却毫发无损。

是以李建明很自然地把她当成了目击证人，放轻了声音说："你别怕，当时发生了什么你实话说，老师在呢。"

顾菁思考一秒，抬了下眼，看向郭啸，眼神里带了点明显的惧意。

片刻后，她像是鼓起勇气，终于开口说："我可以做证，郭啸一开始想打的确实不是陆江离。

"——因为他想打的人是我。"

打女生？

此话一出，四班这边所有人看向郭啸的神情都带了点鄙夷。

郭啸跟着愣了神："我什么时候想打你了？"

顾菁垂下眼，语气轻轻道："因为我和郭啸同学曾经发生过一些误会，导致郭啸同学至今对我有所偏见，即便在我转学后，也依旧没有放过我，而是继续步步紧逼。在今天开场前，我们班的小品服装箱被人拿走了，我听人说可能在郭啸同学的手里，就去找他。

"但我没想到，郭啸同学竟然让我向他下跪求情，才愿意把服装还给我。

"我不愿意，他就试图对我动手。幸好有陆江离同学路过，帮我挡下了。"

她声音微微发抖："否则现在受伤的人……应该是我。"

她的故事七分真，三分假。

陆江离点了下头："我刚好路过，看到顾菁被欺负，所以才顺手帮了个忙。没想到这位同学立刻将攻击的对象换成了我，我不得已才还手。"

郭啸张了张嘴，还没来得及反驳，季如常抢着开口了。

"我知道！我们班的服装箱确实是被人在晚会开始前就拿走了，等还回来的时候已经被雨淋得不能用了。"她语气愤慨道，"这根本不是闹着玩，这是性质恶劣的恶作剧！"

而章音则若有所思道："我也记得昨天彩排的时候，这位同学还来找过顾菁，的确像是要来找她麻烦的样子。只不过当时人多，被劝走了。"

郭啸有千万句话想反驳，却被对面你一言我一语地堵了回来。

刹那间，郭啸才猝然觉得这一幕极其熟悉。

吃一堑长一智。

过去的顾菁在郭啸这儿吃过亏，知道他向来擅长颠倒黑白。

所以她这一次，就以其人之道还治其人之身。

郭啸听着对面的人把所有过错都推到了他身上，咬着牙看向顾菁道："顾菁，你自己当时在我们学校做过什么自己清楚，别换了个学校，仗着没人知道就使劲演。"

他说着又牵扯上班主任当证人："当时的事不仅我们老师知道，整个一中上下都知道，你现在装什么受害者呢？"

李建明皱了皱眉，问："什么事？"

班主任连忙说："是这样的，顾菁同学在我们学校以前呢，曾经传出过她欺负其他同学的传闻，当时的受害者之一就是郭啸。当然——"

她这个"当然"还没说完，季如常立刻说："不可能！"

季如常本来就觉得郭啸这人脑子可能有问题，听着对面班主任居然还拉偏架，火气噌噌噌地往上冒。

她抱着顾菁的肩膀，安抚般地拍了拍，又道："这位同学你要讲道理，顾菁一个女孩子，怎么可能欺负你一个男的啊？我看你欺负她还差不多吧？"

李建明对顾菁转学这件事本来就心存疑惑，怀疑她在前学校受过欺负，此时听着郭啸大言不惭地说顾菁欺负他，顿时拍了拍桌子："同学，说话要讲证据，不能你说什么就是什么。顾菁转学过来之后一直是我们这儿的模范

170

学生，本本分分学习，连小错都没犯过。所有同学和老师都很喜欢她，你可不能随便污蔑人！"

郑徐之插话说："就是啊，顾菁妹妹我还不知道嘛，又乖又胆小，我和她说话都怕吓着她！你倒是说说她以前怎么欺负你的啊！"

关飞鹏挠了挠头："顾菁脾气很好的啊，都没见过她生气，这里面是不是有什么误会啊？"

顾菁自转学以来，帮他们班出黑板报，帮他们班运动会拿高分，帮他们班出演完美的小品。

她待人友善，又长得可爱，成绩好却不因此而骄傲，早就在这些天不知不觉成为他们班一致宠着的对象。

这会儿所有人都七嘴八舌地帮着顾菁说话，恨不得举出顾菁的无数优点和她不可能霸凌的理由。

而顾菁本人，则被好几个人护在身后。

身边的季如常握着她的手，气呼呼地瞪着对面的郭啸。

"——你也快成年了，自己做事自己当，别推给无辜的人。"

陆江离最后一个开口。

他向椅背一靠，看着郭啸，抬了点下巴，神情淡定："我不管你以前是怎么栽赃她的，但至少现在在我们这儿，行不通了。"

第七章 / 顾菁老师

由于双方各执一词，互不相让，加上时间已晚，这事只能暂且搁置，明天再议。

顾菁离开的时候还很礼貌地给对方班主任鞠了个躬。

李建明看在眼里，疼在心里。

唉，多好的一个孩子。

也不知道在一中受了多少苦。

郭啸黑着脸，心想：顾菁转学几个月怎么和换了个人似的？

回到宿舍后，季如常先是安慰了顾菁一番，然后将郭啸从头到脚都批判了一顿，骂得她嗓子都干了。

她接过章音递来的水，灌下去一大口后又看向顾菁，纠结了好半晌，最终还是迟疑着问："你离开一中，和那个郭什么的，是不是有关系？"

像是怕触发顾菁的伤口，她又连忙补充说："不想说也没事。"

该来的总是要来。

但这一回，顾菁没有再逃避。

她点了点头，说："是。"

顾菁曾经打算永远隐瞒下去。

但在这个晚上，她坐在宿舍床上，看着围坐过来的女孩子们，将所有事情原原本本地告诉了她们。

夜色寂寂。

宿舍内一时只有顾菁讲述的声音。

她很平静地把过往说完，觉得自己好像只是说了个别人的故事。

周围人听得心里酸楚，递纸巾的递纸巾，送零食的送零食，变着花样地用自己的方式安慰她。

其中季如常最夸张。

顾菁这个讲故事的没什么反应，她这个听故事的倒是哭得鼻涕泡都快要出来了。

季如常哭得停不下来，最终还是顾菁这个亲历者反过来安慰她许久，直到把她哄睡了后才躺回自己床上。

睡不着。

情绪很复杂。

顾菁辗转反侧，心里依旧忐忑不安。

虽然目前老李和同学们都站在她这边，但陆江离把人揍了也是事实。

以郭啸的脾气，如果针对不了她，那多半不会放过陆江离。

顾菁从枕头下摸出手机，点开和陆江离的对话框，犹豫好一阵后才慢吞吞打字。

顾菁：伤口还疼吗？

陆江离回得速度很快，只是话不对题的：这个点你还不睡？

顾菁无语地回：你不也没睡。

陆江离：我疼得睡不着。

就那么一点伤能疼到哪儿去。

顾菁本来只是礼貌性地问候一声，想以此打开话题，被陆江离这么一说瞬间不想和他聊了。

她把手机锁屏，放回枕头底。

然而过了半分钟，她还是忍不住拿出来，打字问：真的吗？

屏幕对面，陆江离靠着枕头，勾了下唇。

陆江离：假的。

陆江离：看来顾菁同学挺关心我啊？

顾菁心想，疼死你算了。

在她再次锁屏之前，微信页面又抖了抖。

陆江离拍了拍自己说放心吧。

也不知道他什么时候把拍一拍的设置改成了这个。

但可以想见的是，他一定猜对了顾菁大半夜睡不着过来慰问他，心里实际想说的话是什么。

她担心明天，担心郭啸阴魂不散找他麻烦，更担心他会因此遭受和她一样的经历。

所以他用这样的方式，安慰她没事。

顾菁握着手机，那一刻心底无比柔软。

她曾经以一己之力试图对抗强大的对手。

而现在有人与她站在一起了。

顾小菁拍了拍自己说我知道，晚安。

这事儿最后还真的闹到了校长的层面。

本来只是两个学校的学生起了争执，但因为双方口供对不上，两边老师又各自护着自己的学生，一直没有定论。

郭啸死缠烂打要个说法，他爸也给校方施加了压力，一中校长不得不配合出面。

与之相对，二中也请出了他们的校长。

同样都是重点高中，两个学校本来就有竞争关系，二中的校长在听到这件事后，决定彻查。

这事儿一下就闹大了。

因为二中校长铁了心彻查，所以连带着顾菁在一中的旧案也被翻了出来。

郭啸本来以为这足以证明顾菁品行不端，有可能说谎。

却万万没想到，之前那个在一中被他欺负过，又被威胁封口的女孩子，很坚定地站了出来。

女孩提供了郭啸几个月前和她的聊天记录，证明了当时她是受郭啸威胁，没有把当天的事实真相说出来。

女孩当时以为，顾菁道个歉这件事就过去了，却没想到顾菁会直接转学。

从顾菁转学后，女孩就一直背负着巨大的愧疚感，每天都想说出真相，但想着顾菁已经离开，就算帮顾菁澄清也于事无补。

而这次的事件给了女孩一个重新站出来的机会。

一下子局势陡转。

郭啸平时在一中口碑就不好，压迫过的人也远不止顾菁和那女孩子。

许多学生纷纷跟着提交了自己的证据。

饶是他爸有人脉，也无法挽回。

一中的校长宣布将郭啸事件追查到底。

而二中这边，顾菁不仅得以翻案，且名声大噪，一时成为全校的新传说。

当然，对陆江离还是要批评的。

毕竟他确实把人给揍了。

好在有老李帮忙，落下来的处分并不严重，是个不会记入学生档案的口头警告。

唯一附加的条件，是陆江离必须写份检讨，把检讨书当众给念出来。

顾菁听说这件事后倒吸一口凉气，很后怕道："还好当时我没动手。"

处分她可以。

但当众念检讨，她无法接受。

顾菁看向陆江离，重重地拍了拍他的肩膀："组织会记住你的牺牲的。"她迟疑一下，"要不然……我请你吃个饭吧？"

他那句拒绝的话瞬间咽了下去，面色平静地说："好啊。"

从顾菁说要请他吃饭那天起，陆江离就不由得想了很多。

会是哪一天呢？

应该是双休日吧。

毕竟平时他们要上课，很难抽出时间。

如果是双休日的话，是去别的地方挑个地儿，还是就在这附近呢？

要是就在这附近，他最好找机会回家一趟，因为他在这边的衣服除了校服就是校服，实在没什么适合出去吃饭穿的衣服。

陆江离设想了无数场景无数日期，唯独没有想到周四最后一节体育课下课后，顾菁拽着毫无准备的他出了校门。

——然后来到了校门外两百米的肯德基内坐下。

陆江离缓了好半天，终于还是问："你就请你的恩人吃这个？"

"你不要对快餐文化有偏见。"

顾菁表情非常认真地说："而且我选今天来肯德基是有特殊意义的，你知道这个意义是什么吗？"

陆江离："是什么？"

顾菁："因为今天是'疯狂星期四'。"

陆江离心想顾菁请他吃饭是假的吧，实际上她就是想在周四找个人陪自己一块儿出来，这样即便耽误了上晚自习的时间还能找个人帮忙垫背。

陆江离叹了口气。

顾菁很体贴地说："你不喜欢的话，我们下次换麦当劳也行。"

陆江离没什么表情道："没有。"

他对食物本身没有太大的追求，就算顾菁带他去便利店买盒饭他也没什么意见。

那他郁闷什么呢？

陆江离想了想，有点没想通。

或许是因为，他本来以为顾菁请他吃饭，意味着他们将有一整天的相处时间。

结果人家的意思是：想什么呢，我忙里偷闲地挤出来一个小时请你吃饭，已经不错了好吗。

"好啦。"

顾菁看着他，笑着说："下次再请你吃好的。"

她弯起眼笑的样子和她真实性格相差甚大，带有奇妙的哄人魔力。

陆江离那点难以言说的落空感瞬间被她轻巧拂去。

初冬，天黑得早，晚上五点多的时候外面的天色就已经完全暗了下来。

街上的路灯一盏盏亮起。

店里的彩灯闪烁着温和的光，落在顾菁身上。

陆江离垂下眼喝了口可乐，忽然像是想起什么似的说："听说郭啸他爸的公司被查了。"

顾菁嘴里全是食物，含混不清地说道："嗯？"

"据说是税务有问题。"陆江离说，"不知道怎么被查出来的，但多半是因为郭啸这件事闹太大了，一查到底就免不了拔出萝卜带出泥。"

"他这些年赞助了学校不少钱，可惜自身不太干净。"顾菁倒不是很意外，"早晚的事。"

说来也奇妙，郭啸他爸袒护儿子那么多次，最终也因为这个宝贝儿子引起的连环效应被揭发。

"说起来，你当时——"陆江离顿了顿，似乎斟酌着这件事还会不会伤害到顾菁。

顾菁识别出他那点犹豫，咬着根薯条笑着说："随便问。"

176

"你当时……怎么想的？"陆江离说，"其实以你家的能力，想要摆平这事应该也不算太难。"

前几天调查的时候顾菁父母来了一次学校，他作为当事者自然也见了他们一面。

就像陆江离说的那样，她家里条件不错，真要砸点钱也能寻求和解。

但顾菁不愿意。

她不愿意为自己没有做错的事情负责，更不愿意把自己囿于一中的糟糕环境内，年复一年地蹉跎。

即便她知道后果是什么。

即便她知道帮助别人也未必会被别人感谢，甚至可能会给她招来麻烦。

她也依旧会这么做。

"而且我觉得转学过来真挺好的。"顾菁语气轻快道，"我甚至觉得自己转学太晚了。"

"嗯。"

陆江离看着捏着薯条沾番茄酱的顾菁，心想："你就是来得太晚了"。

等顾菁再听到有关于郭啸的消息时，已经是圣诞节了。

那一天，顾菁正在出黑板报。

自从上次她出的第一期黑板报在评选中拿了优秀奖后，季如常就让她承包了此后班内所有的黑板报。

"宣传委员没有副职。"季如常很遗憾地说，"否则我很愿意让你当。"

章音想了想，认真地说："以菁妹的能力，无论如何也该是你让贤当副职才对。要不然你就干脆把宣传委员的头衔让给她算了。"

不过顾菁可没有当正职的打算。

毕竟宣传委员除了负责黑板报，偶尔还要负责学校内各种艺术节活动，她可没有这个兴趣。

她只想在黑板报上发挥一点自己的才能。

这一周的主题是圣诞节，顾菁对于圣诞节本身并没有太大兴趣，但不可否认的是，相关衍生元素确实非常可爱。

她正站在椅子上，试图在黑板上画出一只拉雪橇的驯鹿。

"你听说了没？"季如常靠过来，神神秘秘地说，"郭啸他可能要被退学了。"

她说完看了看顾菁的表情："这么淡定啊，我还以为你会觉得大快人心。"

顾菁笑了起来："我也觉得我应该高兴得想今晚去吃一顿大餐。但实际上，我好像已经不是很在意他们了。"

她继续画，语气很平静地说："一方面是他上次被查，我就知道迟早会有这一天。

"另一方面，他们距离我的生活实在太远了。"

顾菁在郭啸的生命中绝对留下了让他痛苦且难忘的记忆。

但郭啸对于顾菁来说，只是生命里微不足道的一块小石子。

如今她学习、生活轻松幸福，已逐渐遗忘这么一个无足轻重的人。

顾菁吹了下手上的粉笔灰，继续给驯鹿角上色。

圣诞节过后没多久，就迎来了期末考试。

对于高中生来说，期末考试结束并不代表着解放。

至少对于二中的学生来说，考完试后依旧要上一周的课。

季如常恨恨地咬牙道："既然期末考试不代表着学期的结束，那为什么要叫期末考试？末在哪里？"

章音想了想："期末的末可能是末日的末。"

季如常给她竖了竖拇指："正解。"

"知足吧，只是一周而已。"

顾菁安慰她说："以前我们学校要连续上半个月呢。"

而等到这一周的学习结束后，寒假终于正式来临了。

当天放学后，顾菁回到出租屋里整理东西。

平时周末回家时她只要拖个简单的行李箱，但这次她要回去整整一个月，中间还得过个年，只得费心好好整理一番。

好不容易整理完了行李，还得做个大扫除。

顾菁现在和陆江离关系熟了，所以差使他差使得毫无负担。

"我第一次见到，房东还得帮租客一块儿打扫的。"

陆江离边吸尘边说。

"那你现在不就见到了吗？"

顾菁忽然像是想起什么似的，两三步跑到陆江离面前说："对了，我回家的话，这房子空着的一个月也要算租金吗？"

"算啊。"陆江离说，"毕竟这一个月我又不能租给别人。"

顾菁不太开心地拧了下眉，一脸亏了的表情。

当时租房子的时候是她爸妈一手包办的，她不知道签合同的时候是按月算的还是按年算的。

如果按月算的话，寒假一个月，暑假两个月，一年几乎有一个季度她不在却要为此付费。

也不是给不起，就是觉得浪费。

陆江离掀了下眼皮看着她，带着点调侃的笑意说："那要不然你用点别的抵？"

他本来是开玩笑。

没想到顾菁很认真地想了会儿，说："我可以帮你补课。"

陆江离指了指自己："我需要？"

"你需要啊。"

顾菁一本正经地分析起来："我看过你期末成绩单，虽然数理化都接近满分，但语文和英语确实拖后腿了。尤其是英语阅读，那句话怎么说来着，哦，答题卡放地上踩一脚都比你的正确率高。"

陆江离："你……"

"所以，如果你需要的话，我可以当你的私人家教，一对一的那种。"顾菁眨眨眼，"假期限定款？"

陆江离盯着她，片刻后，忽然笑了一声说："行啊。"

"那就这么说定了。"

顾菁很满意地点了下头，刚想说"寒假我们见不到面，是去图书馆还是自习室"。

没想到陆江离挑了下眉，问："那这次是去你家还是去我家？"

顾菁心想，这真是好耳熟的问题。

和上次掰手腕时无所谓去谁那不一样。

这次顾菁认真谨慎地思考了一下后，说："如果你那边方便的话，去你家。

"别看我爸妈平时看起来挺放心我的，但如果我带你回家的话，别说补课了，你进门后至少会先被他们盘问一个小时。要是没有好好回答的话——"

顾菁两指并拢，放在脖颈间一划："我有预感你走不出我家家门。"

陆江离想了一下，又觉得不对："那你单独来我家，你爸妈难道能放心？"

"那不要紧。"

顾菁眨眨眼说："我可以说我去找女生玩了啊。"

陆江离说道："行吧。"

等大扫除结束，顾菁拉起收拾好的行李箱，站起身来。

她把门锁好，拖着行李箱往外走了两步，又转回身来，一边倒退一边比了个打电话的手势放在耳边摇了摇："那你记得到时候联系我哦。"

阳光穿过层层白云与楼道里透明的窗户，落在她身上。

她语气轻快，脚步轻盈，像个小精灵似的，明朗漂亮。

陆江离点点头，目送她离去，弯了下唇。

他当然不喜欢在寒假上课。

但他对寒假还能继续见到她这件事，感到十分愉悦。

高中生的寒假弥足珍贵。

尤其是被学校补课扣掉一周之后，总共满打满算也只剩下三周左右。

所以顾菁一回到家里就舒舒服服地躺了两天，好不惬意。

直到陆江离给她发了一条他家的地址信息后，她才猛然意识到，还得打工给房东先生抵租金。

次日午后，她背着双肩包"啪嗒啪嗒"地从楼上走了下来。

顾蓬正靠在客厅的沙发上看实况转播，扫她一眼，问道："出去玩？"

顾菁拎了拎自己的书包，回了一句："我是出去学习好吗。"

"嗯……"

顾蓬僵硬地转头，审视了她一会儿。

以他对自己妹妹的了解：放假第三天，她能把作业从书包里拿出来就不错了，还出去学习，去哪儿学习？

他盯着她的装扮看了眼，警惕地问："和男生还是女生？"

顾菁边穿鞋子边道："有关系吗？"

"当然有关系啊。"

顾蓬虽然平时和顾菁打打闹闹，但事关妹妹的安全，他还是立刻在心底敲

180

响了警钟："我奉爸妈之命看管你好好学习。"

"得了吧。"

顾菁把鞋带系好，抬起眼笑眯眯地说："你还是管好你自己吧！"

趁着顾蓬还没来得及盘问，顾菁飞快挥一挥手，出了家门。

屋外寒风凛冽。

顾菁一出门就被风吹得哆嗦了一下。

她在自己的手心里吹了口气，觉得自己大冬天还愿意出来，简直有着拯救世界的广阔胸襟。

陆江离家距她家不算太远。

她让司机送自己过去，算了算时间后给陆江离飞快地发了句：**我快到了。**

……

小区外的路口。

陆江离插着口袋，第八次看了眼手机。

几分钟了？

怎么才五分钟。

一辆车在马路对面停了下来。

等车开走后，有个小姑娘出现在路对面，正慢吞吞地仰头看路牌。

她穿着羊羔毛的棕色外套，平时梳的低马尾被编成了根小辫，脑袋藏在毛线帽下，像一只行动缓慢的小熊正在找路。

陆江离的眼皮忍不住一跳。

他站直了一点，刚想伸手给顾菁打招呼，却对上了她看过来的视线。

随后，她眼睛亮起来，单手拎着自己的包飞快穿过人行横道，朝他奔去。

她跑得有点急，一个急停差点没刹住。

女孩撞进他的视线，她鼻尖被冻得有点微微泛红，眼睛却非常明亮："嗨！"

"你就穿这么点？"她上下打量他一眼，"你不冷啊？"

她的声音传过来，把陆江离先前在寒风里的所有煎熬等待都化为了乌有。

他笑了一下，轻声说："还好。走吧。"

等进了陆江离的家后，顾菁探头探脑道："我要不要先去和叔叔阿姨打个招呼？"

"不用。"

陆江离顿了下，说："我家今天没人。"

顾菁看他一眼，说："你不是人？"

陆江离沉默了。

"'顾老师'来监督你一下。"

顾菁换完鞋子，开门见山地说："作业写了多少了？"

"没写。"陆江离关上门，忍不住笑了声，"谁放假第三天就写作业？"

"现在就有了啊。"

顾菁跟在陆江离身后，走进他的房间："我是很有职业操守的'顾老师'，不仅给你补课，还要监督你的日常学习。"

这还是她第一次进除了自己亲哥的男生卧室，忍不住好奇地打量了下。

她本来以为男生的卧室都会很乱，但不知道这里是不是因为有人收拾的关系，东西虽然多，却很干净，让她感觉还挺舒服。

陆江离坐下，顺口问："'顾老师'多有职业操守呀？"

顾菁从口袋里拿出手机，当着陆江离的面按下秒表："我按时收费，童叟无欺。"

陆江离点点头。

顾菁一边从包里拿东西一边问："你想学什么？"

陆江离："随便。"

顾菁说："那我们就从你最差的这一科开始吧。"

顾菁在学校的时候就见过陆江离的英语试卷，猜测出他的阅读差多半缘于他的词汇量不足。

二中的老师不重视抓基础，会默认基础知识都是由学生课后自学，不需要再精讲细讲。

这就方便了陆江离逃避背单词的痛苦过程。

做了陆江离一个学期的同桌，顾菁非常了解他对于所有要默写要死记硬背的存在都不怎么喜欢。

但她这次就是来帮他纠正这个问题。

一个小时后。

顾菁皱着眉给陆江离批改默写的单词："我以为我是来查漏补缺，没想到

182

我是来'精卫填海'。"

看出来了。

陆江离平时确实很少背单词。

他英语之所以还能拿目前这个分数，要归功于他语感确实不错。

顾菁忧心地想，单词积累并非一朝一夕的功夫，而是长期的努力。

他这个现状，这得多久才能补上去啊。

陆江离揉了下指骨。

他本来以为顾菁来给他补课就是说说而已。

没想到她居然是认真的。

一个小时下来，他觉得比在学校里连上几节英语课还累："'顾老师'，我有中途休息时间吗？"

顾菁思考一秒后，问道："休息时间算我的工作时长吗？"

陆江离笑了声："算。"

顾菁宽宏大量地批准了："那随便休。"

陆江离的身体跟着松下来，他向后一靠，一边拿出手机，一边扫了眼顾菁。

她让陆江离休息，自己却没懈怠，拿出一本生物习题做。

高考改革后，生物和地理都是高二的考试科目。

也就是还有四个月，选了这两科的学生就要迎来自己的第一次高考。

所以对于顾菁来说，现阶段生物是她头号要紧的科目。

陆江离边打游戏边看她做题，看到她在写遗传板块时明显放慢了速度，挑了下眉："速度慢了点吧？"

"遗传本来就很麻烦。"

顾菁抱怨道："显性遗传和隐性遗传全让你算概率，我觉得自己好像一个人类基因工程大师。"

她一边用黑笔在题干上画出重点，一边说："A 是色盲，B 是色盲基因携带者，然后让我算他们小孩是色盲的概率——要我说就别生了，省得提心吊胆。

"还有这个。

"双眼皮单眼皮，到底是 AA，还是 Aa，还是 aa。"

顾菁忍不住继续吐槽："双眼皮或单眼皮重要吗？"

"那有这方面基因的肯定想遗传给自己孩子呀。"陆江离低声笑了下，"何况这说不定就是他们唯一拿得出手的基因了。"

顾菁笔尖忽而顿了顿，对这个问题产生了点兴趣："那让我想想，我能有什么遗传给我未来的孩子。"

陆江离耳朵轻轻动了下。

只听得顾菁思考片刻后说："你说会打架这算显性基因还是隐性基因？"

陆江离的手一抖，大吃一惊。

顾菁正色道："这可是我最引以为傲的超能力了，不遗传下去太可惜了。"

"……很难说。"

陆江离缓了好一会儿，慢悠悠地说："为了确保能遗传下去，你最好找个同样打架狠的当你孩子他爸。"

顾菁点头赞同："没错，至少不能比我差吧。"

陆江离说："就和我差不多？"

他这句话说完后，室内安静了下来。

顾菁指尖没来由地麻了一下，接着侧头望向陆江离。

他低着头玩手机，似乎没觉得这句话有什么不妥之处，只是随口接了句话而已。

顾菁的心脏却"咚咚"跳了两下，一时间空气中好像布满了暧昧因子，烫过她的指尖和耳垂。

都怪这该死的生物遗传题。

突然就把话题拉到了奇怪的领域。

顾菁捏着笔，刚想着要接什么话把这个玩笑给圆过去，却见陆江离关了游戏抬起头，像是毫不在意地跳过了这个话题，问："我休息完了。'顾老师'还继续教吗？"

顾菁当即松了口气："教！"

窗外夕阳渐沉。

顾菁不知不觉在陆江离家待了一个下午。

原来当家教是一件这么累的事情，她发誓这辈子也就带陆江离一个学生了。

顾菁一边想着，一边头昏脑涨地揉了下眼睛，慢吞吞地问道："几点了？"

"五点半。"

陆江离合上书，问："你几点走？"

他顿了顿，又像是不经意地问："要不然留下来吃个晚饭？"

顾菁想了想后反问："那这点时间算工作时长吗？"

陆江离眯了下眼："你觉得算吗？"

顾菁打了个哈欠，拿着双肩包起身："不算的话那我就走了。"

陆江离扣着她的手腕，把她拉回来，又好气又好笑地哄道："算，行了吧。"

她歪了下头，得了便宜还卖乖道："陆同学，我发现你是不是挺想让我留下来的？"

"我想让你快清完账不行？"

陆江离继续说："还没问呢，这账怎么算？"

"那首先得让我算算时薪。"谈到账的问题，顾菁立刻严肃起来，"你知道现在普通补课老师的市场价是多少吗？"

陆江离配合她，诚实道："不知道。"

"我有专门了解过。"

顾菁认真地说："如果按照正常市场价，一对一，一个小时起码也得三百块。房租是一个月两千四百块，也就是说我一口气干满八个小时，就可以抵完了。"

顾菁看了一眼手机秒表："现在是三个小时多，加上晚饭的时间，我给你打个折，今天就算四个小时？"

陆江离被她一板一眼算账的样子给逗笑了："行。"

他还能说不行吗。

见陆江离如此爽快，顾菁弯起眼："合作愉快。"

她关掉手机秒表，算了算后，说："还剩四个小时，我下次再来一趟应该就够了。"

今天时间也晚了，所以顾菁留在陆江离家吃晚饭。

陆江离爸妈都没回来，只有他们两个人，但阿姨还是给做了六菜一汤，非常丰盛。

不得不说，陆江离家的饭菜实在很对她的口味。

顾菁平时对食物口感很有要求，陆江离家这顿饭却吃得她如同在自家一样舒心，甚至生出了一种以后没事可以多来蹭几顿的想法。

等吃完饭，顾菁看了眼时间，说："我差不多得走了。"

陆江离"嗯"了一声，说："要送你吗？"

"不用。"

顾菁说："有人来接我。"

她整理完书包，蹲在门口慢吞吞地穿鞋。

门突然从外面打开了。

顾菁下意识一抬头。

从外面走进来一个女人，一身浅色的大衣，踩着至少六厘米的高跟鞋，漂亮得晃眼。

等对上顾菁视线的时候她愣了愣，片刻后温和地笑起来："你好……你是江离的同学？"

——陆江离的母亲。

顾菁在反应过来的一刹那，立刻忙不迭站了起来，都没顾上自己鞋子正穿到一半："阿姨好，我是顾菁。"

猝不及防见到陆江离家长，慌得她下意识地屏住了呼吸。

陆江离妈妈的眉眼和他很像，只是更柔和一点。

顾菁胡思乱想，遗传了这么一个大美人的基因，难怪陆江离也长得好看。

陆江离妈妈一边脱下高跟鞋，一边思忖着道："顾菁……"

像是在哪里听过这个名字。

片刻后，她就回忆了起来："你就是一中转来的那个女孩子？"

顾菁点了点头，一瞬间有点紧张起来。

陆江离妈妈既然知道她是一中转来的，说不定就听说过她和郭啸的那场斗争，保不准还知道陆江离上次打架的罪魁祸首正是自己。

她脑中顿时浮现出陆江离妈妈皱着眉，呵斥她红颜祸水，就是你带坏的我们家江离的画面。

然而陆江离妈妈只是带着好奇的看着她。

前段时间陆江离把郭啸揍了，校方请了家长。她那段时间没空，都是让陆江离他爸去处理的。

但在后来听他爸转述的时候，有提过这个小姑娘。

虽然陆江离和他们说的时候满脸坦荡，什么行侠仗义见义勇为，把自己褒扬成了校园传奇般的英雄。

但本着对自己儿子的了解，他们又怎么会看不出陆江离是为了维护这个小姑娘。

陆妈妈打量着眼前的女孩子。

她长相乖巧，安安静静的。

陆妈妈的态度顿时又放柔了点："你来找江离玩吗？"

"嗯……也不算，我来找他学习。"顾菁有点不好意思道，"打扰你们了。"

"不打扰。"

陆妈妈又扫了一眼陆江离："你在这儿傻站着干吗？这么晚了，你还不送送人家女孩子。"

顾菁连忙说："不用不用，有人来接我。"

"那就让他送到小区门口。"

陆妈妈看着顾菁，和颜悦色地说："欢迎以后常来。"

"我觉得你妈妈好像挺喜欢我的？"

走出陆江离家，顾菁长松了一口气。

幸好幸好。

本来还担心陆江离妈妈听说她的事后会觉得她麻烦。

"她喜欢全天下的好学生。"

陆江离说："更何况你看起来就是家长喜欢的类型。"

话虽如此，陆江离还是眯了下眼，觉得自己妈妈刚才的笑容里透了点过分的热情。

"那确实。"顾菁有点得意地说，"人见人爱。"

说话间，两人已走到小区门口。

大约正是晚高峰时间段，周叔还没到。

陆江离就陪在顾菁身边等车来。

天色已经全暗了下去。

街边路灯下，顾菁打了个哈欠，眨了眨又软又长的睫毛，眼角带出点生理性的水光。

陆江离心底涌起一阵柔软。

他的指尖无意识地蜷了下，像是大脑神经里有什么为之一动。

顾菁忽然问他："下次什么时候？"

"你什么时候有空就什么时候来。"陆江离插着口袋说，"我都可以。"

顾菁笑起来："你放假不出去玩啊？"

陆江离垂眼看她，扬了下眉："可以为'顾老师'推掉。"

顾菁心里轻轻一震。

她抬眼看向陆江离。

陆江离长得高，她站着和他说话时都要抬头看他。

而在这个冬日夜晚的大街上，她就这么仰着头看向陆江离，看着他线条流畅的下颌线，看着他因落下的路灯光显得有点亮的眼睛，觉得有点热热的发晕。

"冷吗？"

陆江离大约是看到她哆嗦了一下，伸手很自然地帮她拉了拉围巾。

刚好，她家的车在对面停下。

还没等周叔叫顾菁，顾菁立刻倒退两步，抬起手挥了挥，说："那我走了，拜拜。"

陆江离："嗯。"

他看着她身后，无声地笑了下："看好路。"

顾菁点点头，随后转身，三步并作两步快速离开。

她呼吸两口车内的暖空气，又下意识地望向后视镜。

陆江离仍旧站在路边，看着她的车一路远去。

他的身影越来越小，直到消失不见，也没有挪开半步。

等顾菁第二次来陆江离家的时候，已经是熟门熟路了。

基于上次对陆江离学习水平的摸底，她这次来的时候给陆江离带来了特地为他量身规划的英语学习方案。

"虽说今天我的任教就要结束了。但英语是个长期积累的科目，如果你不坚持下去，光靠我辅导你的这八个小时不行。"

顾菁递过去一个笔记本："只要你每天按照这个计划来，假以时日，不说冲击高分吧，反正在你目前的分数上提个二十来分没什么问题。"

越往上走，竞争越残酷。

二十来分对一个排名中游的学生来说或许不多，但对于前列的尖子生来说，简直能让他瞬间实现飞跃。

陆江离接过，匆匆扫了眼，就看到了密密麻麻的字，还特地用了不同颜色的笔标注。

他忍不住勾了下唇角："'顾老师'真关心我。"

顾菁说："我一共就收了你这么一个学生，怎么可能不关心你。"

虽说一开始只是单纯为了抵租，但是从上次给陆江离补完课回来，她确实因此生出了几分责任感。

陆江离看了她一眼，又问："那我要是坚持不了呢？"

顾菁顿时露出一副可怜兮兮的表情："那我会很伤心的。"

想了想，她又说："或者我继续监督你执行？"

陆江离笑了声："怎么，你还想搞成长期项目，把一年的租金都抵了？"

顾菁本来倒没这么想，但闻言却眨眨眼，问："可以吗？"

陆江离："呃……"

房间门忽然被敲了敲。

接着，门把手被转开，陆江离妈妈的声音响起："江离，我给你买了蛋糕，一会儿晚饭的时候吃吗？"

等进来看到屋内的人后，她愣了一下，笑道："顾菁也在，那待会儿一块吃吧。"

"蛋糕？"

顾菁看向陆江离，反应了一下说："你生日啊？"

陆江离："嗯。"

顾菁愣了一下，说："那我和你选日期的时候你怎么不说啊。"

当时她和陆江离约定下次补课的日期，她给了陆江离一整周的日期备选。

虽然她自己从中挑了挑说一月三十日和一月三十一日她时间会比较充裕，但也不是没有别的选择空间。

陆江离偏偏就挑了一月三十日。

顾菁不理解地想。

谁会选自己生日的时候补课啊？

陆江离挑了下眉："我就是在生日这天也想学习，不行吗？"

顾菁暗自腹诽道："可以可以，你厉害。"

她又小声嘀咕一句："那你至少提前告诉我一下吧，我都没给你准备生日

/ 189

礼物。"

怎么说他们现在也算是朋友了。

哪有朋友过生日,她却连个礼物都不准备。

陆江离说:"你已经给了。"

顾菁说:"嗯?"

"你不是来给我上课了吗?"

陆江离看着她说。

顾菁原本听陆江离妈妈的意思,以为晚饭就在陆江离他们家里吃。

结果等到她坐在车内,才后知后觉地反应过来——他们好像是要去外面的餐厅。

顾菁不安地坐在后座,有点局促,满脑子都回荡着那句"我应该在车底,不应该在车里"的曲调。

陆江离难得见她这样,靠过去一点问:"紧张什么?"

"一会儿会有很多人吗?"

顾菁凑近一点,压着声问他:"不会你们家七大姑八大姨都来给你过生日了吧?"

她有点怕应付那样的场面,一想到可能会见到一群陆江离家的亲属,脑子已经炸开了。

"不会。"

陆江离说:"今天就只有我自家人在。"

顾菁依旧忧心忡忡道:"那万一你们家族像《百年孤独》里的那样呢?"

等到了餐厅后,顾菁总算松了口气。

太好了。

没有其他人在。

片刻后又反应过来,那岂不是只有她和陆江离一家在。

他们一家三口给儿子过生日,她以一个普通朋友的身份出现在这里,似乎有点太格格不入了。

好在陆江离父母对她的态度都非常坦然,半点没把她当外来人。

顾菁长相乖巧,情商高,没多久就和陆江离爸妈熟悉了起来。

"上次菁菁来我们家做客,我还说可惜没见到她。"陆爸爸性格爽朗,是个自来熟，叫了没两声顾菁就改口成了菁菁，"这次终于见到面了，和我想的一样，一看就是个好孩子。"

"就是。"陆妈妈附和着笑道，"咱们家江离要有菁菁一半省心我就放心了。"

顾菁有点心虚地笑，想着她转学的经历，恐怕放任何一对父母身上都不会觉得自己省心。

陆爸爸又看向她的手臂，忍不住感叹道："就是看起来太瘦了，柔柔弱弱的，哪天风一吹就倒了，快多吃点补补营养。"

顾菁更心虚了。

一顿饭吃到七八分饱，陆妈妈把蛋糕拿了出来，开始摆蜡烛。

顾菁看着蜡烛的数字，才反应过来："你十八岁生日啊？我以为这么特别的日子，你会办个大型成年礼什么的。"

毕竟对于很多人来说，十八岁是人生的重要节点，标志着他们终于长大成人，进入了成年世界。

"提过。"

陆妈妈边点蜡烛边笑着说："他自己不想要。"

顾菁更好奇地看向陆江离。

陆江离向后一靠，神情随意地说道："觉得麻烦。"

其实在他小的时候，他爸妈确实会请很多人来给他过生日。

然而说着是给他过生日，他自己的朋友却没来几个，大部分是亲属以及和他父母有商业往来的朋友。

以至于他的生日仿佛是这些成年人的社交场合。

明明是他的生日，主角却不是他。

太无聊了。

后来也有不少朋友和他一起过生日，但好像也只是找了个借口出去玩而已。

过生日和任何一次出去玩的一天，除了多一个吃蛋糕的环节，似乎也没有什么太大的区别。

久而久之，他就觉得过生日无非是一种寻求快乐的仪式感。

但实际上他生活里又不缺这些。

蛋糕、鲜花、祝福、礼物，甚至是快乐，他都不缺。

包括其实这一次生日也是。

陆妈妈问他想怎么过，要不要办场成年礼。

他顺口就说，算了，当天我还有事。

其实能有什么事。

不过是顾菁要来给他上课而已。

然而有了这个理由，他就能顺理成章地推掉其他烦琐的事情。

或者说，比起那些虚无的仪式感，能在生日当天见一见顾菁，反而更令他感到愉快。

啪嗒！

包房内的灯被关上。

面前蛋糕上的蜡烛火焰在晃动。

陆江离隔着蜡烛光，看着坐在他对面的顾菁，恍惚回到了他们停电相处的那一夜。

她手撑在桌上，眼睛亮亮地看向他："你不许愿吗？"

陆江离顿了一下，说："我从来不许愿。"

顾菁一笑："你好浪费。"

陆江离轻笑了声，说："那让给你？"

顾菁刚想说"生日愿望还能让吗"，想了想后却说："行吧，那就让我替你许了吧。"

她说完后，就虔诚地合上掌，认认真真地闭上眼。

陆江离看着她垂下的睫毛，勾了下唇角。

怎么忽然觉得，过生日或许也没有他想的那么无聊了呢。

生日宴结束。

陆妈妈去结账，陆爸爸去开车。

而顾菁和陆江离慢吞吞地从包房内走出来，沿着酒店长廊往外闲庭信步地走着。

陆江离问："你刚刚帮我许的愿望是什么？"

"愿望说出来就不灵了。"

顾菁正色说："所以我不能告诉你。"

陆江离想了想："但只要不是我本人说出口，那就应该没关系吧？"

顾菁还真的思考了一下俗世对于许愿约定俗成的规则——似乎的确只听说

许愿者本人说破就不灵了，没有代许者也不能说的道理。

顾菁扬了下眉，说："因为我也不知道你最想要的是什么，所以我就单纯希望陆江离同学能在未来一年里心想事成，所有想要的统统能得到。"

陆江离挑了下眉："有效期就一年？"

顾菁笑眯眯地说："因为等你十九岁的时候我可以帮你再许一次呀。"

她这句话说得太自然了，仿佛等到他明年生日的时候她依旧会理所当然地出现在他身边，再陪他过一次生日。

陆江离闻言安静了好几秒，说："说到做到。"

"放心。"

顾菁说："我说话和你一样，都很算话。"

"对了。"她从口袋里拿出手机，看了一眼秒表的计时，"八小时到了。虽然我的授课从今天起就结束了，但是如果你在学习上遇到问题，还是可以来问我的。"

陆江离嘴角往上一挑，说："'顾老师'挺负责啊？"

"毕竟我就你这么一个学生。

"当然……确实也有点另外的原因。"

顾菁站定，抬眼看向陆江离，带着点神秘道："你知道是为什么吗？"

陆江离笑了声，很配合地问："为什么？"

顾菁勾勾手指，示意他俯身下来。

陆江离凑过去一只耳朵。

"因为——"

顾菁踮起脚，声音很轻很软，抵在他耳边仿佛像是暖风吹过。

然后，陆江离就听见她说："我真的很强。"

顾菁说完后立刻后退了点，笑得肆意张狂，几乎快收不住："没办法，太优秀了总得找个地方释放一下。"

陆江离捉住她的手，无奈道："你现在就仗着我不会收拾你是吧？"

顾菁没半点惧意，还笑了。

她仰头对着他眨一眨眼，说："你能吗？"

简直像是在挑衅他。

仿佛一方面在说，你又打不过我。

另一方面则说，你又舍不得打我。

陆江离一时很无语。

顾菁本来想让周叔来接她的。

但陆爸爸坚持要送她，盛情难却，她无法推辞，索性坐陆家的车回去了。

这么绕了一圈，等陆江离回到家的时候，已经快晚上九点了。

他先洗了个澡，回到自己房间后才发现刚刚走得急，台灯忘记关了。

陆江离伸手，正打算按灭的时候，一眼瞥见了桌上顾菁给他的那本学习计划书。

他拿起来，本来想收进抽屉里，又想起顾菁之前说的话，顿了下，反而在书桌前坐了下来。

陆江离翻开一页。

顾菁的字写得很秀气，却不飘，一笔一画非常认真。

距离上次给他补课没多久，也就是说她回去后只花了一周左右的时间，就立刻给他对症下药地整理了一份很全的学习计划。

从每天背的单词数量，到他需要精进的薄弱环节，再到她自己整理的学习笔记，以及时不时出现的测试题，总之这简直是本"学习百宝通"。

陆江离翻了几页，又发现一个特点。

顾菁喜欢画画。

所以每隔上几页，都能看见她在笔记本右下角圈圈画画的痕迹。

有的时候是只小狗，有的时候是朵小花，有的时候是配合那一页的重点单词画的单词形象。

有的时候是个小人，梳着她的发型，拿着个教鞭。

陆江离忍不住勾起唇角，一路翻到最后，等合上笔记本后，又往后一靠，接着止不住地笑了起来。

他几乎能想象，顾菁边写笔记边给他画上两笔的样子。

说不定还要边画边嘀咕两句，陆江离你看我对你多好，还给你配插图呢。

太可爱了。

三周的寒假转瞬即过。

虽然寒假只有三周多，但其作业量远超过三周应有的量。

饶是顾菁，也是熬到最后一天，连夜把剩下的几篇作文补完，累得人都要吐了，一闭眼全是自己瞎掰出来的议论文素材，同一个素材可以套三篇不同的作文话题。

"坚持"的话题里有这个人，"取舍"的话题里有这个人，"选择"的话题里还有这个人。

还好假期作文不查重，否则顾菁将以百分之六十的查重率首当其冲。

顾菁第二天去学校报道的时候，看见季如常也有黑眼圈，就知道她也累得不轻。

没过多久，陆江离也来了。

他像是很困，从教室门到座位，一路连打了几个哈欠。

顾菁想起来，他上学期刚开学的时候好像也困得要命。

看来他虽然平时懒了点，但该交作业的时候并不会落下。

陆江离刚坐下来，一眼就看到了他桌上多了盒东西。

长方形的礼物盒，用亮闪闪、很少女色的包装纸包装好。

陆江离拧了下眉："这是谁拿来的？"

他本来还以为是哪个喜欢他的女生给他送的，正想着让人送回去，却见旁边顾菁侧头说："是我补给你的生日礼物，打开看看喜不喜欢。"

陆江离困得都耷拉下来了的眼皮蓦地一跳。

上次顾菁说没给他准备生日礼物，虽然他觉得没关系，但她显然还是记下了这件事。

陆江离抿了下唇，松开书包带，带着一种莫名的期待拆开包装纸，打开礼物盒。

眼前出现了整整齐齐的三本书。

《高考英语考纲词汇详解》。

《高中英语教学与评估（精编版）》。

《高考英语词汇训练2000题》。

陆江离说："这……"

顾菁眨眨眼，还追问道："喜欢吗？"

陆江离转过头看了她好几秒，反问说："你觉得呢？"

顾菁理直气壮道："那我觉得你必须喜欢吧。

"千里送鹅毛还讲究个礼轻情意重呢，更何况这三本书都是我精心挑选出来的。"

顾菁很认真地补充说："我自己在高一的时候都用过的，编得挺好，而且挺适合基础比较薄弱的人。"

她拿起那三本教辅，开始挨个做详细介绍："像这本词汇详解你可以配合我给你的学习计划，一直用到高考。

"其他两本这个学期应该能写完，到时候我再根据你的水平检测看看推荐什么新的书。"

顾菁把书放回去，扬了扬下巴："怎么样，'顾老师'贴心吧？"

……那可真是太贴心了。

陆江离轻轻磨了下牙，语气里听不出是气还是笑："这真是我收到过，最特别的生日礼物。"

除了她，恐怕也没人能想出生日礼物送教辅的操作了。

顾菁弯起眼笑起来，像是很满意的样子："乖，好好学，不要辜负'顾老师'的一片苦心。"

她甚至伸手，又拍了拍陆江离的脑袋："英语学习是长期功夫，'顾老师'会一直督促你前进的。"

"顾老师"都发话了，那他还能怎么样呢。

陆江离面无表情地翻开第一本的一页，看了看，觉得隐隐有点头疼起来。

"只要你持之以恒地学下去，总会提高分数的。"

顾菁又像是想起什么似的，问道："你有想考的方向吗？"

陆江离转了下笔，随口说："没想呢。"

他确实没想过未来要考哪所大学。

他们这边的高考政策是先出分数再填志愿，所以他没给自己设目标，打算能考到哪儿算哪儿。

顾菁也不意外，只是点了下头说："不管未来方向是哪儿，多提点分总能让自己的选择更有余地。"

"还有一年半呢。"

她语气肯定地说："来得及。"

陆江离收起教辅，想了想："的确。"

还有整整一年半呢。

谁知道这一年半会发生什么。

对于当下的陆江离来说，一年半的时间确实很漫长，仿佛还要走上万里长征才能抵达彼岸。

他没有发现，其实一年半也就是他们入学到现在经历的所有时间。

只一眨眼的工夫而已。

被限制在学生时代的很多高中生，往往将高考作为一道当前人生的重大关卡，仿佛寒窗苦读十几年就是为了突破那一道关卡。

至于关卡后面到底是什么，他们没想太多。

十年磨一剑，大抵如此。

然而他们都没有意识到，磨剑固然重要，但你的那把剑上有什么样的花纹样式，它想开的是哪扇门，等敲开那一扇门后你是否依旧能把它扛在肩上带着它继续前进，又或者你磨剑的时候会遇见哪些人，这些比磨剑本身更会影响他们的人生。

就像此刻的陆江离，对一年半后的未来毫无概念。

他只是瞥向顾菁的侧脸，忽然想——

一年半后，她会在哪儿呢？

开学第一周通常忙着收作业，摸底考，俗称给学生们收收心。

而等学生们的状态渐渐恢复后，就即将迎来第二学期的一项重要活动。

"当当当当——再过一个月就是咱们的校园文化艺术节了。"

班会课上。

宣传委员季如常站在讲台上，兴致盎然地问："还有一个月左右的准备时间，大家想一想今年我们班搞什么？"

顾菁做了一道生物题后抬眼，问陆江离："这是什么？"

"一个学生们放飞自我的日子。"

陆江离看着也不怎么上心，随意道："通常表现为学校和每个班级策划各种不同的活动，调动全校的人一起参与。"

他讲得模糊，顾菁却马上懂了："就和校园开放日差不多呗？"

她片刻后又小声嘀咕一句："这所学校活动可真多。"

以前她在一中的时候对这些活动就只有听听而已。

以至于她一直觉得艺术节、开放日不是真实存在的东西，就和物理中的绝对光滑平面一样。

"我参照了前几年的艺术节活动，给大家列出了几个参考方案。"

文艺委员打开 PPT 课件，说："大家可以挑一挑。"

班级内顿时热闹起来。

顾菁又轻声问："去年我们班搞了什么来着？"

陆江离回忆了一下，有点不忍直视道："化装舞会。"

班级里有十几个人负责扮演卡通人物。

而每个进入班级里的外来人员可以体验一次和卡通人物一起玩耍跳舞。

顾菁想象了一下这个画面，评价说："迪士尼校园版。"

台上的季如常说："这些方案其他班也会想到，我认为不够凸显我们班的特别之处。"

顾菁忍不住在心里吐槽，难道去年的迪士尼舞会校园版很能凸显特别之处吗？

"——今年我打算把我们班布置成密室逃脱场地！"

季如常大胆提议。

文艺委员被季如常的想法吓了一跳："咱们班就这么一小块地，你怎么布置呢？"

"我们就搞个简易版的嘛。"季如常很兴奋地策划道，"用硬纸板隔开，搭出几个简易场景就行。"

文艺委员转头就道："李老师！我举报季如常想拆了我们班！"

李建明则笑眯眯的，非常尊重学生们的意愿："自由讨论，自由讨论哈。"

班级内讨论声音越来越大。

策划的提出者们各抒己见，向其他同学疯狂拉票。

顾菁对活动内容没什么太大意见，只低头翻阅班长刚刚发下来的艺术节宣传手册。

如陆江离所说，除每个班的活动之外，校内也会搞各种各样的活动，希望学生踊跃报名参与。

比如"十大演说家"。

顾菁毫不犹豫地否了。

没兴趣给别人做心灵鸡汤式的演讲。

"辩论王之争"。

顾菁再次翻过。

也不想和陌生人唇枪舌剑。

她又翻了一页，目光落在"十大歌手"的宣传页面上。

"待会儿投票，你们几个必须给我投密室逃脱啊。"

季如常下场拉票，看见顾菁正盯着那页看，拍了拍她的肩膀说："菁妹要来参加'十大歌手'吗？我刚好要报名参赛，一块儿啊。"

顾菁看她："你唱歌行吗？"

"当然了。"季如常一脸的胸有成竹，"校园大歌手舍我其谁，华语乐坛将来的'紫微星'就是我好吧？"

想到季如常以前吹过的牛，顾菁对此暂时持保留态度。

她再次翻过这一页，想了想还是算了："你上吧。我给你当啦啦队就行。"

季如常虽然做事思维活跃毫无规划，但往往说干就干。

她前一天说要报名参加校园歌手大赛，次日就背了一把吉他来学校。

顾菁盯着她的吉他包，晃神好几秒才说："校园歌手能自带乐器？"

"可以，我特地打听过了，这次虽然说是十大歌手，但其实各种表演形式都可以。

"我看隔壁三班都有小姑娘决定，直接上台表演最近最火的那个女团的主打曲。她搞出个唱跳的舞台，那我肯定也不能输吧。"

季如常拍了拍自己的吉他包说："到时候我就带着我心爱的吉他上台，给全校人好好露一手。

"那首歌叫什么来着？弹起我心爱的小吉他？"

"……是土琵琶。"

顾菁笑了声，说："名字都不记得，还怎么当华语乐坛'紫微星'？"

"我们紫微星又不是体现在这个方面。"季如常信誓旦旦，"等晚上吃完饭给你看。"

晚饭后到晚自习之间有一个半小时的空闲时间。

住宿生这个时候可能会回宿舍休息会儿，男生则会去篮球场或小卖部消磨时间，总之教室里的人并不算多。

所以等当天吃完饭，季如常就兴冲冲地拉着章音和顾菁回了教室，并迅速把自己的椅子拉到教室最后。

章音伸手示意："请开始你的表演。"

季如常打开吉他包，拎出她的吉他，摆好架势。

因为见惯了季如常跑火车没正形，所以顾菁一开始对季如常的吉他水平并不抱什么期待。

然而等她正式弹起来才发现，还真的挺像模像样的，在业余人员内属于相当不错的水准了。

季如常炫技式地弹完一首歌的副歌后，又立刻换了另外一首歌的副歌变奏版无缝衔接，曲调却十分流畅，并不显突兀。

等到另一段也弹完后，顾菁很捧场地鼓了鼓掌，问："还有吗？"

"这你就难为人了。"季如常很诚实地说，"我一共就背得出这两首副歌谱，毕竟平时光靠这两首也够'招摇撞骗'了。"

顾菁心想，原来是靠这个一招鲜，吃遍天。

章音忍不住笑了声，问："那等你比赛的时候也用这两首？"

"还有一个月，我可以学新的嘛。"

季如常忽然拍了下吉他，说："想起来了，我还会第三首。不过这第三首我应该弹不完整，可以试一试。"

她弹了两小段，果然卡住，正在努力回想的时候，顾菁却轻声试探着问："要不然……让我试试？"

季如常一愣："你会弹啊？"

"一点点。"顾菁很谦虚地道，"以前有学过。"

她初中的时候曾经是个重度"二次元"热爱者。

当时日本漫画正红极一时，有一部作品就是讲校园内的五个女孩子如何组了个校园乐队的故事。

顾菁看得热血沸腾，当下就缠着爸妈给她买了吉他。

顾爸顾妈对于她的爱好向来都是支持的，不仅给她买了吉他，还报了吉他培训班。

虽然这吉他后来因为学业被顾菁搁置，但当时学了一年的记忆现在依旧留在身上。

尤其季如常弹的这首，正是她当时在训练班练习最多的曲子之一，一听季如常弹就忍不住动了起来。

季如常怀着期待，把吉他递给顾菁，还让出了自己的座位。

教室里现在人并不多。

刚刚有三三两两的人回头好奇地看，多半也是知道季如常在为了校园歌手大赛练习吉他。

所以顾菁安心地接过，坐了下来，顺着季如常刚刚没弹完的曲子继续往下。

她已经两年没碰过吉他，刚触弦的几个音显得有点不熟练。

不过顾菁耐心调整了下，很快上了手。

吉他弦乐声响起。

季如常不由得睁大了眼睛。

顾菁说自己会一点点，但这绝不是一点点的水平。

她指法标准，且乐感很好，除了最开始的磨合，往后都弹得轻快又流畅。

走廊里，刚从食堂回来的陆江离听到吉他乐声，眉心似有所感地一跳。

他走到班级门口，看见顾菁坐在教室最后的椅子上。

夕阳西斜，余晖洒进教室内，虚虚拢住顾菁，将她的影子拉出很长一道。

她低着头垂着眼，发丝温柔地坠在耳边，指尖却淌出轻灵跳跃的音乐声。

陆江离心底一动，站在门口，没有进去破坏这一份意境。

晚风把音乐声送到走廊的每一处。

对于疲乏了一天的学生来说，任何学习以外的声音都能够吸引他们的注意力。

吃完饭回来的学生越来越多，四班外很快围了一群人。

而顾菁没有察觉，完全陷入了自己的世界里。

她已经很久没有摸过吉他了，却依然越弹越熟悉。

虽然眼前这把吉他和她的那把不太一样，手感也生疏，但她依旧无可避免地从这把吉他上怀念起了过去。

等她放下吉他的时候，才发现教室外面围了一群人。

她人还没反应过来，手就被人握住了。

"菁妹。"季如常眼睛发亮地看着她，"我们组个女团吧。"

顾菁说："啊？"

"不对！"季如常摇一下头，又雀跃道，"我们组个乐队去参赛吧！"

顾菁原本真没打算参赛。

然而她向来挨不过季如常的软磨硬泡，加上刚刚弹吉他的时候，确实忍不住怀念了一下自己以前的梦想，也就顺水推舟地点了头。

答应了之后，顾菁才后知后觉地发现，自从上次被叫去参加话剧当了女主角之后，她在离开一中时打定主意的低调行事，包括对于集体活动能避则避的原则渐渐被抛却了。

既然有挑战，有兴趣，那干吗不试一试呢？

给青春留点宝贵的回忆，没什么不好的。

"行吧。

"但我们两个人都弹吉他，这怎么组乐队？"

音乐教室里，顾菁盘腿坐着，看向眼前的季如常好奇地问。

季如常丝毫不觉得这是个问题："就组双吉他乐队不行吗？又没有哪条法律说组双吉他乐队犯法。"

顾菁忍不住笑了声："可以，我没意见。"

她又问："比赛规则是什么？"

季如常从校服口袋里掏了半天，拎出来一张被折了好几下的纸，递给顾菁，道："看这个。"

"组队参赛最多不超过五个人。

"初赛由十位评审决出最终进入决赛的名额，而评审从报名的学生当中挑选能者担任——"

顾菁顿了顿，很感兴趣的样子："早知道我去报名参加评审了，这个看起来更有意思。"

"没有追求。"季如常唾弃她说，"当评审，打完分就没事儿了，多没劲啊。相信我，我们俩联手，别说是一个区区的校园歌手大赛了，称霸华语乐坛都不是问题。"

季如常说："我俩的组合名我都想好了，就叫 Always 乐队。"

顾菁说："Always？"

季如常点了点她，又点了点自己："菁，常，经常，Always。"

还真是简单粗暴的取名法。

季如常则对自己的乐队名相当满意："高级的乐队往往只需要最简单好记的名字，而且你不觉得这名字听起来就很有火的潜质吗？

"我相信，这个校园歌手大赛就是我们征战华语乐坛的第一步，迟早有一天 Always 会红遍大江南北——"

她话还没说完，就被顾菁拍了拍肩膀，打断了畅想："梦想可以有，但咱们先把实事做了。"

季如常："嗯？"

顾菁拿出手机："下周就报名截止了，至少我们先把歌选了吧？"

最终两人给初赛和决赛分别选了一首歌。

初赛的歌还好，热门且好学，是专门用来获取评审好感度的。

然而给决赛选的那首，又快又难，就连顾菁也没什么把握。

她本来想换一首，然而季如常很坚持地说："上台就要选这种能带动气氛的才行。"

行吧。

顾菁想，但愿她俩能学下来。

确定了要参赛后的第一个双休日，顾菁刚回到家就直奔二楼储物间。

她翻了好一会儿，终于在某个角落里面找出了自己那两三年没见过阳光的吉他。

的确落了不少的灰。

顾菁咳了两声，拉开拉链，把吉他从包里拿出来，试着拨动了两下。

果然，长久不弹，连音都不准了。

顾菁轻叹口气，把吉他重新放进包里，准备带出去找专门的吉他店维修一下，顺便换一下弦。

她背着吉他包下楼，正遇到要回自己房间的顾蓬。

顾蓬看着她背后的吉他包："怎么，又心血来潮了？"

他若有所思地说："我记得你初中那会儿很痴迷这个，好像还自己写歌词，说未来要自己出歌来着。怎么，终于找到冤大头发行公司了？"

"停停停——"

顾菁捂住耳朵，有种黑历史被翻出来的羞耻感："过去八百年的事儿就别提了。"

她为自己扳正立场道："我现在是为了参加学校艺术节比赛才特地翻出来的，为班级争光懂不懂？"

为班级争光这种话竟然能从顾菁嘴里说出来。

顾蓬忍不住上下打量她一眼："你没事吧？"

顾菁白他一眼："要你操心。"

顾蓬状似思考地说："不过你现在再弹的话，应该会把吉他弦给拨断吧？"

他双手合十，做了个祈祷的动作："希望弦没事。"

顾菁把吉他包往上背了下，面无表情地揉着指骨："吉他弦不一定有事，但你再多说一句肯定会被我揍得有事。"

顾蓬很懂分寸，及时打住。

他往上走了两步，像是又想起了什么似的问："你们校园艺术节其他人能进吗？"

顾菁说："可以吧。"

她记得季如常和她说，当天会叫一个连的后援团来给她们加油助威。

想象到那一幕，顾菁就已经开始有点头疼了。

顾蓬饶有兴致地挑了下眉："哪一天？"

"三月二十八日。"

顾菁顿了下，很警觉地问："你不会要来吧？重新潜入高中校园，体验一日高中生生活……"

她眼神同情道："哥，你老了，不合适。"

顾蓬弯起嘴角，语气平和地说："我亲爱的妹妹为班级争光，当哥哥的我怎么能不去一睹风采呢？"

顾菁顿时有种不太妙的预感。

她眯了下眼："但那天你不应该有课吗？"

"选修课，翘就翘了。"顾蓬继续温和道，"毕竟，有什么能比得上我妹妹重要呢？"

顾蓬继续说："刚好，借此机会也让我看看那个寒假把你骗出去两次的人是谁。"

顾菁顿时明白了。

原来是为了这个！

顾菁靠着楼梯，忽然笑了声："那你怎么知道这人就是我们学校的呢？"

顾蓬一哂："总不可能是一中的吧？"

"我们学校隔壁还有技校呀。"顾菁笑眯眯地说，"哥哥，你还是太不了解我了。"

她快步下楼，和顾蓬挥了挥手："拜拜哥哥，我走了，你就慢慢猜吧。"

顾蓬无语半晌，咬牙想，这个艺术节他去定了。

顾菁虽然长久不练吉他，但身体记忆还在，就算重新熟悉一首新歌也不难。

而季如常本来就一直在学吉他，所以 Always 组合很顺利地通过了初赛，就等着艺术节当天的决赛。

艺术节当天是周一。

这个日子不用穿校服，有的班级集体穿了班服，有的班级则放任学生们自由穿着。

所以当顾菁走进校门的时候，就看见学校内一片花花绿绿，生动明艳，充满自由的朝气。

她来到自己班级门口。

一眼就看到教室已经被布置成了密室逃脱的场景。

季如常当初的提议最终以两票险胜第二名的"烹饪教室"。

黑布层层蒙着几个搭建出来的硬纸板迷宫通道，虽然简单了点，但乍一看还真的有那么点像样。

教室内现在是进不去了，顾菁干脆坐在教室外多余的、被搬出来的桌上，晃了晃腿问："我们比赛在什么时候？"

"下午。"

季如常边低头整理小礼品边闲聊："我刚刚去看过操场上搭的台子了，还挺不错的，值得本大明星将其作为全球巡回的第一站。"

顾菁笑了声，又歪了下头问："那这段时间我们要再练习会儿吗？"

"稍等一会儿哦。"季如常看了看表，"我还得给我们班的密室收个尾才能走。"

她装模作样地叹口气："没办法，能力越大，责任越大。这世界向来就是能者多劳嘛。"

顾菁从桌上跳下来："有什么我能帮忙的事情吗？"

"八点半开始正式开放，现在还在测试期，要不然你进去玩一会儿，刚好帮我看看密室有没有什么 bug。"季如常说着举了举手里的印章，"我还可以为你盖下我们班第一个章。"

全校学生，以及外来的路人都会拿到一本关于艺术节的小册子。

里面有对校园文化艺术节各项大型活动内容、时间和地点的介绍，最后一页则是每个班级对应了一个空白格，在参与了这个班级的挑战或活动后就会被盖上一个专属章。

因为下午有比赛，顾菁没打算把宣传册盖满章。

但现在反正闲着也是闲着，替自己班级当第一个测试员也没什么不好。

她点了点头："行吧，怎么进？"

季如常晃晃铃铛，吩咐班级内的其他人："朋友们，接客——"

顾菁本来以为班级自己搭建出来的简易密室应该也就那样。

没想到掀开黑布帘子走进去后里面竟然真的暗得不见天日，只有些微的光亮从门口的方向隐隐透进来，氛围感营造得还不错。

接着，密室内忽然响起幽怨的女声——

"欢迎来到'一日囚'。

"只有解开谜题，才能走出这座牢狱。"

这声音在漆黑一片的布景里，显得格外瘆人，若是外人来了估计真会被吓一跳。

顾菁却是轻轻笑了声。

听出来了。

是季如常捏着嗓子录的。

她打开手机里的手电筒，往前走了一步，面前的课桌上瞬间弹出了一个小丑装置，声音沙哑地叫唤起来。

这声音响得实在突然，顾菁下意识地后退一步，背脊却撞到了个什么东西。

软的，带着温度。

像是无声无息地出现在她身后。

前面的都没吓到顾菁，背后这一下却真吓得她心跳一滞。

她刚想叫，下一秒却在一片漆黑中听见了带着轻微笑意的声音——

"顾老师？"

虽然他声音很低，但顾菁还是瞬间就认了出来。

适才的紧张顿时烟消云散，她忍不住笑了声，抬手晃了下手机，照清陆江离的脸："你怎么进来了？"

"对外开放前帮忙测试 bug。"陆江离反问，"你不也是？"

顾菁不怎么信地问："这么简单的一个密室还需要两个测试员？"

陆江离扬了下眉："不行？"

顾菁："……行。"

她估计陆江离是想赶在正式开放前先来玩一轮，等一会儿还想来可能就得排队了。

不过倒也不影响她。

更何况有陆江离在，她下意识地就放松了点，连黑暗环境都不怎么怕了。

顾菁重新回到那张课桌前，认真看了一下。

原来刚刚吓了她一跳的小丑玩偶旁边放了一个简易的感光装置，只要被强光扫到就会自动弹出。

而除小丑玩偶之外，桌上还有一部手机，触屏后亮起，跳出一个页面——请输入密码。

陆江离站在旁边看了眼，下结论："看起来第一关就是找密码。"

顾菁点了下头，脑子飞速转动。

既然这密室是学生自己布置的，且为了接待更多的人，难度就不会太高，估摸着走一遍完整流程应该也就十来分钟。

所以线索应该很明显。

顾菁立刻将手伸向了小丑玩偶，很快就从它的帽子里拿出来一张小纸片。

展开一看。

竟然是一道三角函数题。

顾菁心想，这密室未免也太接地气了。

不愧是校园特制版。

这里面没有准备纸笔，还好这题本身不难，顾菁在脑内迅速算了下，正想输入答案的时候，却见陆江离已经先她一步，在手机里输入了"1"。

通往下一空间的门立刻被打开了。

全程不到五秒。

顾菁不由得给他竖了个拇指。

比数学，果然还是陆江离厉害。

两人走进第二关的房间。

这间房桌上放了一盏小台灯，不算太亮，但能让人清楚看见。周围所有的硬纸板上全都是各式各样的图案与字，几乎看得人眼花缭乱。

通往下一关的房间门前依样放了个手机。

"如果我没猜错，密码就在这些图案里。"

顾菁简单推理了下，就说："找吧，你左我右？"

陆江离只"嗯"了一声，两人就配合默契地迅速搜寻起来。

虽然这屋内有灯，但很难照到所有角落，所以顾菁还是打开了手电筒，一寸一寸地在纸板的图案里找线索。

不多时，她就发现了第一个数字，正隐藏在写得花里胡哨的物理公式中。

绿色的二。

按照一般的密码推测，应该一共就四个数字。

顾菁一边想着，一边很快又在一堆概念文字中找到了第二个数字。

橙色的六。

数字本身应该是密码。

而颜色指代的，应该是顺序？

顾菁只想了一下就明白过来。

应该是彩虹顺序。

而且按照这个房间里出现过的一些物理概念与公式，也暗示了是光的波长顺序。

想通这点，就离胜利不远了。

顾菁搜寻的速度不由得加快起来，正半蹲着迅速挪步的时候，脑袋一下子撞上了什么东西。

她轻轻"欸"了一声，下意识地抬头，正对上同样半蹲着的陆江离的视线。

逼仄的密室空间里，两人的呼吸在昏暗的灯光下交错了一瞬。

陆江离不知为何轻轻笑了一声，伸手，拇指轻轻蹭了蹭她的额头："撞疼你了？"

半明半暗的环境中，顾菁心跳不由得快了两拍。

她觉得自己耳朵、指尖，以及被陆江离揉过的额头都微微发烫起来，半晌才小声说："没……没有。"

撞的明明是脑袋啊。

顾菁茫然地摸了摸自己胸口。

但怎么像是撞到了这儿，不仅跳个没完甚至剧烈到有点影响思考。

"看到了，是红色三。"

陆江离说："走吧，去输密码。"

第三关的密室套路更是简单，只用在一堆纸片中完整地拼出英语单词就可以离开。

陆江离和顾菁顺利通过密室时，季如常按下了秒表。

"五分五十七秒。"

季如常边在旁边的计时器上输入这个数字边说："你们也太快了吧？我本来预设的是每组八分钟到十二分钟左右的。

"那我就把你们这次的挑战成绩暂时记为最快纪录了，按照规定，之后打破纪录的人会获得额外奖励。"

顾菁闻言就笑了："你早说要算成绩，我可能会更快。"

"我就是故意不告诉你的。"

季如常说："否则我担心你直接暴力破关，把我们搭了三天三夜的门给强拆了。"

顾菁："……"

"怎么样，密室里有什么不妥的地方吗？"季如常看了一眼表，"现在临时改还来得及。"

顾菁思考一秒说："第一关是不是太简单了？毕竟只要找到小丑的纸片，

几乎是秒过，要不然你们适当提升一下难度？"

季如常沉默了几秒，说："……简单吗？"

然后，她语气一转道："我以为那道函数题在没有草稿纸的情况下至少要算一分钟啊？这哪里简单了？"

顾菁跟陆江离都沉默了。

季如常摆摆手道："算了算了，出去领奖吧，毕竟你们俩本来就不能用普通人的眼光看待。"

顾菁和陆江离走出去，盖完章后被旁边的同学一人发了一根棒棒糖，当作挑战奖励。

顾菁边拆糖纸边说："打破纪录的最高奖励是什么？"

"当然是我们准备的特别大奖——

"文具大礼包一套！"

顾菁心想，不愧是这么一个学习密室走出来后的奖励。

她含着棒棒糖，不太开心地对陆江离说："早知道我们晚点来刷纪录了。"

虽然不是什么值钱的奖励，但还是隐约觉得自己亏了。

顾菁正这么说着，一阵风吹过，她禁不住打了个寒战。

外面的温度比密室里要冷一点。

顾菁揉了下鼻子想。

此时初春，正是乍暖还寒之际。

为了下午的比赛，顾菁上半身只穿了一件正肩衬衫，下半身则是浅色的格子裙，纤细白皙的腿被包裹在薄薄的长筒袜里，而膝盖到裙子下摆的这一小截皮肤则直接暴露在空气中。

顾菁抱着自己的肩膀打战，正思考着要不要回家拿件校服时，忽然有件带着温度的衣服盖在了自己身上。

顾菁抬头说道："嗯？"

陆江离拎着校服两边的袖子，垂眼道："伸手！"

顾菁"噢"了一声，默默把两只手伸进去。

陆江离比她高近三十厘米，校服也是最大号。

这会儿顾菁穿好后伸了伸手，觉得连手指都伸不出来了。

然而她却没想脱，而是把袖子往上拉了拉，满意地点了下头："还挺合适的。"

陆江离弯了下唇，似是对于她的评价很愉悦："我也觉得挺合适的。"

顾菁刚想说什么，口袋里的手机忽然响了两下。

她接起来，听见了顾蓬的声音："你们班挺难找啊，哪层？"

顾菁几乎当即就笑了起来："就这么几层楼你还找不到？"

她说着快步从教室那往外走了几步，没多远就看见了顾蓬："你这不是找到了吗？往右看，在这儿。"

虽然顾菁当时嘴上表示出不想让顾蓬来艺术节的打算，但实际上哥哥愿意来看她的表演，她心里还是挺开心的。

她快步往前，迎向顾蓬。

陆江离眼看着顾菁接了个电话，接着刚才还因为怕冷而有点难受的表情瞬间融化了。

像是春风骤然拂过，在她脸上吹开了一朵雀跃小花。

然后，她穿着他给的衣服往前蹦跶好几步——

走到了另一个男生面前。

男的？

陆江离眯了下眼。

他看着那人带着笑伸手，揉了下顾菁的头。

而顾菁虽然面上立刻露出嫌弃，但能看出来她心底并不排斥，甚至像是习惯了他的动作。

陆江离离顾菁有点远，听不清他们在说什么。

但是顾菁的一举一动，都透露出来一层讯息，她和眼前的人相当熟——甚至于远超和他的关系。

一瞬间，陆江离觉得心底有种危机感涌上来。

他打量了一下对方。

平心而论，这男的长得还不错，是温文尔雅、如沐春风的那类长相。

但他却莫名觉得很碍眼。

今天大家都不穿校服，所以陆江离一时不知道这人是高三的还是外校的。

看起来像是外校的。

要是高三的他不会一次都没见过这人来找顾菁。

陆江离一时不知道为什么，心情很差。

刚才的那点愉悦也被眼前的景象浇了个透凉。

大约是他的目光有点直接，顾菁对面那男生像是察觉到什么似的，和他撞上视线。

陆江离迅速别开目光。

"你穿的什么这是。"

顾蓬也跟着收回视线，很亲昵地拎了拎顾菁衣服的袖子："你一会儿表演就穿这个？这是你们现代高中生的新潮流？"

顾菁甩甩袖子："你不觉得很可爱吗？"

顾蓬嗤笑一声："像个傻子。"

他说："这是男款的吧。"

顾菁随口说："问我们班最高的女生借的不行？"

"顾菁——"

班内有同学探出头叫她："有空吗，帮个忙？"

"来了。"

顾菁应了一声后说："我先去忙会儿，你爱在哪儿逛在哪儿逛，别打着我的名号招摇撞骗就行。"

顾蓬轻轻一笑："知道了。"

看着顾菁进去后，顾蓬漫无目的地到处闲逛，不偏不倚地走到正在低头打游戏的陆江离旁边。

"欸，同学。"

他换上一副初来乍到的礼貌表情："你是四班的吧，我能不能和你打听个事儿？"

陆江离头都没抬："说。"

"菁菁平时在你们班过得怎么样？"

陆江离指尖顿了一下，抬头看他，面无表情地问："谁？"

"就那个，顾菁。"

顾蓬笑了笑说："她是转学过来的，平时和我在一起的时候总是笨手笨脚，粗心大意。我怕她还不习惯这边的生活，所以如果方便的话，你能不能告诉我点她的信息？"

他的语气里刻意带上了明显的关切与宠溺，彰显着他们关系特别。

陆江离顿时觉得一股烦躁横生。

他还没来得及开口说什么，就见顾蓬看了一眼他，接着像是很抱歉地一笑，说："我是不是问错人了？看起来，你和她应该不太熟吧？"

陆江离捏紧了手机。

像是脑子里压抑了许久的那点情绪被人猝不及防地捅了一把。

一触即爆。

"——熟。"

陆江离抬眼看顾蓬，语气冷得掉冰碴："我和她很熟。但容我先问一句，你是她什么人？我凭什么告诉你？"

顾蓬轻轻"啊"了一声，思考一瞬，表情有点暧昧道："很重要的人——吧？"

陆江离心里的不痛快在他这句话说出口后，几乎到达顶点。

正当他将要发作之时，顾菁从里面出来，大约是看到了他们在聊天，叫了一声："哥。"

陆江离的背脊忽然僵了一秒。

他适才的表情还凝在脸上，就见顾菁两三步蹦跶过来，指了指顾蓬："你们已经聊上了？给你介绍一下，这是我哥，顾蓬。"

陆江离在原地缓了好几秒。

他听见顾菁又对顾蓬道："这是陆江离，我同桌。你们是不是已经认识了？"

"刚认识。"

顾蓬礼貌地伸手说："陆同学，你好。"他笑得依旧很温和，"开了个玩笑，别介意。"

陆江离终于想起来，顾菁生命中还有这么一号人物。

半晌，他僵硬着伸手："你好。"

他脸上依旧没什么表情，但一身压抑着的愤怒顿时消散全无，甚至仔细看还能看出一点艰难晦涩，似是在想怎么往回补救。

然而顾蓬只是浅握了一握，打完招呼后就把顾菁拉到了一边，揶揄着说："你这位同学的脾气，似乎不太好啊？"

"没有吧。"顾菁眨了眨眼，"他人挺好的啊。"

她上下打量一下顾蓬，像是思考了一会儿才说："是不是你先得罪他了？

"哥，这就是你的不对了啊，你一个大学生怎么还和高中生计较，就不能让着他点吗？"

顾蓬就没有见过这种胳膊肘往外拐的小家伙。

顾蓬侧头，瞥了一眼陆江离。

他装作在低头看手机，实则时不时转头看向他们的方向。

还挺惦记啊小子。

顾蓬弯了下嘴角，继续温和地说："这样啊，那就让我继续和他好好聊聊，增进一下对彼此的了解。"

顾菁心里清楚顾蓬就是想看看她的反应，然而憋了两秒，还是忍不住开口："你别——"

"——我好了！"

季如常终于从班级里抽出身出来，甩了甩手："差点把我累死了，还好赶在八点半前全收拾完了。菁妹，咱们排练去吧？"

顾菁努力咽下那句话，对顾蓬说："那行，你们好好聊，我先排练去了。"

顾蓬点了下头："你比赛什么时候？"

"下午一点开始。"顾菁推算了一下，"不过我们的次序还挺靠后的，出场差不多要到两点多。"

顾蓬："地点呢？"

"操场。"

顾菁哼笑一声："这次你不会又迷路错过吧？"

"没关系。"顾蓬微笑着说，"我想这一次陆同学会带我过去的。"

顾菁沉默片刻后看了一眼陆江离，带着一种难以言说的沉重情绪。

兄弟，保重，自求多福吧。

陆江离问："什么？"

没等陆江离参透顾菁离开前的那一眼是什么意思，顾蓬就过来，主动开口问陆江离有没有空，能不能带他去看看学校的其他班级活动。

想着对方的身份，陆江离当然也没法拒绝。

等逛了几个后，他就感觉出来不对了。

这顾蓬像是在故意麻烦他。

问题一个接一个。

要求也是一个接一个。

偏偏顾蓬表情纯良无害，每次都让人找不到理由开口拒绝。

陆江离现在可以确信了。

他们兄妹肯定是亲的。

而顾蓬则在内心不断给陆江离打分。

从客观上来说，陆江离人长得挺帅的，被麻烦这么多次也没翻脸，很有耐心，而且从他对顾菁的态度来看，也很在乎她。

而从主观来说。

顾蓬在心里"呵呵"一声。

就他？

在学校举办的所有比赛活动中，校园歌手大赛无疑是受关注度最高的。

还没开始，操场上就黑压压聚集了一大片人。

陆江离特地提前了十分钟带着顾蓬过去，还是被这架势给吓了一跳。

"陆哥！我占好位置了——"

郑徐之远远地看见他，在操场中央扯着嗓子，边跳边喊道："快来快来！"

陆江离走过去，发现周围几乎都是四班的人。

陆江离拧眉："你们怎么都来这么早？"

"废话。"

郑徐之说："今天咱们顾菁妹妹上台表演，我能不早点来吗？这不，刚吃完饭就过来占位置了。"

关飞鹏端起手里的泡面说："还有我，我没吃完饭就过来了，就等着第一时间给我们的顾菁女神加油！"

陆江离眉心一跳："女神？"

"从上次运动会后就是了啊。"

关飞鹏把泡面一放，站起身来，做了个夸张的动作："一会儿的应援词我都想好了。顾菁，你、是、我、的、神——"

远处，顾菁朝着操场方向看了一眼，好多人啊。

季如常却很兴奋道："哇，我看到我亲友团了！今天凭宣传手册入场的都

/ 215

能得到一张投票券，所以，比拼人脉的时候到了！"

她站在原地跳了好几下，努力朝着远处挥了挥手，试图让对方看到自己，继续说："我把我以前同学，同学的同学，反正愿意出来玩的都叫来了。胜利一定是我们的！"

顾菁看了一圈，指了指远处一群拿着自制的彩色应援牌的老奶奶："好像有人比你请的还多。"

季如常看着应援牌上的名字："我就说隔壁三班那小姑娘花样百出，怎么还带爷爷奶奶辈的来？保安竟然也放他们进来？这合理吗？"

她叹了口气："算了，看来我们只能以实力取胜了。"

顾菁笑了声，拍拍季如常说："本来不就是吗？"

况且她也并不在乎名次。

对她来说，这就是一次圆她初中没实现的梦想的特殊体验而已。

只要能顺利表演完，她就没有什么遗憾了。

一个又一个选手登台完毕。

有独唱，有合唱，也有唱跳表演的，季如常一个个数过去，惊喜地说："好像还没人带吉他上场欸，那我们就是独一份的。"

"快到我们了。"顾菁低头拨弦，"先别管他们，最后检查一下。"

果然，主持人很快报幕道："下一位登台的，是来自高二（4）班的，Always 组合。"

"走吧。"

季如常握了握顾菁的手。

顾菁笑起来，难得地应了这一声："好，走吧。"

等两人上场的时候，操场上四班的人欢呼瞬间响彻人群。

而陆江离看着台上背着吉他的顾菁，眼神一凝。

上午他看到的顾菁还只是穿了条小裙子，别的装扮都和平时差不多。

然而现在登场，她的发型换成了双马尾，似乎还化了一点点妆，妆容很浅，只眼皮和嘴唇上有点亮。

却非常适合她。

顾蓬忽然开口："漂亮吧？"

陆江离的掌心在口袋里紧了紧，装作不经意，"嗯"了一声。

漂亮。

当然漂亮。

音乐响起。

前奏刚响起来，操场上就欢呼声一片。

她们选的是《超喜欢你》，一首耳熟能详的快节奏甜歌，哪怕从学校的劣质音响里传出来，依旧能撩拨起许多人的心弦。

顾菁轻呼出一口气。

季如常的判断没错。

在这种场合就要用能带起气氛的快歌。

主歌第一句响起，顾菁弹着吉他开口。

她的表情看起来非常轻松，仿佛边弹边唱边放眼台下观众，对她来说半点都不是难事。

而等到季如常的 part，她又走到台子另一边，敲着吉他给她当伴奏，依旧轻松随意，游刃有余。

与其说是在参赛表演，更像是在享受表演。

她边弹边走，等副歌响起节奏变快之后脚步也跟着变快，气息却不虚，音准依旧很稳。

当然，比起专业的歌手肯定有差距。

但对于一个校园比赛来说，却已经绰绰有余。

台下情绪被她轻而易举地调动了起来，在副歌响起的时候就跟着她开始了合唱。

顾菁看起来就更开心了，笑意明朗，眼底带光。

陆江离看着台上的人，始终一言不发。

她在台上光芒万丈。

再也不用像刚转学的时候那样，装出一副谨小慎微、小心翼翼的模样来规避他人的瞩目。

如今的顾菁不再掩饰自己的情绪和愿望，想做什么就大胆放手去做，不给自己的青春留下半点遗憾。

况且，以她的能力，的确想做什么都能做得很好。

等到了副歌结尾，大概是气氛被炒热，连带着顾菁的情绪也高涨起来。

她站到台边和观众自由互动。

陆江离听到了旁边不远处别人的议论声。

"台上左边这个是谁呀，太可爱了吧。"

"顾菁你都不认识啊？我上学期就知道她了，她超可爱的！"

"学姐——"有个大概是高一的学生站起来，朝着台上的人喊了一嗓子，"我也超喜欢你！"

全场哄笑。

陆江离却无意识地握紧了拳。

顾蓬跟着笑了下，说："没想到菁菁在学校还挺受欢迎的。"

他看着身边陆江离的表情变化，满意地挑了下眉。

最后一段副歌，场上情绪正被推至最高点。

顾菁望向人群，随后目光准确无误地望向了陆江离的方向。

陆江离呼吸停了半拍，和她对上视线。

他清晰地看见她笑了起来，随后，指尖轻轻拨动吉他弦，对着他站立的方向开口。

"——就算世界与我为敌，我超喜欢你。"

像是心脏瞬间被击中。

一时之间，陆江离再也听不到其他的声音。

沸腾的音浪带动空气中的分子碰撞，也就是在那一瞬间，陆江离终于想通了一个问题。

他不自觉地跟着台上的人一同笑了起来。

夏风吹过发梢，他找到了自己名为青春的答案。

等表演结束后，顾菁下了台。

她还没完全从刚刚的氛围中抽离出来，下意识地抱紧了吉他，指尖还因为激动有点微颤。

她做到了。

她终于完成了她初中时期的梦想。

"哇，就一个字，爽！"

季如常边走边继续看操场上其他人的反应，非常满足道："看这现场氛围，看这欢呼声，什么叫人民的自发选择？我早就说了我们 Always 是最强的吧？"

顾菁终于回神过来，笑着和她击个掌："没错。"

章音从人群后绕路过来，报告情况："反馈很好，我刚刚一路听到周围其他班的都有改票投给你们的意愿。"

"很好。"

季如常又问："你录像了没？"

章音像是愣了一下，片刻后说："气氛太好，我给忘记了。"

季如常表情顿时委屈起来："这么珍贵的历史资料，你怎么能忘呢？万一我十年后成了大明星，还要回忆我的第一场演出呢——"

"好啦。"

章音打断她的话，边忍住笑边拿出手机说："开个玩笑，当然录了，回去就发给你们。"

顾菁闻言也笑了一声说："这算是我们的官方视频吗？"

"我这应该算粉丝追星？"

章音对顾菁说："不过你的单人拍摄倒说不定真的有，当时我看到操场上一群人举起手机盯着你拍。"

季如常捏了捏顾菁的脸："没办法，咱们菁妹长得好看就是了不起。早知道让你结束前先发言拉个票了。"

顾菁却是分了个神。

……很多人拍吗？

她下意识地转头，看了一眼操场的方向。

密密麻麻的人群中，她一眼就捕捉到了陆江离的方位。

然而和他对上视线的那一刻，顾菁看到他顿了一下，随后瞬间别开了目光。

顾菁茫然地眨了下眼。

什么意思？

不想看她？

Always 组合最终拿了第二名。

"可恶。"

季如常愤愤不平地说："果然还是被三班的压了，谁能想到她带了快一百个人的后援团来，这是艺术节吗，这是夕阳红旅游团打卡点吧？"

"没关系啦。"

顾菁拿着银色的小话筒奖杯左看右看，很满意道："我倒是觉得银色奖杯更漂亮。"

毕竟这对于她来说已经是意料之外的惊喜了。

虽说她们最终在台上表现得游刃有余，轻松肆意，然而实际上在准备节目的这一个月里，顾菁差不多将自己所有的课余时间压榨到极致，没日没夜地挤时间出来排练。

季如常也同样，甚至好几周的作业没写，才和顾菁一起完成了这个缺一不可的舞台。

"行吧，第二就第二。"

季如常握紧拳说："看我明年再战——"

"别聊天了各位，准备打扫卫生了！"小组长拍了拍手催促道。

顾菁恋恋不舍地将银色小话筒在自己桌上摆好，扛起拖把去卫生间。

而等她洗完拖把回来，发现自己桌上多了一杯奶茶。

顾菁问："谁点的奶茶放我桌上了？"

"我们哪有时间点啊？"季如常支起扫把，表情带着调侃道，"是有人专门给你送的。"

顾菁："谁？"

"就高一（8）班的那个啊。"

季如常说："自从艺术节过去后，在学校的交流墙上他已经发送了有关于你的好几条消息，全校估计都看到了……"

她看着顾菁一脸茫然的表情，说："你别告诉我你不知道啊？"

顾菁还真的不知道。

她向来没有看学校交流墙的习惯，总觉得即便在上面被提到也没什么可开心的，反而有种名字被拎出来的尴尬。

现在当这个人成了自己，她头皮顿时一麻，立刻表示："让他省省吧，我可不想太惹人注意。"

她身后。

陆江离像是不太开心地磨了下牙，接着没什么表情地拿起黑板擦。

"我看他还挺真情实感的呢。"

季如常偷偷摸摸地翻出手机，打开最新的一条："找到了。高二（4）班的顾菁学姐，虽然你可能不认识我，但我真的很崇拜你。你在艺术节上的表现深深打动了我，让我找寻到了阔别已久的、来自灵魂深处的感动。"

顾菁现在正被尴尬到不敢动。

季如常继续念："你看到我放在你桌上的那杯奶茶了吗，那是我特意为你点的，希望你会喜欢。"

顾菁有点受不了了。

她问："刚刚他来的时候你们看到人了吗，长得怎么样啊？"

季如常手机点着下巴，回想着说："平心而论，好像还蛮帅——"

她话没说完，陆江离重重在黑板上拍了两下黑板擦，像是在抖粉笔灰。

季如常被吓了一跳，片刻后，像是意识到了什么似的改口："不过也就那样，和我们班陆江离同学那是肯定没法儿比。"

顾菁摇了摇头，拿起奶茶想看一眼上面的标签，却被陆江离伸手拿了过去。

顾菁怔了一下，问："你想喝？"

"不是，就是看看。"陆江离端详一秒，面色平静道，"我觉得他可能给你下毒了，建议扔掉。"

顾菁："哈……"

顾菁向季如常打听了一下这学弟叫什么之后，在回去的路上翻自己的微信好友申请。

大约是艺术节的关系，这几天她微信确实收到过好几条申请。

不过她看着不是认识的人，就都没加。

现在重新翻开申请列表，顾菁一眼就在一群头像中看到了一个最显眼的，白底黑字，上面写着"顾菁学姐看看我"。

顾菁顿时感到非常尴尬，忍不住对同路的陆江离吐槽说："我觉得这学弟大概专程去蓝翔土味进修班学过几年。"

陆江离瞥了一眼她的手机页面："你还想加他？"

顾菁点了下头："是呀。"

她看过了，刚才的奶茶是十四块。

她虽然没喝，转送给了同组另一个女孩子，但还是得把钱给人打回去。

等打完钱就删了他。

顾菁说着按下通过好友申请。

陆江离忽然说："你想认识他？"

他声音有点冷，顾菁一时有点没适应。

于是本着回呛的心态，她边加好友边随口说："学弟嘛，认识一下也没坏处，多条朋友多条路。"

陆江离舌尖抵着后槽牙，刮了一下后才说："能因为一首歌就被感动也太夸张了，我觉得他是骗子。"

顾菁觉得他今天态度奇怪："你怎么这么揣测人家？"

陆江离面无表情地说："直觉。"

他心头有种莫名焦躁的情绪，然而看着顾菁不仅完全领会不到，甚至还在对着聊天框打字，瞬间被气笑了。

他两三下开了门后，连晚安都没说就进了门。

顾菁："哎……"

怎么突然就生气了。

莫名其妙的。

男人就是难懂。

顾菁撇了撇嘴，等转了两圈钥匙后却发现转不开。

她低头看了看，才发现因为和陆江离讲话分了心，所以她把家里的钥匙当出租屋钥匙给插了进来，现在卡在了锁孔里。

她左转右转半天都不开，甚至现在连拿都拿不出来。

顾菁下意识地看了一眼陆江离房门的方向，想到他刚才的态度，还是决定自力更生。

不就是拔个钥匙的事儿吗。

这世上难道还有她顾菁做不到的事情？

看她大力出奇迹！

顾菁咬咬牙，用蛮力往下一扣——

"咔"的一声。

她拔出了半截钥匙。

看来这世上还真有她做不到的事情。

半分钟后。

陆江离听到了"咚咚咚"的敲门声。

他打开门，只见眼前的女孩子轻轻眨了两下睫毛，装出一副乖巧模样问："房东先生，请问，你会不会修门锁？"

"……"

一看她这个态度就知道没好事。

陆江离问："坏了？"

"也不算吧。"顾菁眼神飘忽，"就是钥匙断在里面了。"

陆江离穿上鞋，过去看了一眼后，又看了看顾菁掌心里的半截钥匙，沉默片刻后说："这我解决不了。"

"那怎么办？"

顾菁打量了一下，忽然说："你们这防盗门锁够不够牢？"

陆江离顿觉不妙："你想干吗？"

顾菁退后两步，在空中虚虚做了个踢腿的动作："当然是试试看能不能把门锁踹开了。"

陆江离好半天才拦下了顾菁，生怕她真的来个飞旋腿，暴力拆门。

他看了眼时间，十点半。

"这个点估计也没有开锁师傅上门服务了。"

"那我总不能连夜打车回自己家吧？"

顾菁又看了看走廊，拧着眉说："还是我在楼道里将就一夜？"

陆江离靠在墙上，像是思索了一下后说："或许还有个选择。"

顾菁："嗯？"

陆江离对着自家的房门扬了扬下巴："睡我家。"

顾菁稍稍迟疑了片刻。

陆江离立刻补充说："别担心，我妈今天来看我了。"

顾菁不由得松了一口气，又思考了一下连夜回家和睡楼道的难度系数后，毫不犹豫地接受了陆江离的提议。

"进来吧。"

陆江离给她放了双拖鞋，顺手把门带上。

顾菁还是第一次进陆江离这间屋子。

她搬来这里也有大半年了，但有事基本都是陆江离来找她，所以即便只隔了几米，她之前也从未踏足过这片领域。

她这会儿不免好奇地探头探脑，把房子的全景都扫了一圈。

这套房是陆爸陆妈为了陆江离上学专门买的，所以整体面积不算大，但也是个标准的两室一厅。

陆江离只睡一间，剩下那间自然而然就是客房。

本来陆妈来的话会住在这一间，不过今天情况特殊，陆妈在听完儿子解释后豁达地让出整理好的客房。

"那阿姨睡哪儿？"顾菁觉得这不太好，"我只是借住一晚上，还是睡沙发吧。"

"没关系。"

陆妈妈看向陆江离："我睡陆江离这间。"

陆江离刚想反驳我这么大了不方便，就听见妈妈说："陆江离睡沙发。"

陆江离："……等等，谁才是这间房的主人？"

陆妈妈平静地说："是我。"

陆江离瞬间没脾气了。

"行吧行吧。"

他靠着门框，对顾菁说："记得欠我这个人情。"

陆妈妈问顾菁："要洗澡吗？"

顾菁立刻点了点头。

陆妈妈开了浴室的灯："牙刷牙膏毛巾在左边柜子里，都有新的，随便拆一份。热水往右边开。"

她温和地问："还有什么需要的吗？"

顾菁思考了一下，表情迟疑，片刻后才小声问道："您这儿有没有多的睡衣？"

"我没有多的。"

她看着女孩子略显失望的表情，笑了下说："但你可以穿陆江离的。"

陆江离听着浴室里哗啦啦的水声，看着妈妈拿出自己未拆封过的，崭新的T恤，忽然觉得有点难以静下心来。

半晌，他抓了下自己的头发，懊恼又无奈地叹了口气。

等顾菁出来的时候，床单已经换好了。

她身上这件属于陆江离的淡蓝色T恤，风格其实还挺酷，然而穿在一米五几的顾菁身上就如同一件睡裙，遮住她大半身体，只露出膝盖往下的部分。

她拖着偏大好几码的拖鞋踢踏踢踏地走出来，乌黑长发散在脑后，纤细的手腕上套着个发圈，非常居家休闲的样子。

陆江离回头，呼吸一凝。

他的这件T恤领口偏大，顾菁又瘦，整个人被罩在衣服里面，宽松柔软。

大约是因为冲过热水澡的关系，她的膝盖关节还泛着粉色，在白皙的腿上格外晃眼漂亮。

只一眼，陆江离就移开了视线。

"床单和被子都是我妈新换上的。"他望着墙壁，缓了会儿再转回视线，"觉得不舒服的话再说。"

"谢谢。"

顾菁在床边坐下，仰着头看他，忽然笑了一声："陆江离，我怎么觉得你对我有点太好了呢？"

陆江离猝不及防地被发了一张好人卡，他一时不知道该高兴还是不高兴。

接着，他又听到顾菁慢吞吞地说："所以根据我的推测，上辈子，我肯定对你有恩。"

陆江离："所以呢？"

顾菁说："所以这辈子你必须得报答恩情。"

陆江离觉得又气又好笑："我看你现在是真不怕死。"

顾菁也跟着笑起来，片刻后忽然问："对了，我还没有问，你之前为什么不高兴？"

陆江离怔了一下："什么？"

"就，在我钥匙断之前，我感觉你心情不是很好。"顾菁小声嘀咕，"我还以为你生我气了。"

所以她敲陆江离家门的时候还带点忐忑不安。

但看她过来后他这一系列行为，似乎又没有。

好几秒后，陆江离才说："没有。"

他顿了顿，补充了一句："和你没关系。"

本来也不是她的错。

"好吧，那说点和我有关的事情。"

顾菁身体前倾一点，往陆江离的方向靠了靠，随后缓慢道："'顾老师'来检查学生的补习情况啦。"

陆江离就知道，事情没有这么简单。

客房的书桌旁。

"看来你有按照我的学习计划来。"顾菁看着他这几天的进度，满意地点了点头，"朕心甚慰。"

顾菁撑着下巴，笑眯眯地说："看来你还是愿意好好学的嘛。"

也不能说有多愿意。

只是他时不时翻到顾菁写的那份学习计划，总觉得小姑娘这么认真地给他准备了，要是他弃之如敝屣，或许会让她不高兴。

所以一开始他就是很单纯的，不想让她不高兴。

结果后来慢慢学起来，也就养成习惯了。

偶尔想她的时候，他甚至会翻翻笔记本上她画的插画，心情就会好不少。

顾菁一边翻书，一边给陆江离讲了几个他不会的问题，最后坐在旁边督促他把今天的单词给背了。

因为她穿得少，所以陆江离还是给她房间内开了空调。

这会儿暖风徐徐，伴随着陆江离背单词的声音，吹得她有点犯困。

顾菁支着一支笔，看着看着就闭上了眼。

陆江离背单词的声音忽然一顿。

他垂眼看去。

顾菁这会儿穿着他的衣服，身上散发着他们家沐浴露的香气，趴在离他很近的地方睡着了。

她身上沾了这么多属于他的东西。

仿佛她也是他所拥有的存在。

陆江离的喉咙紧了一下。

寂静的夜里，光线不明亮的小房间内，只剩下空调的嗡嗡声、顾菁的呼吸声，以及陆江离自己的心跳声。

半晌后，陆江离闭了闭眼哑声开口："顾菁。"

她的睫毛轻轻抖了一下，没睁开眼："嗯？"

"困了就回床上睡。"

"……哦。"

顾菁拧着眉，打了个哈欠起身。

她睁开眼的时候看起来还有点迷糊，摇摇晃晃地站起来准备回床上，眼看着就要撞上一边的柜子。

陆江离拉了她胳膊一把。

他轻轻"啧"了一声，半拉半护地送她回床上。

顾菁慢吞吞地钻进被子。

陆江离半蹲在她床边，等她完全躺好后，才说："我关灯了？"

"好，晚安。"

顾菁撑着最后一点意识说："回去记得背单词，我明天还要抽查你……"

"……"

陆江离静了一下，片刻后轻轻笑了声："知道了。"

顾菁第二天是被陆妈妈叫醒的。

昨天发生的事太多，她一时忘记给手机充电，闹钟自然失灵了。

"抱歉抱歉。"

顾菁站在洗漱间里刷牙，含混不清道："会不会迟到啊？"

陆江离拉着书包背带，靠在外面的门框边，道："没事，不急。"

整理好东西，两人一起出门。

顾菁在临走前还看了一眼自己的门。

钥匙还断在里面，非常坚韧不屈的样子。

"走吧。"

陆江离说："我和物业报修过了。"

顾菁叹口气，也只能接受现状："走吧。"

在去学校的路上，陆江离给他俩一人买了一袋豆浆和一个包子当早饭。

他们自从关系熟了后，在这种小事上不怎么区分你的我的，反正今天你请我个早饭，明天我就还你个夜宵，都差不多。

等走到教室门口的时候，顾菁还剩半袋豆浆。

她正准备抓紧时间一口气喝完，却瞥见教室门前有个陌生人。

在看见她来之后，那个陌生人顿时眼睛一亮，快步来到她面前："早上好啊，顾菁学姐！"

他声音嘹亮，一嗓子喊得全走廊的人都能听见。

"我看到你昨天通过我好友了，虽然你一句话都没说，也没回我的消息，但我明白你的意思了！"

顾菁嘴里还咬着豆浆袋，愣了愣。

昨天因为钥匙断在门里的突发事件，她通过好友申请后就忘记看了，自然也把这学弟给忘到了九霄云外。

"那就是——只要我再接再厉！一定能够成功！"

她只是忘记打钱了而已，不至于吧兄弟。

"昨天的奶茶学姐喜欢吗？喜欢的话我以后还可以给你带！"

他说着从手上的袋子里往外拿东西："对了，学姐吃早饭了吗，我给你准备了法风烧饼——"

顾菁下意识地退后一步。

她正拧着眉思考如何打消他的念头，就见那人被陆江离捏着校服领子往后

228

一拎，退出去好几米。

"没看到她已经有早饭了吗？"

陆江离垂眼看他，语气冷漠道："你、来、晚、了。"

那学弟猝不及防被拉开，怔了一下，随即皱眉："你谁啊？"

他又看向顾菁，似是想到她都通过他好友了，态度一下子硬朗起来："顾菁学姐都没说什么呢，有你什么事儿啊？"

陆江离的耐心对顾菁以外的人向来十分有限。

他危险地眯了下眼，像是下一秒就准备让这个学弟长个记性。

眼看一场大战在即，走廊上其他班的同学闻到了吃瓜的气息，纷纷探出脑袋。

被围观的不适感涌上心头，促使着顾菁一口气把豆浆喝完，随后直接向陆江离伸手："借下手机。"

陆江离也没说什么，直接从口袋里摸出手机递给她。

"不好意思，昨天手机没电了。"顾菁一边登录微信，一边说。

那学弟顿时又精神起来："我就知道——"

"所以忘记删你好友了。"顾菁飞快地打断他的话，"奶茶钱还给你了，至于好不好喝我也不清楚，毕竟我送人了，所以问我不如问大众点评。"

她干脆利落地转了账，随即将对方删除，处理完一切后把手机递还给陆江离，扬了扬下巴："走吧。"

一系列操作下来，快刀斩乱麻。

半点都不拖泥带水。

陆江离接回手机，勾了下唇："走。"

只有那学弟在原地愣住了。

他消化了好一会儿信息，还是有点不明白地跟上去："不是——"

陆江离回头，语气更冷："听不懂人话？"

他缩了下脖子，看着前方顾菁的背影，终究还是放弃了。

等回到教室里，顾菁无视所有人看过来的目光，抱着书包坐下后，长长地叹了口气。

她的脸埋在书包里，耳尖还带着一点因尴尬而泛起的红色："真麻烦啊。"

她小声嘀咕："不过我做得够狠了吧，应该能杜绝他所有想法了吧？"

陆江离盯着她的耳朵看了会儿，轻轻笑了一下："那万一他还对你不依不饶呢？"

"不会有人这么变态吧。"

顾菁想了想，又说："真要那样的话，我只能揍他一顿了，让身体的疼痛替他养成远离我的条件反射。"

陆江离觉得，他的"顾老师"真是直率。

顾菁却觉得自己的想法合情合理，甚至很有实践的可能性："这样说不定还能一了百了，断绝学校内其他人的类似想法。毕竟我觉得没人会在见识过我的本性后还能喜欢我，谁会喜欢这么一个危险人物——"

"会的。"

陆江离忽然说。

顾菁侧了侧头看他，对上他望过来的视线，莫名被看得有点心慌。

她顿了顿，说："你是说——总有人是傻子是吧？"

她开了个玩笑轻轻揭过。

陆江离沉默片刻，既想说你不危险，又想说你很优秀，是很多人都无法企及的。

然而最终他只是转了下笔，忽然很轻地笑了："对啊，这世界上总是不缺傻子的。"

顾菁出租房的锁当天就被物业换了把新的。

钥匙也配了两把新的，一把给她，另一把则由陆江离作为房东拿着备用。

"这次别再断里面了。"陆江离看着她开门说道。

"我可从来不在同一个地方摔倒。"顾菁开完门，挥挥手，笑眯眯道，"晚安，陆同学。"

陆江离点了下头，看着她关上门，才回了自己家。

不知道为什么，明明之前每天都是这样，现在却忽然有了种空落落的感觉。

陆江离甩了下头，走进洗手间想洗把脸，一垂眼，却又看到了顾菁用过的牙刷和塑料牙刷杯。

"……"

她昨天在这睡过一晚的记忆突然往外涌。

陆江离一时心情微妙，本来想顺手扔了，想了想却只是把牙刷杯往内推了推。

万一还有下次呢。

洗完脸，陆江离出门，关上灯。

只剩下两个牙刷杯在黑暗中背贴背。

临近五月，即将迎来第一轮等级考，哪怕是在高考中占比最高的语数英都得给地理和生物稍稍让步。

如今的高考改革将往常的一考定终身分割成了几次，一方面是减轻了最终之战的压力，但另一方面也意味着，这批高中生将从高二开始就提前进入了高考冲刺模式。

曾经在高二下半学期，高中生们还能享受高三前最后一点闲暇时光。

现在就不行了。

除却没选地理或生物的个别学生幸免于难，其余人全部投入了这场浩荡之战中。

越临近考试，压力越大。

在选课的赋分制模式下，即便你卷面拿了99分，依旧有可能在排名的时候，因落后前百分之五的满分选手，被踢到下一档，扣去三分。

唯一能保证拿到最高分的方法，只有超过其他所有人。

在这种压力环境下，就连一向学有余力的顾菁都觉得有点筋疲力尽。

如今，教室里所有人的脚边都堆起了在桌上和桌洞内放不下的试卷。

顾菁做完一套正往下放的时候，发现自己的一沓生物试卷里夹了一张陌生的试卷。

她看了眼名字，笑了声后往季如常桌上放："我说我怎么在一堆 DNA 里看见一个亚热带季风气候特征。"

季如常喃喃道："我学我的季风洋流，你学你的基因序列，我们都有光明的未来。"

她痛苦地抓了抓脑袋，很崩溃道："这一门小高考就这么痛苦了，等明年五月的时候，我不会直接因为压力太大被送去精神病院吧？"

"不会的。"

章音淡定道："全世界都有可能崩溃，你不可能。"

事实证明，章音对季如常的判断非常准确。

因为季如常趴了一会儿，起来后的第一句话就是："等我们考完试，出不出去玩？"

章音和顾菁对视一眼，这会儿是想这个的时候吗？

但季如常一想到"出去玩"三个字就瞬间恢复了活力。

心动不如行动，她立刻偷偷摸摸抽出手机，拉了个群——"逃离等级考小分队"。

顾菁瞬间就被拉进了群。

接着，她就看着季如常把班级内和她关系稍微好点的都给拉了进来，连走班的时候混熟了的方然也被拖了进来。

关飞鹏：谁在这个时候把我拉进群里的，这不是动摇军心吗？

季如常：望梅止渴懂不懂？总要给人生一点期待，要不然我们怎么能坚持下去。

季如常：我决定就等级考结束后的下一周出去，谁支持谁反对？

班长：告诉你个不幸的消息，等级考后的那周周末要加课，补之前放掉的几天。

按照常规，等级考前会放三天假让学生回去自由复习，好好休息。

但学校早算好了，有放有还嘛。

这又不是高考结束就解放了，你还是得回来上课的嘛。

群内顿时激起千层浪。

什么？！

怎么还带补放假的？是不是和调休学的？

一剑杀了我吧！

只有季如常在继续研究计划。

季如常：那再往后呢？是不是快到端午了？端午假期总该放了吧！！

季如常：我看了看日历，而且今年端午刚好还赶上儿、童、节！

章音：……都多大了还过儿童节？

季如常：姐姐你说什么我听不懂，我还只有三岁半。

群消息：季如常修改群名称为"儿童节作战计划"。

顾菁课桌书本下压着手机，在看到这条后终于忍不住笑出了声。

陆江离瞥了她一眼，轻声问："看什么呢？"

顾菁把手机往书下一推，说："季如常拉了个群，在商量等级考后要不要一块儿过儿童节。"

陆江离挑了下眉："儿童节？"

他目光上下打量一圈，像是在笑："你吗？"

"陆江离同学，有必要提醒你一下，我还是个未成年。"顾菁理直气壮道，"为什么不能过儿童节？"

陆江离嘴角压着笑："能啊。想过就过。"

"你要来吗？"

顾菁想了下，立刻就否决了："哦，你是成年人，你已经没有资格了。"

陆江离闻言"啧"了一下，敲了敲她的课桌说："拉我进群。"

顾菁问："啊？为什么？"

"谁允许你一个未成年擅自出去玩的？"

陆江离挑了下眉，说："至少需要一个成年监护人在身边吧。"

季如常的儿童节作战计划就这么暂且定了下来。

虽然现在讨论得热火朝天也去不了，但在这种沉重的学业压力下，给大家一个看得见的期待，总比枯熬要好多了。

等级考前，准考证发了下来。

全班都忙着寻找和自己在同一个考场的人。

即便在这种大型考试中没有任何作弊的想法，但有认识的人和自己一块儿总有一种莫名的安全感。

"你在哪个考——"

顾菁转过身，话没说完，季如常立刻捂死了自己的准考证："你别看。我告诉你，我在十七考场。"

顾菁愣了下，笑了："这么见外啊？"

季如常语气哀怨道："没办法，我准考证的照片也太难看了，是我的人生中除身份证外第二想销毁的照片。"

顾菁想了想，神神秘秘靠过去说："那再告诉你一件事。"

她低着声音道："我听说大学里会伴随你四年的校园卡，用的就是这张照片。"

果不其然，季如常当即崩溃："什么？！怎么没人告诉我？！"

顾菁"咯咯咯"地笑了起来，刚想说什么，班长把她的准考证放到了桌上。

她转回身，还没来得及看，准考证就被陆江离拿走了。

"二十三考场。"

他扬了下眉，说："挺巧啊。"

他的目光刚要移到旁边的照片上，顾菁飞速地拿回准考证，按住了："你怎么还偷看准考证？"

"我没偷看。"陆江离说，"我这是光明正大地看。"

"……"

顾菁悄悄移开手，看了眼上面的照片，确定印得还行后才虚虚松了口气。

还好还好。

她本来不怎么在乎的，反正照片又不代表本人，但一想到陆江离可能会看到自己不太好看的照片，就莫名有点不好意思。

顾菁岔开话题："你哪个考场？"

"一样啊。"陆江离说，"只不过你是001，要坐第一排。"

这什么运气。

好在顾菁也习惯了坐在第一排的感受，问："那你呢？"

陆江离："007。"

顾菁心想，这不也是第一排吗？

而陆江离却笑了声，不但没有坐在第一排的压力，反而看起来心情很不错。

他揉了下顾菁的头，弯唇说："考场见。"

生物等级考是周日的最后一门。

大部分学生在此前就已经解放，季如常甚至发了十条朋友圈来庆祝，不知道的还以为她高考结束了。

而在候场时，顾菁又收到了顾蓬的视频消息。

视频里，他举起家里狗子的爪子，给顾菁比了个加油的动作。

配字：哥和哥哥都祝你成功。

顾菁忍不住笑了声。

她将手机关机，站在走廊上。

这会儿大部分学生正在争分夺秒，有看笔记本的，有和朋友们互相抽背的，仿佛能多记一个知识点就是一个知识点。

而在一群人中，只有陆江离拎着个透明笔袋就过来了，显得有点格格不入。

顾菁本来想问问他紧张吗，又觉得这个问题对他来说简直是废话。

他看起来像紧张的人吗。

可能已经在想考完要干吗了。

准备铃声拉响。

所有人陆续入场。

顾菁找到自己的位置坐下，下意识地侧头看了眼。

陆江离就坐在她左边的位置转笔。

她一时间有点怔然。

这种感觉太熟悉了，仿佛这不是正式的等级考，而是每一周每一次的生物随堂考，只是把她和陆江离的桌子略微拉开了那么一点距离。

他就在自己的左手边，陪着自己一块儿。

直面高考的焦躁被慢慢抚平。

窗外天空湛蓝，麻雀飞过。

在这个初夏时节，影响他们人生轨迹的第一张卷子被交到了他们的手上。

铃声拉响。

顾菁拔下笔帽，开始写第一题。

等级考悄然而过。

而次日的晚自习，教室内泾渭分明。

以讲台为界分成东西两派，一派在对新鲜出炉的标准答案，另一派则堵住耳朵，两耳不闻窗外事地写作业学习。

季如常耳朵里塞着餐巾纸团成的耳塞，对远处对答案派的做法深恶痛绝："考完试竟然还对答案？有这个精力，不如来想想我们出去玩那天干什么。"

章音说："我以为你已经想好了。"

"我是想好了。"季如常兴致盎然地说，"我看那个新开的商城还可以，菁妹觉得怎么样？"

顾菁读完题写了个 C，不太在意地说："我都可以。"

毕竟她以前几乎没有和朋友出去玩的体验。

读初中时是因为年纪太小，没有完全实现出行自由，上高中后就更不必提了，她在一中就没交到过真心朋友。

所以对她来说，去哪儿都行。

"行。"

季如常满意点头："那我就默认你们俩和我绑票了哈，将来投票的时候我这边算三票。"

章音说："过分了吧？"

顾菁说："就是。"

最后去掉因为要补课不能来的一批人，季如常的儿童节作战计划还是叫来了近十个人。

儿童节当天，上午十点。

顾菁坐在雕塑旁的石阶上晃腿。

天气太热，好几个人等得心情烦躁。

季如常说："数数，还缺谁？"

章音数了一圈，迟疑片刻说："陆江离是不是还没来？"

"——他来了。"

顾菁看向远处，一眼就看到了正在过马路的陆江离。

川流不息的人群中，他穿着短袖长裤，戴顶白色的棒球帽，却依旧帅得很显眼。

等对方过来后，顾菁几乎是下意识地站了起来。

外面太阳大，她眯着眼仰头看向陆江离，语气里不自觉带着笑："差点就迟到了啊？"

"路上堵。"

陆江离说完后，看了眼被晒得睁不开眼的顾菁，把自己的棒球帽扣在了她的头上："不晒？"

"晒啊。"

顾菁小声嘀咕："本来我也戴帽子了，就是下车的时候忘车上了。"

陆江离挑了下眉，说："没有我在你连帽子都不记得拿了？"

"谁在乎。"

顾菁说着就要把帽子摘下来："我有涂防晒，不戴也无所谓。"

"……"

季如常在旁听着这两人幼稚的对话，心内十分无语。

一群人先去吃了这家商城的自助烤肉。

席间有人问起查成绩的事情，被其他人整整齐齐地按了回去："今天儿童节——不提这个！"

等吃完饭，大家再去逛商城。

为了响应过儿童节的号召，这次大家玩得都很幼稚。

比如季如常路过泡泡玛特，兴冲冲地抽了一组童年回忆。

结果连抽五个都没抽到自己想要的那个摆件，被自己的血统彻底打败了："非洲酋长都不如我。"

顾菁也买了一个哈利·波特系列的，结果抽出来的是伏地魔。

她立刻木着脸塞给陆江离："送给你，儿童节礼物。"

陆江离扬了下眉："你不是说我成年了不能过儿童节了吗？"

"没关系，只要保持一颗童心，儿童节每天都过。"顾菁胡说八道完，又作势要收，"不要拉倒。"

"要。"

陆江离勾了下手指，把那个伏地魔揣进口袋，勾了下唇："'顾老师'送什么我都要。"

最后大家来到了游戏厅。

今天儿童节活动特惠，兑币还打八折。

男生们兑了币去打篮球机和赛车对战，女生们则四散开挑单机游戏玩。

顾菁也换了三十个币。

她其实是第一次来游戏厅，这里的所有东西她都没试过。

唯一看着还有点把握的，就是不远处的十几排抓抓娃娃机。

顾菁走过去，挨个比对了下，然后选了个最想要的玩偶机，投了一个币后开始慢吞吞晃动摇杆。

夹子慢慢下去，卡住了玩偶的头。

顾菁眼睛亮亮亮。

这看着也不难嘛。

她耐心地操控着夹子往上，没想到"啪嗒"一下，玩偶又掉了下去。

没事。

第一次玩失败很正常。

否则抓娃娃机产商就要倒闭了。

她又投了个币，开始了第二次。

顾菁性格执拗，只要是她想做的事，就会撞南墙撞到底。

于是二十多个币下去，除了累积了二十多次失望，她什么都没拿到。

顾菁难以置信地看着眼前的抓娃娃机。

从小到大，她在各种领域都未尝一败。

没想到这世界上居然还有她无法征服的存在。

一声低笑从身后传来。

顾菁望过去，看到不知什么时候站在旁边围观的陆江离。

他笑完后轻轻扬了下眉，问："你是不是从来没抓过？"

"是人都有第一次。"顾菁不服气地说，"别看不起我，按照抓娃娃机的概率，我很快就能抓到了。"

说着，她又投了个币下去。

这次她屏气凝神，带着自己累积了二十多次的经验向玩偶发出总攻。

——依旧失败。

什么破娃娃机，是不是骗钱的。

顾菁盯着眼前的抓娃娃机，磨了磨牙，压抑住想一拳砸扁它的心情。

陆江离的笑声更甚。

顾菁有种被人看轻的感觉，扬了扬下巴说："你行你来啊。"

她刚要松手，手背却被覆盖着重新按回抓娃娃机的摇杆上。

"好啊，我来。"

陆江离就站到了她身后，低了点头问："想要哪个？"

他的气息轻轻吹过她的耳郭。

顾菁大脑"嗡"了一下，然后无法运转了。

按照正常逻辑，她是不是该手肘往后一捅，然后把陆江离掀翻在地上？

但顾菁的大脑运转好几次，也无法下达这个指令。

最终，她抿了下唇，开口说："就那个，绿色的小恐龙。"

陆江离点了下头。

他隔着顾菁的手操控摇杆，调整角度下去，精确夹住了那只小恐龙。

商城里开了空调，刚才顾菁还觉得有点冷。

但此刻，她只觉得被他的掌心压得指尖发烫，全身体温跟着上升，连最后恐龙掉出来的时候都没反应过来。

"好了。"

陆江离松开她的手，表情自然道："去拿吧。"

顾菁蹲下身，把小恐龙从底下拿出来，默默抱在怀里。

陆江离挑了下眉："现在是不是得轮到'顾老师'叫我一声老师了？"

"……运气好吧？"

顾菁听说抓娃娃机也有概率之分，很是怀疑陆江离就赶着这个当口来的。

陆江离垂眼看她两秒，笑了声说："看着。"

这次顾菁退后了两步。

他看着陆江离操控着摇杆，目光盯着玻璃里面。

游戏厅顶上的彩光打下来，落在他身上，勾出点漫不经心的帅来。

她无意识地抱紧了手里的小恐龙，总觉得心跳怦怦怦，仿佛小恐龙跳进她心脏乱蹦跶一通。

"咚"的一声。

陆江离又夹了个新的掉出来。

他蹲下身，这次拿出来的小恐龙尾巴上带了个蝴蝶结。

"刚好，给你凑一对。"陆江离伸手，在她面前晃了晃，语气里是漫开的温柔笑意。

"儿童节快乐。"

夜晚十点。

顾菁躺在床上，有点失眠。

明明告诉自己不要想，该睡觉了，但她一闭上眼，脑子里就出现白天的那一幕。

顾菁下意识地抱紧了怀里的小恐龙，觉得连呼吸都带着挥散不去的热意。

换其他任何异性这么对她，下场都一定是躺在地上叫救护车。

但偏偏是陆江离。

他对她而言仿佛是特殊的。

她不仅不排斥他做出的亲密行为，甚至还会因此感到一点雀跃和隐隐的期待，心间有滚烫的情绪在翻滚流淌。

顾菁想着想着，就觉得脸又有点发烫起来。

也许不仅仅是今天。

此前她就将陆江离划成朋友之上的特殊存在，只是她一直没发现。

那自己对他而言，是特殊的吗？

顾菁的下巴搁在小恐龙上，忍不住去回想。

今天一天陆江离似乎都待在她身边，在陪她抓完娃娃后，又陪着她试了另外两个游戏项目。

仿佛他今天出来一趟，真的就像他当时说的那样——来当她这个未成年人的监护人。

如果其他女生约他，他会出去吗？

感觉不会。

"但这好像也不能证明什么。"顾菁小声嘀咕，"最多能证明，他没有其他的女生朋友而已……但我又为什么要在乎这个？"

有个词在她脑子里反复盘旋很久，但她潜意识里不敢去抓取它，生怕点破了之后她和陆江离之间好不容易建立起来的朋友关系也跟着摇摇欲坠。

半晌，她把恐龙往旁边一扔，安慰自己："睡吧，说不定起来就忘了，一觉醒来我们依旧是情比金坚的房东和租客关系……"

这一整天，顾菁都有一种心绪不宁的感觉。

一开始她只是一看见陆江离就有种心虚感，以及心跳压都压不住，一被他的目光扫到心跳就忍不住加快。

等到后来发现，就算排除陆江离这个因素，她也有点焦躁烦闷和隐隐约约的难受。

晚自习的时候，这种难受就更明显了。

明明是大热天，腹部却冰冰凉凉，还有一种酸涩的下坠感。

顾菁隐约意识到发生了什么，强撑着那点不舒服熬完了晚自习，快速回家验证了一下。

果然。

是痛经猝不及防地造访了。

顾菁从卫生间出来就躺在床上，艰难地回忆了一下。

昨天出去玩，因为天气太热，她好像在回去的路上买了一整盒哈根达斯。

疼痛密密麻麻地侵袭上来，顾菁手心全是虚汗，撑着去柜子里翻了翻才想起来，她在这边根本没备药。

顾菁浑身冷汗，重新躺下，把被子卷在一块儿，觉得自己疼得仿佛要窒息了。

每个人痛经的程度都不一样。

顾菁平时很少疼，所以一旦疼起来就是天崩地裂的打击。

熬一熬吧，说不定就过去了。

她试图催眠自己，却依旧不见好转。

不知道过了多久，卧室房门忽然被敲了敲。

顾菁蒙了下："谁？"

"醒着？"

门把手被拧开，陆江离开了条缝，两三秒后才进来："那怎么给你发消息不回？"

大约是见她还好好躺着，他暂且松了口气："你走的时候脸色就不好，我还以为你出什么事了。"

顾菁摸索出手机，看了眼。

她手机一直都是静音模式，这会儿打开才发现陆江离在短短的十分钟内一口气给她发了十几条消息，还伴随着两个未接来电。

她一个都没回，所以陆江离着急，直接用备用钥匙开门找她了。

"……"

顾菁笑了下，只是连笑声都是虚的："哪这么容易出事？"

陆江离一听她声音就知道不对。

他快步走近床边，半蹲下来摸了摸她的额头："发烧？"

他掌心的温度很舒服，以至于顾菁僵了两秒，才往后缩了缩："不是。"

"那是哪儿不舒服？"

他看了眼手机："要不要去医院挂个急诊？"

"不用去。"

顾菁忍了半天后才说："明天应该就好了。"

陆江离看了眼她被子卷的位置，猜测说："肚子不舒服？胃疼？肠胃炎？

"别是阑尾炎吧。要真是阑尾炎那是大事，不能等——"

他说着就要拿手机拨120，顾菁快速地抄起手边的小恐龙朝他扔了过去。

陆江离一把接住，问："到底怎么了？"

他问完后，才发现顾菁的脸埋进了枕头里，耳尖都有点红了。

半晌后，她像是不情不愿地吐字说："痛、痛经。"

陆江离身体顿时僵了一下。

"哦……哦。"

他像是一时不知道接什么话，手背搓了下鼻子，片刻后又说："那你需要什么，热水？我去烧。"

"……不用。"

顾菁把脸继续埋在枕头里，小声说："我需要一个人安静会儿，你走就行。"

陆江离沉默一会儿，走了出去。

听到关门声后，顾菁才抬起脸。

走、走了吧？

她松了口气。

倒也不是痛经这件事难以启齿。

只是她下意识地不想让陆江离看到自己脆弱的一面，也不想给他带去麻烦。

走了就好。

至少今晚他应该不会再回来了。

顾菁翻了个身，自言自语喃喃着和自己开玩笑："他这行为算不算私闯民宅啊？"

陆江离出门后，打开搜索软件。

他打字飞快，一个个词条搜索下去。

——女孩子痛经应该怎么办？

——女孩子痛经需要什么？

——怎么安慰痛经的女生？

等看完后，他立刻叫了个送药的跑腿服务，又独自下了楼。

这会儿是晚上十点多，几乎所有的超市都关门了，只剩下 24 小时便利店还在营业。

陆江离咬咬牙，走了进去。

陆江离站在货架前，头一次有种手足无措的感觉。

二十分钟后。

"红糖。

"暖宝宝。

"还有卫生巾。

"我不知道你们讲不讲究牌子……反正我都买了点，不知道你需不需要。"

陆江离蹲在顾菁的床前，一边从塑料袋往外拿东西一边说。

他说这些话的时候语气还挺淡定，似乎并不觉得有什么不好意思。

但仔细看的话，能看出他耳郭有一点红。

顾菁压根没想到他还会回来，抱着小恐龙，看着他怔了好一会儿。

"还有这个，什么药我也不太清楚，反正我搜到说可止痛。"

陆江离拆了另一个袋子的药，正打算认真阅读上面的说明书。

顾菁终于忍不住，有点好笑地伸出手，拿过药："给我吧，我知道。"

等陆江离给她倒完水回来，顾菁就着热水吃了粒药，稍微缓了缓后，才看着他低声道："谢谢。"

"我们俩之间还说什么谢谢。"陆江离轻"啧"了一声后说，"还有什么需要我做的？"

顾菁说："把我书包拿过来。"

陆江离下意识地伸手，片刻后却反应过来："你这个时候还写什么作业？"

"明天要交啊。"顾菁瞥他一眼，"要不然你给我写？"

陆江离思考一秒："也不是不行。"

顾菁笑了声，声音还有点发虚："那老师一眼就看出来了，毕竟你的字可比我丑太多了。"

"你就说你用左手写的。"

"我用左手写的字也比你好看。"

"……"

陆江离终于屈服，一边把她书包拎过来，一边说："'顾老师'还能和我吵架，看起来是不疼了。"

他低着头问："还差什么？"

"数学。"

陆江离将数学作业从书包中抽出来，递给她："写吧，我陪着你。"

他在顾菁的床边坐下，半开玩笑："万一你又疼晕了，我还能帮忙打个120。"

"……"

顾菁轻笑一声："我谢谢你。"

她撑着身体坐起来，让陆江离拿来她的床上折叠桌，开始写题。

而陆江离就安静地坐在她床边的地板上，膝盖上摊着一本英语单词手册。

他的陪伴总是悄无声息，但在她需要的时候永远都在。

顾菁试图将自己的注意力集中在数学题上，却发现很难做到。

疼痛虽然慢慢退下去，取而代之的是无法抑制、难以言喻的心动。

顾菁一边写着题，一边忍不住看向床边的人。

她总是下意识地盯着陆江离的侧脸看许久，半晌后才意识到自己在发呆，心虚地收回视线，笔尖点点草稿纸，又划掉两行。

怎么回事啊你。

顾菁在心中嘀咕着批判自己。

但无论怎么试图集中思维，她心里依旧有酸涩的情绪咕嘟咕嘟泛起。

昨天在脑中盘旋却抓不住的那个词，似乎终于慢慢清晰浮现了。

从前那些因陆江离而起的情绪，似乎也找到了方向。

顾菁最近总是在无意识地发呆。

陆江离写完一题，偏了下头，对上顾菁盯了好一会儿的视线，问："怎么了？"

"没。"

顾菁立刻收回目光，片刻后又觉得有点尴尬，胡乱说道："就是觉得你印堂发黑，担心你不日将有灾。"

陆江离："这样？"

顾菁语气真诚道："你要注意身体。"

等她低下头默默写题时，他在心底叹了口气。

什么和什么啊。

就是单纯想看他还不好意思说呗。

六月一晃而过。

假期前一天，李建明站在讲台上语重心长地嘱咐四班的学生们："这个暑假是你们步入高三前的一段重要的时间，千万不能荒废时光，要把有限的时间都用在刀刃上——"

而季如常一口气把整沓的卷子塞进书包后，戳了戳顾菁："菁妹，暑假出来玩吗？"

顾菁靠着椅背，抬头看了一眼还在滔滔不绝强调暑假重要性的老李，给了季如常一个"你胆子是真大"的眼神。

季如常撇撇嘴，说："这是我高三前最后的假期，不用来大玩特玩才是浪费——"

台上的李建明看了季如常一眼，季如常立刻乖巧地低下头去，假装自己在认真聆听教诲。

片刻后，一张小纸条从后面传过来。

出去玩吗？

YES or YES

顾菁忍不住笑了下，随后在两个 YES 上面都打了个对钩。

她把纸条悄悄摸摸地传回去，等重新拿回来的时候上面则多了好几个地点的选择，其中季如常重点圈出了最后一个，市郊的一座著名游乐园，并强调道：

他们家暑假双人对折！你可以找个人凑单。

顾菁："什么？"

她去哪儿找人凑这个单？

她刚想在这条建议旁边打个叉，笔尖忽然顿了下。

片刻后，她悄悄用笔戳了下旁边的陆江离。

陆江离："怎么了？"

顾菁小声问："暑假有空吗？"

陆江离眼皮一跳。

他正沉浸在顾菁主动约他的惊喜中，下一秒却听见顾菁继续说："帮我凑个双人半价吧？"

陆江离眉梢狠狠抽动了一下。

今年的夏天格外炎热。

顾菁站在游乐园门口树荫下，觉得全身都像是被高温炙烤着。

她也不知道自己是怎么想的，这么热的天出来玩还散下了头发，只在后脑勺用发卡定了型。

这会儿她站在三十八摄氏度的室外，听着半刻不停的蝉鸣，又闷又热，心里不由得生出一阵后悔。

图什么呢她。

季如常挎着小包过来了，见到顾菁的那一刻用看外星人的表情看着她，说："这么热的天你居然还穿这么多？"

"我也觉得很失策。"顾菁举着小风扇，木着脸说。

她犹豫着要不要把头发扎起来，下一秒手里的小风扇却被人拿走了。

顾菁还没来得及"欸"一声，转头撞进了陆江离的视线，僵了一下。

"早。"

陆江离穿得很简单，白色 T 恤加中裤，但因为他本人个高腿长，即便这么穿也非常打眼。

他垂眼，似有所感地扬了下眉。

接着，他俯身下来一点，仔仔细细地看她。

顾菁指尖无意识地抠紧了自己手里的包。

是她的头发被汗粘在了额头上吗？

还是哪里不好看？

明明只是再普通不过的一次打量，顾菁却觉得自己遇上了十七年来最紧张的那一刻。

少年的呼吸和夏天的风一样烫在她的心口，她睫毛都有点发抖，片刻后终于装着淡定开口："看什么看？又不是没见过。"

陆江离轻轻笑了一下："这么好看的样子，确实没看过。"

顾菁的手一瞬间抓紧了包带。

她躲避式地往旁边别了下视线，只见季如常和不知什么时候到的章音很默契地抬头看起了云，一脸非礼忽视的表情。

顾菁伸手夺回小风扇，压制着嘴角上扬，说："走了走了。"

因为是暑假，加上有双人优惠，游乐园内人满为患。

章音看着各个项目面前排起的长龙，问："开局玩什么？"

季如常问："要不就过山车？"

顾菁立刻摇头："开局就王炸也太刺激了吧？要不然先过渡一下？"

最终四个人选择了海盗船作为开胃菜项目。

上船系安全带的时候，季如常又说："不过来之前我听说，这个海盗船的角度也挺高，说不定也挺刺激的。"

语气里没半点惧意，全是兴奋。

顾菁则默默扣好安全带，听到旁边的陆江离问："你怕吗？"

她歪了下头，反问："你怕吗？怕的话我可以保护你。"

陆江离就知道会变成这样。

海盗船慢慢升空。

失重感也渐渐升腾起来。

而顾菁自上而下俯瞰着海盗船外的风景，觉得心情相当畅快。

这个高度对她来说不算很高，但耳边已经能听到船上其他人断断续续的尖叫声。

游乐园工作人员在下方道："等到下落的瞬间，大家可以喊出心中最想说的话。"

海盗船的角度越来越倾斜，整船尖叫声更大，许多人都趁这个机会用呐喊释放恐惧和压力。

夏季的热风轻轻拂面。

顾菁想，要喊什么呢？

鬼使神差地，她转头看了一眼陆江离。

没想到陆江离这会儿也在看她，视线相撞的刹那，两人皆是愣了一下。

顾菁看着他的眼睛，忽然想，那个词叫什么来着，吊桥效应。

在危险刺激的场景下，肾上腺素飙升到最高点，心跳加快，分不清是害怕或是别的什么。

海盗船猝不及防地往下。

在下落的瞬间，顾菁被风卷得闭上眼，下意识地想要开口说点什么，却听到耳边传来另一个撕心裂肺的声音。

"数、学、去、死、啊——"

顾菁忍不住笑了起来。

陆江离看着她，跟着弯起眼。

所有青春的烦恼好像在下落的瞬间被狂风一并席卷离开，夏季的燥热吹开那点欲言又止的困扰，将笑声吹到游乐园里的每一个角落。

他们接着又挑了几个项目玩，很快就到了晚上。

等到晚上八点的时候，游乐园会放烟花。四人特地挑了个远观的湖边位置，没什么人。

等烟花升空的那一瞬间，季如常举起手里的荧光棒大喊："明年高考了！我要考 F 大！"

四周空旷无人，她的声音回荡在湖面上，也没有人会笑她的不自量力。

季如常侧头问："你们呢？"

章音想了想，慢悠悠地说："行到水穷处，坐看云起时。"

"……说人话。"

"考到哪儿算哪儿。"

"你当然考到哪儿算哪儿了，毕竟你保底的大学也是个 985 嘛。"

季如常又看向顾菁："菁妹呢？"

顾菁眨一眨眼说："我和所有普通中国学生都有一个共同的、美好而庸俗的愿望。"

季如常笑了："懂了，TOP2 嘛。"

这个梦想每个人小时候都想过。

只是很少有人将这个梦想一直保持下去，即便保持下去，也通常会被身边的人认为是不切实际。

陆江离听到了，却觉得对于顾菁来说，那不是遥不可及的梦想，而是唾手可得的目标。

那自己呢？

陆江离想，结束这段高中生活后他又会去哪里呢？

他不知道。

顾菁果然转头，也问他："你呢？"

陆江离没说话。

他仰头看着烟花，听着音乐声在整座游乐园里响起。

很久之后，顾菁才听到了陆江离轻轻地说："如果说我想和你考一所学校，你会不会觉得不可能？"

绽放的烟花和欢快的音乐掩盖住了陆江离的声音。

他这句轻得如同自言自语的话只传进了顾菁的耳朵里。

顾菁有点惊讶："为什么？"

陆江离垂眼，无声地笑了下："因为我清楚自己什么水平。"

每一个小学生都会纠结，长大后我要考 T 大还是 P 大。

但等你进入初中、高中，越往后就越能感觉到那个梦想于你有多遥不可及，你考个年级第一已然是破天荒的超常发挥，考到区第一就是烧高香。

而最终能挤进 TOP2 学府的可能是市状元和省状元。

他知道顾菁可以。

也清楚地知道，自己距此仍有一定的差距。

"你都不试试怎么知道不行呢？"

顾菁看着他，轻轻地说："作为全校唯一数学能超过我的人，我愿意相信你的实力。"

陆江离没接话。

顾菁看着他。

少年手垂在身边，像是被一种迷惘笼罩着。

她抿了一下唇，随后拉了拉陆江离的衣角，等他转头后轻声说："你就相信一下'顾老师'的眼光嘛。"

顿了顿，她又小声说："而且，我也挺想和你去同一所大学的。你就当……满足我的愿望吧？"

陆江离转头看向顾菁。

新升空的粉色烟花在她的瞳孔里绽放开，像是瞬间擦亮了他心中熄灭良久的火种。

那一刻的冲动简直难以压制，不想去考虑难度和实现可能。

哪怕是上九天揽月，他都会去现场研制火箭。

在此前他从未有过确定的目标，但当下他心中随着顾菁这句话，有了方向。

"好。"

陆江离说："我试试。"

第十章 / 前途似锦

考 TOP2 之难，难于上青天。

然而陆江离已经答应了要和顾菁考同一所学校，只得咬咬牙将其作为自己的目标，连暑假的最后剩余时间都利用起来。

一转眼，高三开学了。

对于百分之九十五的中国高中生来说，高三都是至关重要的一年。

"高三了。"

季如常相当有雄心壮志地立下誓言："终于到了我大展宏图，好好努力，用一年时间完成华丽逆袭的时候了。"

章音目不斜视，边做题边说："这话我在高二的时候就听你说过了。"

"这次不一样！"季如常举起两指发誓说，"这次是真的，真的是真的。"

为了践行她放出的狠话，她甚至开始给自己做学习计划——二十四小时安排得满满当当，就连吃饭喝水上厕所的时间都标明了。

虽然顾菁觉得这份计划书多半撑不过一周，但也因此提醒了她一件事——连季如常这种平时将学习视作耽误自己玩乐的学生都开始打算拼命的时候，就说明真的到了最后的关头了。

在踏入高三之前，她们曾经觉得高三非常遥远。

而在真正地成为高三生的那一刻，却又非常没有真实感。

真的高三了吗？真的来到了高考前最后的冲击环节了吗？可是除了搬到了更高的楼层，其他好像也并没有发生太大的变化。

就像小时候盼着长大，盼着成年，等踏入十八岁的那一天，才发现那也只是三万六千天里面，非常平平无奇的一天而已。

十八岁的高中生们对于未来充满无限憧憬，对自己的能力也过度自信。

如同给阿基米德一个支点，他可以撬起地球。

给十八岁的他们一年时间，他们相信自己足以去征服世界。

顾菁握着笔，望向六层楼外面的天空。

常年郁郁葱葱的树荫停在了四楼，不再能遮挡视线。

而她眼前，只剩下一片澄澈碧空。

倒计时就在这个炎热的夏季末尾无声开启，成为悬在每个高三学子头上的达摩克利斯之剑。

……

高三一共要进行两轮总复习，第一轮的时候老师会带着你将高中的知识点再过一遍，等第二轮总复习的时候基本用的就是题海战术了。

在这个时候，学生们带着满满的自信而来，却往往会对于提升的速度之慢感到无比痛苦。

任何学科都有所谓的瓶颈线。

就像英语从六十分到九十分，九十分到一百一十分，看起来跨度很大，但提升起来都是有空间、有方向的。

等到了一百一十分到一百三十的时候，提分就变得有点艰难。

陆江离就卡在一百二的关卡附近徘徊。

他们在著名的英语高考难省，高考卷面难度堪比六级，从一百二十分以上，提分难度陡然攀升，甚至不再是顾菁能手把手带着他抓上去的。

他只能靠自己。

换以前的他，或许会觉得停在这里就差不多了。

而现在的他，因为和顾菁的约定，必须要为了成为更好的人而加倍努力。

好在这闷得透不过气的学习生涯中，他还有顾菁。

在无边的卷子和学不完的知识点里，在这难熬的高三岁月里，她陪着他一块儿努力，一块儿拼搏，抚平了他所有的焦躁。

对于二中的学生来说，即便升到了高三，也不是全无娱乐活动。

除常规的运动会和艺术节之外，还有一年一度的秋游。

由于去年的秋游因为天气的原因被临时取消，所以今年补给他们的是两天一夜的特别旅行。

当然，学校特别精打细算，两天一夜中的一天用的是星期天。

虽然这等占了一个休息日还要美其名曰补偿的行为让学生愤慨了片刻，但随后就被秋游的巨大惊喜给覆盖过去了。

每个学生群里，都流传着——"我们要出去玩了"的好消息。

说是两天一夜的秋游，其实去掉来回的时间满打满算，也几乎不剩什么了。

白天，学生们跟着导游参观景点。

导游在前面介绍景点，学生们在后面叽叽喳喳，各做各的。

"这边阳光好！"

季如常兴冲冲地打开轻颜相机："来拍照！"

顾菁还在吃零食，被她一把拉过去，脸颊鼓鼓囊囊地拍了一张。

"你好像仓鼠啊。"

季如常拍完后看了看照片，又戳了戳顾菁的脸，忍不住笑起来："我要把它保存下来代代相传。"

顾菁把嘴里的零食咽完，看向另一边的陆江离，玩心忽起。

她打开拍照 APP，挑了个恶搞的滤镜，拉着陆江离过来站好。

陆江离在顾菁主动拍自己的喜悦中沉浸着看向镜头。

等拍完后走过去，才发现顾菁相机里自己的脸被放大了一倍，眉毛也画粗了许多。

没等他说什么，顾菁已经飞速按下了保存。

"……"

陆江离挑了下眉："我在你心里就是这样的？"

"是啊。"顾菁一脸淡定地说。

在陆江离生气前，顾菁迅速跑开两步，退到远处，再次举起手机。

这次她换成了正常滤镜。

镜头里，少年身后是辽阔的山水，而他站在自己面前，眼角眉梢全是散漫又温柔的笑意。

真好看。

顾菁看着镜头里的人，很骄傲地想。

十八岁的陆江离，是世界上最好的人。

……

晚上六点，所有学生被带回酒店。

之后是自由活动时间，虽然按照规定，学生不能离开酒店，也不能到处串房，但在老师不特地监管的情况下，溜出去并不是什么难事。

顾菁就拉着陆江离，偷偷摸摸地去了酒店不远处的夜市。

夜市人流不少，偷溜出来的二中学生也不少。

"难得秋游一趟，不出来吃一次当地的美食太可惜了。"

顾菁在每个摊位前探头探脑，又在网上搜索当地美食攻略，忽然听见身后有人大喊一句："快走！我看到咱们教导主任了！"

即便是秋游，为了防止走散他们身上穿的也都是校服。

真要有心抓，那是相当显眼。

夜市里二中的学生立刻四散而逃。

顾菁还没反应过来，就被陆江离拉住手跑了起来。

顾菁怔了一下，抬眼看向前面陆江离的后脑勺。

她之前一直装好学生，从来没想过有一天会因为逃避老师的视线而满大街跑。

但这种感觉，似乎也不差。

陆江离拉着她，飞快穿梭在夜市的人流中。

微凉的夜风吹过她的发梢，顾菁心底忽然有种没来由的兴奋感一点点地往上蹿。

在喧闹的夜市，跟自己喜欢的人一起往前飞奔，穿过人流，好像要奔向未来敞亮的远方。

等到年底一模前，很难得下了场大雪。

他们这地处南方，常年摄氏零度以上，就算下雪也是薄薄一层，积不起来，而今年却一反常态，厚厚的雪覆盖了整个校园，银装素裹。

在高三单调的日子里，任何一点新鲜的存在都能令人兴奋。

上午最后一节自习课，老师临时请假，让班长代管班级纪律。

等老师一走，班长立刻感觉到教室内的暗流涌动。

她故作严肃地咳嗽两声，而后慢悠悠地道："想下去的小声点啊，别被抓到了。"

教室内顿时一片欢呼："班长万岁！"

说是保持安静，但大半个班级下楼的声音还是声势浩大。

而等他们下楼一看，操场上几乎全是人。

除了上体育课的，其他都是上自习课的班级溜出来玩的。

关飞鹏有点被这架势震到："这么多人，要是被教导主任抓到了又该说了，这都什么时候了，你们有时间玩没时间学习啊？"

"管他呢，今朝有雪今朝醉！"

季如常搓起一个雪球，啪地砸向了顾菁："看我的——飞燕还巢——"

顾菁被砸得往后一退，随后笑着抓起一把雪还击。

而陆江离插着口袋，站在一边。

他本来没打算参与这场战斗，纯粹是被顾菁拉下来的。

然而不多时，顾菁拿着雪往他身上招呼："你愣着当裁判呢？快一起啊。"

雪粒在他身上散开，陆江离依旧没打算动："别，我有原则，不打女生。"

顾菁不屑于被他的绅士原则礼让，瞬间又搓了个巨球出来："你还不一定能打过我呢。"为了让陆江离加入战斗，她特地用了所有的力气，重重地把球丢了过去。

下一秒。

只听"咚"的一声，陆江离被直接砸进了雪地里。

顾菁："……"

完了，玩嗨了，忘记收着手劲了。

她快步跑过去，半蹲着看陆江离，小心翼翼道："没事吧？"

"你用的是当时实心球破纪录的力气吧。"

陆江离躺在雪地里，指尖蹭了下球砸过的额头，"嘶"了一声："你知不知道你这是谋杀？"

还能扯皮呢。

看起来应该是没什么大碍了。

顾菁又笑了声，站起来说："要我拉你起来吗？"

陆江离伸手。

顾菁叉腰说："叫声好听点的我就拉你起来。"

"……"

陆江离低声笑了下，随后一把把顾菁也给拉进了雪地里。

顾菁满脑袋被雪兜住，笑着骂他："要死一起死是吧？"

话虽如此，她也没急着爬起来。

周围还有同学们的笑闹声。

在高三的沉重压力下，所有人把这些天来的烦恼全部化作了雪球挨个砸出去，像是肆意挥霍这来之不易的时光。

而他们躺在白雪皑皑的世界里，一身的疲乏卸下来，不想去思考明天与未来，只想在这躺到天荒地老。

　　一模结束后就是寒假。

　　这次的寒假短得只有半个多月，几乎出了年关就要返校，而且对于高三生来说，这假期和平时也没什么区别，都得争分夺秒地学习。

　　冬日的暖阳和煦，空气澄澈带冷。

　　陆江离骑着自行车从外面回来，看见有个小矮子穿得和小熊似的，踮脚，正要按响他家的门铃。

　　他眯着眼打量了一下那人的背影，随后笑了下，走过去低声问道："你怎么来了？"

　　顾菁猝不及防听到声音，回头："你怎么在这儿？"

　　"去拿了个快递。"陆江离插着口袋，垂眼望她，"而且这话该我问你才对吧？"

　　顾菁举起手里拎着的漂亮礼物袋："我来给你过生日啊。"

　　陆江离怔了下。

　　"去年我答应过，在第二年继续给你许愿。"顾菁打量他一眼，说，"你不会忘了吧？"

　　"就算忘了曲线方程都不会忘了这个。"

　　陆江离朝着自己的自行车方向扬了扬下巴，眼底带笑："怎么样，带你出去逛逛？"

　　顾菁眼睛一亮："行啊。"

　　两人都闷在家里好几天，除了学习就是学习，终于能借着这个生日的名义出去透口气。

　　然而等陆江离真的载她出门的时候，顾菁被他颠簸的车技吓得哆哆嗦嗦："你会不会骑自行车啊陆江离？"

　　"会，就是没带过人。"

　　陆江离想耍帅反被打脸，硬撑着那点少年傲气说："当第一个吃螃蟹的人总要付出代价的，坚持一下。"

　　正值傍晚，夕阳下山，他们的影子迤逦在一片金光灿灿里。

顾菁忽然想起前几天读到的《高唐赋》里的一句——秋兰茝蕙，江离载菁。

江离载菁。

现在正是江离载菁。

隐秘的喜悦从顾菁的心头泛滥而出，她小心地拽着陆江离的衣角，把住他自行车的后座，摇摇曳曳地随他带自己去远方。

等骑到家附近的江边时，陆江离和顾菁下了车。

他们就趴在栏杆边，看着江边落日一点点倾斜，而霓虹灯则在对岸慢慢依次亮起，照亮半边江面，璀璨耀眼。

本来以为是诗情画意的浪漫景象。

没想到没过多久，顾菁就被晚上江边的冷风吹得瑟瑟发抖。

"我怎么想的，在这个点出来。"顾菁吸吸鼻子，觉得自己冻得鼻涕都快出来了。

陆江离给她披上自己的大衣，问："回去吗？"

"不。"

顾菁被冻得牙齿打战，还是摇头说："难得出来一趟。"

她趴在栏杆上，小声说："我好不容易卡着你生日这天溜出来的，为了你我甚至放着挚爱的数学压轴题没有写，你舍得赶我回去吗？"

"差点都忘了。"

陆江离笑了下："你今年送我的那份礼物，不会还是教辅吧。"

"不需要啦。"顾菁跟着轻轻笑起来，"你自己买的就够多了。"

从被她催促学习到自发学习，陆江离已经给她看见了比她预想的多得多的努力。

他确实是个聪明人，然而这世界上有千千万万个聪明人，正因为比普通人有着更高的天赋，所以他们背负着比常人更多的压力。

"礼物可以回去拆。"

顾菁手撑在栏杆上，在夜幕里侧头看他，眼睛在灯光的映射下微微发亮："说吧，今年的生日愿望是什么，我帮你许。"

陆江离看着她，微微失神片刻，随后笑了："你难道猜不到吗？"

一模成绩前不久刚下来。

对于他们这种想冲顶尖高校的，卷面分数已经没有他们的省排名重要。

顾菁这次的排名相当漂亮，是她发挥最好的一次，直接进了省前二十。按照去年的高考排名推算，能进 TOP2 甚至能拼一拼热门专业。

陆江离则刚好踩在省五十的边缘线上，有希望，但风险更大。

等到了他们这个层级，就算是平时最顶尖的学生也不敢对自己的高考结果打包票。

何况是他这个排名。

"能猜到。"

她合掌正要许愿，又忽然说："但如果没成功，你不会怪在我头上吧？"

陆江离："……"

顾菁又迅速自我否决了这句话："呸呸呸。"

"不怪你。"陆江离说，"不过要是真的没实现，你会为了我放弃 T 大或者 P 大吗？"

顾菁说："不会。"

陆江离轻"啧"一声："虽然我知道这是人之常情，但你是不是也说得太果断了一点？"

顾菁神色认真："不仅我不会，而且我希望如果是我高考失利，你也不要为了我放弃去任何能去的地方。"

他们虽然约好了要考同一所学校，但归根到底，约定是为了使彼此朝着更好的方向前进，而不是为了对方放弃唾手可得的光明前途。

陆江离沉默一阵，忽然说："可是没有你的地方，我哪里都不想去。"

顾菁怔了一下。

她耳尖有点热，片刻后别开眼，状似轻松地说："别开这种玩笑啊。"

"没有开玩笑。"

陆江离语气平静，却能听得出他的坚定："不存在为了你放弃，是为了你选择。"

在遇到顾菁之前，他的人生没有清晰的规划，考前按分数段估一下自己是什么水平，考后就等着按分数填志愿了。

他以前，只想学自己喜欢的学科，对于不擅长的科目则抛在一边，准备拿天赋和其余百万千万高考生相较量。

但现在不一样。

他想兑现当时和顾菁的约定。

也是从那一天起，他才正式往前迈了一步，人生为此重新规划。

不仅用上天赋，还用上百分之一百的努力。

陆江离看着她，一字一顿道："我说话算话。"

少年的承诺重达千钧，顾菁被浸在陆江离浓烈的情绪里，认真而温柔地包裹着她。

片刻后，她鼻子酸软，仰起头看他，笑起来。

她眼底带水光，笑容明艳漂亮，带着锋利的光芒。

"想好了？"

"想好了。"

"好。"

顾菁合掌，虔诚而认真地闭上眼，在心里说，就让我和陆江离的愿望都实现吧。

他们要考上同一所学校。

然后，一起去闯属于他们的未来。

等下学期开学时，黑板上就挂上了倒计时。

——距离高考还有 106 天。

刚开始的时候大家看着这个倒计时还能嘻嘻哈哈，开玩笑说给我一百天，换你一个奇迹。

然而随着日子一天天减少，每个人身上的压力都变得越来越重。

戏谑和笑谈少了。

更多的是抱怨和沉默。

高三（4）班算是年级里相对闹腾的班级了，在高考前也安静了许多。

每个人都怀抱着惴惴不安的心情，一天又一天地过下去。

夜深人静时，他们当中的部分人也会陷入迷茫中。

努力真的有用吗？

为什么我都努力到这个程度了，我的排名还是这样，我的成绩也还是这样……

每一个认真准备高考的人，在这个阶段也许会陷入自我折磨的情绪压力中。

距离高考还有二十多天的时候，顾菁无意间了解到，方然竟然吃褪黑素才能入睡。

"没办法啊。"她小声叹气，"只有这样我才能睡得着。"

就连季如常扯皮开玩笑的时间也变少了。

"我觉得我好像一个机器人，只负责输入和输出，最好其他的一点儿都不要想。"

顾菁尽量让自己的心态一直保持平稳。

到她这个水平，几乎已经没有提升空间，她却依旧不能懈怠。

为了抓紧时间，她恨不得把二十四小时掰成四十八小时花，每天一点睡六点起，压榨自己的所有空余时间，只为了到时候在考场上能多拼出那么一分两分。

有的高分学生会在这个时候承受不住。

他们已经将所有知识点都记得滚瓜烂熟，但他们仍旧不知道下张试卷自己的纰漏会出在哪儿，这个解题思路是不是他们无法想到的，这个冷门的点是不是他们随手一翻没记住的。

就像去年的地理高考，重要知识点一抓一大把，大题偏偏考了近十年来连选择题都没出过的地震分析，顿时翻车了一大片人。

所有预测，所有准备都是为了最后那张试卷。

而它究竟是怎么样的，在那天之前无人知晓。

顾菁只能逼自己学得再努力一点，再全面一点。

在无数个挑灯夜读的时候，她在心中清楚地认识到——

自己从来不是什么天才。

只是个有天赋的普通人而已。

高三的黑板报换得不勤，两个月才换一次。

等五月的时候，顾菁负责最后一期黑板报的设计。

本来她想了很多关于毕业季的主题，然而最后，她提议说："要不最后一期黑板报，就让大家一起参与吧？"

不搞什么花里胡哨的设计。

高三（4）班四十二个人，把自己对未来的祝福或是目标全部写在上面。

这个提议顺利通过。

季如常带头，豪气一挥写下：梦想还是要有的，万一实现了呢？F大新传系你听好，能够招收我是你们的幸运。

章音则是写下平静的鸡汤语录：天道酬勤。

郑徐之写的是：尽人事，听天命，拜托玉皇大帝观音菩萨如来佛祖耶稣基督保佑我……

陆江离站在他旁边，看着他狗爬似的字，忍不住道："你这拜串了有用吗？"

郑徐之都打算把关二爷写上去了："管他有没有用呢，先拜了总没错，万一这当中有哪个真听到了呢？"

陆江离原本想了很多要写的话。

然而最后，他提起笔只留下意义不明的一句话：期待完成和某人的约定。

大部分人都抢占最好的最显眼的位置，而他写的位置偏下，几乎没有几个人注意到。

而顾菁作为策划者，却是最后一个写的。

等所有人写完后，她特地找到陆江离的那行，在旁边郑重其事地画了两个拉钩的小人。

就像他们刚认识不久，在奶茶店，她让陆江离替自己保守秘密那样。

从过去到现在，他们的约定都会实现的。

顾菁画完后，往后一退。

整个黑板被填得满满当当。

虽然每一个同学都只写了一句，但四十二个人写的四十二句凝聚成一股力量，从龙飞凤舞的彩色粉笔印迹中表现出来——

高三（4）班，应到四十二人，实到四十二人。

未来我们能否实现愿望尚且不知，但至少当下这一刻，我们都满怀梦想去期待着我们的未来。

等到高考前三天，学校放假，给高考生们最后的休息时间。

顾菁没有回家，和陆江离待在学校旁边的住处复习。

不过其实到了这个时候也没有什么可复习的了——对于他们来说，大部分知识点都已经熟得不能再熟了，调节好心态比再看两道题更重要。

顾菁的心态还不错。

三门等级考在正式高考前已经结束，现在只需要备战三门主科。

她的语文和英语成绩一向比较稳定，高二时期曾经困扰过她的作文偏题问题在她经年累月的磨炼中也已经解决，现在她几乎能做到审题完就捏出一片像模像样的高考作文来。

只要数学不翻车，基本没有什么太大的问题。

反而是陆江离看起来比她更焦虑。

"这么紧张啊。"顾菁笑了声，"我记得去年考生物的时候，你不是还挺淡定的吗？"

陆江离看着她说："因为当时的我还没有想和你考同一所学校。"

他比谁都清楚顾菁的水平，正因如此，他会因为自己而焦虑。

越往金字塔顶端走，他越感到竞争艰难激烈。

排名上下的佼佼者众多，他靠着天赋努力在最后一年赶上来，肯定存在不稳定的因素。

他甚至把 T 大 P 大同城市的其他学校也看了，思考过如果滑档的话有什么能供他选择的。

他做好了万全的准备，但心底还是焦虑。

他当然还是想和她去同一所学校。

如果分开，将来顾菁进入更好的学院，遇见更好的人，会不会认为他也不过如此，会不会淡化掉他们的高中情谊。

前十九年人生中，从未怀疑过自己的陆江离，在这一刻被深深困扰着。

而顾菁定定地看了他一会儿，抽走他面前的英语作文万能模板，眼睛亮晶晶地仰头看他。

"我知道你想兑现承诺，但是如果你因此给自己太大压力，我也会跟着紧张的。"

她想了想，觉得在这会儿说"你已经很棒了，在我心里你永远是最出色的"对陆江离似乎没有什么用处。

于是，她说："放心吧，一个小小的高考而已，难道你陆江离还解决不了吗？"

顾菁有一种理想主义的坚定。

就像她只身从一中离开时，背脊挺直，觉得没有什么能阻拦她做想做的事情。

一中不行。

高考也不行。

她的笑意明亮柔软，安抚了陆江离最后一点焦躁。

他点了下头："嗯。"

只剩最后几天了。

只要跑过去，就能拥抱最终的胜利。

高考那天，天气很好。

顾菁坐在考场内，听着广播里播出的考试守则，以及监考老师拆封密封袋的声音。

她这次依旧抽到了第一排的座位。

只是不同于一年前考生物的那天，这次陆江离不在她的身边，而在另一幢楼的其他考场。

顾菁朝着那个教室的方向望过去，唇角微微弯起。

即便看不到，她也知道。

他们在不同的地方，在为了同一个目标努力着。

……

全身心投入卷子的那一刻，几乎是意识不到自己在参加高考的。

仿佛眼前不过是一张模拟卷——况且还是一张比他们平时做的要简单一点的模拟卷。

成千上万的考生在这一刻面对着同一张考卷，在答题纸上写下不同字迹的答案，像是填着属于不同方向人生的问答题。

而等考完试的那一刻，其实也没什么真实感。

老师常常会说考完一科丢一科，但等两天所有考试结束后，所有的科目就都被丢光了，茫然感顿起。

最后一科铃声拉响。

顾菁默默收拾完东西，走出考场。

同层的季如常背着书包快步过来，边刷手机边大声道："终于结束了！

"菩萨都不知道我这几天是怎么熬过来的！

"我今天通宵也得玩个够，把我欠着没看的都补回来！"

季如常在高考前弄了一大堆想看的小说和电视剧，就等着高考结束后一口气酣畅淋漓地看完。

然而此刻，她却拧起了眉。

"完蛋了。"她边划拉手机边说，"我怎么一个都不想看了。"

顾菁闻言笑了一声："考试前连根头发都觉得有意思，考完试连最新的连载都觉得没劲，是这样吧？"

"没错，我的快乐感知能力好像被剥夺走了。"季如常痛心疾首地说，"高考你欠我的用什么还。"

在季如常不断哀号的时候，顾菁则开始整理自己书包里的卷子。

一沓沓的卷子，写完的没写完的，订正的没订正的，贴了无数便利贴注脚，在这一刻仿佛忽然失去了它们的所有价值。

顾菁轻轻叹了口气。

本来她也以为能像影视剧里拍的那样，等高考结束后，哗啦啦地把所有书本和卷子抛掉。

但直到这一刻她才意识到，那都是骗人的。

按照规定，考生必须快速离校，不能逗留。

顾菁走下楼梯，忍不住回头看了一眼。

这所待了两年的校园，就在这一刻和她无声地说了告别。

感慨归感慨，高考结束还是让人很顺心的。

顾菁被爸妈接回家好好休息了几天，接着就开始隔三岔五地往外跑。

顾蓬当然全都看在眼里，但因为想到高考都结束了也就睁只眼闭只眼。

直到六月底的某天。

顾蓬看着在门口穿鞋的顾菁："今天不是查成绩吗？你还出去？"

顾菁一本正经地胡说八道："是啊，所以我得出门上个香，才能祈祷我拿个高分啊。"

每日"气哥"任务达成。

顾菁心满意足地提着包出了门，去了陆江离家。

查成绩这么有仪式感的事儿，当然要两个人一块儿了。

结果因为等待过程实在太无聊，顾菁和陆江离干脆打起联机游戏。

陆江离前几天刚买了一个游戏，顾菁在他家玩了两次后就相当上瘾，每次一打就是三四个小时不肯抽离。

等吃完晚饭后，她又打开新的一关，半晌才像是意识到什么似的说："我们几点出成绩来着？"

"——前面有怪物。"陆江离说。

顾菁操纵着游戏人物灵活一跳，顿时把查成绩这事儿给抛到了脑后："算了，等打完这关再说。"

反正成绩在那儿又不会跑。

等打完游戏后她好好虔诚祷告一下再查也不迟。

陆江离当然选择惯着她，笑了一声就说："好。"

结果没打多久，顾菁手机突然响了。

她拧了下眉，操纵着人物躲了下，接起来"喂"了一声。

"你好，是顾菁同学吗?

"我这里是 T 大招生办的。"

顾菁干脆利落地把电话挂了。

陆江离问："谁?"

"骗子。"

顾菁边打游戏边说："没想到现在诈骗电话都这么高级了，他竟然说他是 T 大招生办的——"

缓了片刻，她忽然意识到什么，说："等等。"

游戏人物直挺挺地撞上怪物。

页面上弹出 GAME OVER（游戏结束）的标志。

顾菁看向陆江离，脸上表情变化多次，终于抖着声音说："那什么，不会是……真的吧?"

"怎么办?

"我现在打回去还有用吗?

顾菁躺在沙发上，最终干脆自暴自弃地说："算了，你说我以后的简历里要不要写上，曾经挂过 T 大招生办的电话这一条实绩?"

陆江离忍不住笑了声，把游戏关了，正想过去安慰她几句，顾菁的电话又响了。

顾菁顿时坐了起来："嘘。"

这次她接得非常快，只是屏气凝神一阵才敢小声开口："喂? 您好。"

"您好，我这边真的是 T 大招生办的。"对方像是笑了一下，特地强调道。

对方说："高考查分通道已经开启了，您查过自己的分数了吗?"

顾菁下意识地坐直了一点，说："还没。"

对方说："那提前先恭喜您，取得了省十一、市第三的好成绩。"

省十一！

市第三！

这是她所有联考模拟考以来，排名最高的一次了。

顾菁呼吸微微凝滞，就听到对方很快地抛来了橄榄枝："想问一下您有报我们 T 大的意愿吗？有的话老师会和你约个时间详谈。"

每年高考出分前，各大名校招生办会提前拿到省排名前列的学生名单。

而像顾菁这样，一模二模排名全都靠前的学生，联系方式早在他们的备选名单上。

这个电话其实就是问一下她的意愿方向，以及提前模拟排查一下专业志愿。

在这种高分段的学生，想要入学基本是没有什么问题。但每个专业在这个地区可能就招几个人，如果刚好几个高分段同学撞车，调剂去不喜欢的专业甚至掉档就很不划算。所以在填志愿前，招生办会打电话商定情况，也是尽量保证让每个高分学生都选到第一志愿。

在约定了见面时间和地点后，顾菁挂了电话。

得偿所愿的欢喜后知后觉地砸过来，她鼻子抽动两下，正想拥抱陆江离庆祝一下的刹那，陆江离的电话也跟着响了。

"稍等。"

陆江离揉了两下顾菁的头发，接起电话。

顾菁就仰着脸听他打电话，等他按断后才问："多少多少？"

陆江离表情淡定道："省十二。"

"……"

顾菁忍不住笑起来："果然就差一名啊。"

难怪打完她的，几乎是无缝衔接就打给了陆江离。

他们省是高考强省，各个名校给的升学名额都多。

以他们这个名次，几乎可以随便挑学校了。

"一模省四十八，二模省二十五，高考省十二。"陆江离扬眉，"怎么样，厉害吧？"

顾菁一时有点鼻酸。

她见证了陆江离在最后的几个月是怎么拼尽全力往上赶，比谁都知道走到这一步他付出了多大的努力。他终于兑现了曾经和她的约定。

她点了点头，真情实感道："厉害。"

陆江离刚想说什么的时候，顾菁的手机又响了。

她本来以为又是哪个学校的招生办打电话过来，接起后听到的却是她妈妈的声音。

"宝贝，是不是今天出成绩了，你怎么还在外面，也不给我们打电话呀？"

顾妈妈语气小心翼翼，却又带着明显的宽慰之情："你告诉妈妈，是不是成绩不理想呀？没事的，分数什么的都是次要的，人生还长，你可不能想不开啊——"

顾菁在电话里直接笑了起来。

等和妈妈说清楚后，她站起来，边扎头发边说："我得先回家报个喜，否则我妈还以为我考砸了。"

"嗯。"

陆江离很自然地伸手，替她把松下来的那点头发捋进去："决定去哪所学校之前和我说一声，别自己决定。"

顾菁脖颈处被他拂过，略微一颤，片刻后才半开玩笑道："当然啦，毕竟我又不是飞黄腾达了就抛弃旧友的人。"

她扎完头发，笑眯眯地挥了挥手："先走了，别太想我。"

之后两天在家，顾菁的电话就没怎么停过。

除了TOP2的学院和她联系过，C9（九校联盟的大学）的几所学校几乎也没落下。

许多人在童年的时候曾经想过的问题，到底是上T大好，还是上P大好，在顾菁这终于变成了一个需要认真思考的问题。

真是甜蜜的烦恼。

在纠结了好几天之后，顾菁还是做出了她最后的选择。

——T大计算机系。

她高中时期更喜欢理科的原因就是觉得理科好拿分，错就是错，对就是对，从来没有什么弯弯绕绕。

代码也同样。

还有一个原因，就是她知道陆江离的第一志愿就是计算机系。

反正她没有什么特别的偏好，当然是两人在一个系最好——说不定未来上

266

课还能接着做同桌。

出成绩后的第五天，是二中的毕业典礼。

毕业典礼开始前，四班人陆陆续续来到礼堂落座，看上去心情都相当不错。

他们班今年考得很好。

尤其有陆江离和顾菁这两个大神在，四班一跃成为所有平行班里成绩最亮眼的。

"听说老李拿了个大奖金。"季如常拽着顾菁的衣角和她说悄悄话，"你看把他高兴的，今晚肯定会请大家吃饭。"

季如常高考的时候超常发挥了一下。

目前以她的分数，裸分进她的梦校 F 大肯定没有问题，但能不能去她最想去的专业则要碰碰运气。

她自己心态倒是很好："没关系，只要能让我进去，什么专业我都愿意。但我以后找你可就远了。"

她一想到自己在本地上学，顾菁却要去 T 大，一时间悲从中来："菁妹，没有你我可怎么办啊，你和章音这两个没良心的都要离开我这么远，以后你们俩会不会不要我了呜呜呜。"

"不至于。"章音笑着说，"说不定是你先忘了我们呢。"

她成绩也不错，打算报 R 大的金融系，也在首都。

"这倒也是。"

季如常瞬间收住哭声。

等毕业典礼结束后，李建明果然要请四班同学吃饭，但被四班同学推辞了回去。

毕业散伙饭本来就是安排好的，要说请，也该是同学们集体请老李才对。

等酒过三巡，班长站起来发言。她举着杯子，颇为动情地说："同学们，这可能是我们最后一次见面了。"

下面有人笑着哄道："别这么夸张，又不是见不到了。"

"就是，想见一定还能再见的！"

场上氛围顿时轻松了不少。

班长也跟着笑了下，继续说道："这三年，我们在一起经历了很多。

"学工，学农，运动会，艺术节，春秋游，还有最后的高考，我们一步步走过来，创造了很多不可能的奇迹。

"所以我想说，我们高三（4）班，是最好的高三（4）班。

"无论未来去到哪里，我都会为我曾经是二中高三（4）班的学生感到骄傲。"

她说得眼泪汪汪，最后一口闷完了杯子里的可乐。

顾菁一时也有点感慨。

对她而言的两年，对其他人而言的三年，就这么结束了。

李建明也喝得高兴，挨桌过来给学生们敬酒。

他点着季如常，有点口齿不清地说："你这个小姑娘，说说，我为你操了多少心，光是年级主任那边我就替你挡了好几回吧。"

季如常有点不好意思地笑起来："我知道，谢谢老李。"

"还有陆江离！你小子，更离谱，前两年给我添的麻烦比全班所有人加起来都多。"

李建明拍着他的肩膀，爽朗地笑："我把你调来第一排没做错吧？看看，现在都考上 T 大了！"

"还有，还有顾菁啊。"他看着顾菁，表情顿时温柔不少，"上大学之后照顾好自己，不要再被人欺负啦。"

他依旧觉得当年顾菁转校的事情是因为被郭啸欺负了，对这个看起来乖巧柔弱的女孩子孤身转学心怀怜悯。

好在这两年在二中，她再没有受半点委屈。

"谢谢老师。"顾菁笑起来，"放心吧，没人能欺负得了我。"

她说的是实话。

然而李建明却摇摇头，又转头看向她身边的人，叫了声："陆江离！"

陆江离："钦。"

"你们俩都打算报 T 大是不是？将来又是同校同学了，记得好好照顾顾菁。"

他语气恳切，就像当年把陆江离叫来办公室，叮嘱陆江离"你的新同桌刚转学来，你要好好照顾人家，别给人家落下什么心理阴影"一样。

"我知道。"

陆江离看着顾菁，语气轻而郑重："有我在，不会让人欺负她的。"

……

268

散伙饭结束的时候时间已晚，再回市区也不方便。

陆江离和顾菁早和家里说好，今天继续回学校旁边，在他们高中住了两年的住处将就最后一晚。

夜幕温柔地降临，路灯将道两边的树影投在地上，随着风吹，影子摇摇曳曳着被拉得很长。

顾菁踩着层层树影上楼，在门口拧开钥匙的刹那，生出了一瞬的不舍。

她回头，对上同样转头看向她的陆江离。

两人隔着走廊对望片刻，忍不住都笑了。

顾菁歪了下头："看什么呢？"

陆江离说："我还没问，你看什么？"

"我就是有点舍不得，没想到这么快就最后一晚了。"顾菁说，"以后你就不是我房东了。"

她的语气充满怅然，像是在追忆高中这两年匆匆而过的时光，正当陆江离想说点什么哄哄她的时候，她又说："但我永远是你的'顾老师'。"

陆江离忍不住笑了起来。

闷热的夏夜，蝉鸣声响，清风悠扬。

曾经在这座公寓中，他们度过了停电的夜晚，度过了送药的夜晚，度过了无数个高三枯燥烦闷、为了梦想不断拼搏的夜晚。

而此刻的他们在这个夜晚，跨过前十几年人生一个重要的关卡，望着彼此相视一笑。

此时，他们没有任何忧愁与烦恼，因为他们都知道，他们拥有着人生中最好的时刻。

以及，一个前途似锦的未来。

八月中旬。

骄阳似火，蝉鸣声噪。

顾菁半蹲在自己的行李箱前，接过爸妈给自己递来的东西，往行李箱的边边角角里使劲塞，半是无奈道："好啦，真的装不下了。"

T大是八月十八号报到。

而在确定她被录取后，父母提前许久就开始替她筹备上大学的事，恨不得方方面面无微不至地替她打点好，顾菁直接过去就能拎包就读。

"一想到你要一个人去那么远的地方我怎么能放得下心。"

顾母忧心地看着她，说："你确定你要自己去，要不到时候我和你爸还是陪你一块儿吧？"

"不用。"

顾菁立刻拒绝。

顿了顿后，她又小声补充说："有人和我一起的。"

顾母说："知道，你那个同桌陆江离嘛。"

顾父才知道她是要和陆江离一块儿去T大，顿时就紧张了："这我可就更不放心了。"

"好了。"

顾菁合上了行李箱，对着顾蓬扬了扬下巴："我这一去就是千里开外的地方，你作为过来人有什么要对我嘱咐的吗？"

顾蓬思考一秒，最后说："既然是去T大，那就多带两个口罩。"

顾菁说："嗯？"

"否则我怕你吸雾霾吸成傻子。"

"……"

在入学前，她还想和高中同学一块儿聚聚。

本来她是想出去玩，然而八月天气太热，去哪儿似乎都是一身汗。

最终还是季如常提议，要是方便的话就去你家吧。

于是顾菁今年生日，问父母要的礼物是想在自己家办生日聚会，拥有一天的别墅自由使用权。

往年的生日都是家人陪着她，今年她难得想和朋友一起过，顾菁父母当然没有什么意见。

顾蓬则拧了下眉，很警惕地怀疑道："你不会要把你的狂野男孩邀请来吧，我可还没同意他进我们家家门呢。"

顾菁笑眯眯地说："那你也没办法呀。毕竟从八月十四日零点开始，这房子的使用权就是我的了，不管我请谁，你都管不着。"

顾蓬终于确定了。

他妹就是胳膊肘往外拐。

顾菁生日当天是个烈日当头的晴天。

季如常在进门前像条被晒干了的咸鱼："我都快被晒死了，你们家这边怎么这么绕啊。"

然而下一秒，她走进顾菁家，仰着头看了一圈后说："你家居然在这个地段住别墅？太奢侈了吧。"

章音笑眯眯地往前递礼物袋："生日快乐。"

季如常也把手里的礼物递过去："菁妹生日快乐，欢迎来到残酷的成人世界——"

她话没说完就被章音拍了下后脑勺，只得怂怂地缩回了脑袋。

"谢谢。"

顾菁笑眯眯地收下礼物，又是一抬眼。

陆江离站在门口，扬了下眉："好久不见。"

夏风燥热，他一身却简单干净，让人不由得看着心跳。

"哪有好久不见。"

顾菁故作淡定道："也就一个多月好吧。"

她侧了侧身，让他进来，盯着他换鞋的背影默默地想，怎么一个多月没见，她的心跳依旧一如往常。

她摸着自己的胸口，往下按了按。

顾菁就请了他们三个，本来还想带上方然，后来发现她的学校开学早，已经提前军训了，就此作罢。

这一整天的安排很简单。

总结起来一个字，就是玩。

反正别墅这么大，有的是可以给他们折腾的地方。

想吃东西可以随便叫外卖，想看电影可以投屏。

顾菁甚至搬出了家庭式卡拉 OK，满足了季如常一展歌喉的大明星愿望。

等吃完晚饭后，他们又开始玩游戏。

"对了，我今天还特地准备了这个。"

顾菁拿出了两瓶酒，砰地放在客厅的地毯上，扬了扬下巴，问："喝不喝各位？"

季如常拉了拉袖子，起哄说："行啊，我舍命陪君子了。"

陆江离则眯了下眼："你能喝这个？"

"怎么不能？"顾菁理直气壮道，"我成年了，现在算合法饮酒。"

她又拿出四个小玻璃杯，很不在意道："而且这个度数很低的，根本喝不醉人。"

陆江离拿起来一瓶，看了一眼。

是气泡酒。

度数也确实不高。

既然她愿意，那喝两杯应该也没事。

四个人开始玩游戏。

他们人数配置适合各类桌游，四个人从 UNO（一种桌游，玩家需在出剩最后一张牌时喊出"UNO"，故而得名）玩到飞行棋，凡是输了的人就要喝一杯。

而等到玩大富翁（一种多人策略图版游戏）的时候，顾菁则把惩罚加倍，之前都论最终输赢，现在只要一旦走到别人的地盘付过路费时，就得自罚一杯。

本来只是为了高兴。

可顾菁对气泡酒有个误解。

这酒度数虽然不高，但因为有大量二氧化碳，会催化酒精在体内的作用。

也就是虽然度数低，却更容易醉。

偏偏她手气又不好。

几轮下来，一瓶就见了底。

刚开始还没什么反应。

但慢慢地，顾菁的醉酒形态就很明显了。

她脸颊微红，动作和反应都变得慢吞吞，但精神却格外亢奋，一边摇骰子一边说："等着，这次我一定行。"

啪！

出数。

——五。

"哈！"

季如常往前一数，道："这块地是我的，拿来吧七百六！"

她酒量也不行，两三杯下去就上头了，却还要和顾菁较劲。

"七百六是吧？给你就是了。"

顾菁抄起身边的一沓游戏货币，眯着眼开始数，只是捏钱的手指都有点发颤。

陆江离意识到她不对劲，伸手说："我来看。"

"别动！

"瞧不起我是不是？"

她看起来很不高兴地鼓了下脸，接着一张张点出来："我数给你看。五百……七百……七百六！"

顾菁数完后，把钱啪地按在地图上，然后手伸向旁边装了酒的小杯子，就要继续喝。

却没拿起来。

顾菁定睛看了眼，才发现杯底被另外两根手指捏着。

她顺着那手指往上一看，对上陆江离的视线。

"别喝了。"

他定定地看着她，低声说："你醉了。"

顾菁不满地拧起眉："谁说我醉了，我没有。"

季如常："就是，你少看不起菁妹了——"

她话说到一半，打了个响亮的酒嗝。

章音立刻看她，紧张道："你别吐人家家里啊。"

"我才不——"

季如常说着往后一躺，醉醺醺地睡着了。

幸好顾菁今天本来就打算留她们住一晚，客房都准备好了。

章音斟酌一秒，对陆江离说："我先带她去睡了。菁妹就留给你照顾了。"

陆江离点了下头。

等他转头时，却发现顾菁趁他不注意，居然又拿起了另外一杯。

陆江离又拿过来，皱眉说："还喝？"

顾菁眨眨眼，满脸无辜地给自己编借口："倒都倒了，不能浪费。"

陆江离点了下头："行。"

随后他当着顾菁的面，将手里的酒一口闷掉。

"喝完了。"

他给她展示干净的杯底："不浪费了吧？"

顾菁怔了下。

她的醉态已经很明显，眼底一片澄澈的水光，嘴唇嫣红湿润，微微张开，有点发蒙。

好半天，她才意识到陆江离把她的酒喝了，一下子就带着两分委屈开口："你怎么和我抢啊？"

语调软而勾人，不像是生气，倒像是在撒娇。

他闭了闭眼，片刻后伸手拉她起来，声音低哑，语气却温柔得如同哄人："明天再喝，今天该睡觉了。"

"可我还没困呢。"

顾菁像是想起什么似的说："哦，我里面还有一瓶。"

她撑着地站起来，刚走了两步脚下却一空，被身后人抱了起来。

顾菁吓了一跳，下意识地抱住陆江离的脖子，咽了口口水，小声问："你干吗？"

陆江离叹口气："送你上去。"

顾菁很轻，只是她这会儿有些不安分，虽然因为醉酒没什么手劲，但折腾起来还是让他这几步路走得相当艰难。

陆江离加重了力道，叫她名字的语气近乎警告："顾菁。"

顾菁挣脱半天没成功，又听他语气冷下来，半是委屈半是恼意，张口就咬了一口他的肩膀。

陆江离吸了一口冷气。

这小祖宗真够狠的。

偏偏这么折腾，他还是半点脾气都没有。

他抱着顾菁走进房间，把她放床上，又耐心地脱掉她的拖鞋，摁住她说："听话，该睡觉了。"

顿了顿，他又轻声道："晚安。"

顾菁红着眼眶看他，许久后冒出来一句："你就是不想让我赢。"

她抽抽鼻子，表情比刚才更委屈了："明明还差一点我就能把你们全都玩'破产'了！你把我骗上来，就是想借机下去霸占我的'房产'。"

陆江离垂眼看她，半晌后轻笑一声，故意接话说："是啊，我就想趁机霸占你的'财产'，让你输得身无分文。"

顾菁大概没想到他会承认得这么爽快，蒙了一下。

陆江离俯身，压着声说："然后你就能给我抵债了。"

他语气里带着轻佻的笑，调戏的意味很明显。

顾菁没见过这样的陆江离，脑袋整个跟着烧起来，耳尖全红了。

酒劲下，她连讲话都磕磕巴巴起来，抱起手边的枕头砸他："陆江离，你是个大'坏蛋'——"

"是啊，我是'坏蛋'。"陆江离躲过枕头，一把握住了她的手腕。

他垂下眼，盯着她的眼睛缓缓说："那'坏蛋'喜欢你，你喜欢'坏蛋'吗？"

室内床头灯光昏黄，拖出两人模糊的光影。

这气泡酒后劲其实挺大。

酒精不断刺激着陆江离的感官，放大他的情绪，牵引着他的感情，让他把没打算说的话，直接给说了出来。

他喜欢顾菁。

清醒时的怼天灭地小魔王他喜欢。

喝醉时的黏黏糊糊小笨蛋他也喜欢。

刚转学时装乖的小软妹，舞台上光芒万丈的小太阳，诡计得逞时得意扬扬的小恶魔，她的每一种样子，每一种表现，他都喜欢。

他之前一直忍，一直忍，现在终于高三毕业和她去往同一所大学了，再忍下去，他怕就要没机会了。

顾菁看着近在咫尺的这张脸，呼吸微滞，脑子彻底短路，张了张嘴，像是要说什么却又说不出来。

陆江离低头，像是自嘲般地笑了一声。

果然。

她一定觉得很奇怪。

她估计从来没有想过和他发展朋友以外的其他关系。

还好她醉了。

陆江离庆幸地想。

明天醒来，她估计不会记得他的表白。

就算记得一点细枝末节，他也能糊弄过去。

陆江离正准备松开手，却听见顾菁很小声地说："喜欢。"

他怔了怔，当即垂眼，见顾菁目不转睛地看着他，然后慢吞吞地点了下头，一字一顿地说："喜欢的。"

然而下一秒，她表情又认真起来，说道："但就算我喜欢你，也不代表你可以侵占我在大富翁里的财产，毕竟在还没结婚前，这都是属于我的独立财产——"

"……"

谁现在还在乎这个！

"都给你，明天连我的那份都一块给你。"

陆江离重新握住她手腕，凑近一点，几乎挨到她的鼻尖，进一步问："是哪种喜欢？"

顾菁歪一下头。

她脸颊微红，眼底一片水光，在灯光下漂亮得令人晃神。

只见她眨了眨睫毛，像是认真思考完之后，才慢慢说："想过和你，谈恋爱的那种喜欢。"

陆江离面上安静了片刻，心底却有狂风骤雨般的汹涌感情涌起。

"你怎么现在才问啊。"

顾菁撇嘴，抽出手说："你知不知道我等很久了？"

她往后一躺，找了个舒舒服服的睡姿，抱着他给自己抓的恐龙，闭上眼喃喃道："我还以为你对我没想法呢。"

喝醉酒的顾菁诚实坦荡，连带着这一年多来的少女心思也一并坦陈出口。

"怎么可能？"陆江离觉得好笑，"我喜欢你，你看不出？"

"嗯，看得出。"

顾菁说："你妈是喜欢我，你不一定。"

陆江离低声笑，笑声里是压不住的愉悦。

他沉浸在顾菁也喜欢他这件事带来的欣喜中，半晌后，他终于缓过神来，钩了钩顾菁的手指，继续问她："那你现在知道了，我喜欢你，你想怎么办？和我谈恋爱吗？"

这个问题却没有得到回复。

陆江离怔了怔，看了一眼。

顾菁抱着小恐龙，侧着身睡着了。

"……"

怎么偏偏在这个节点。

陆江离轻"啧"一声，戳了下她醉酒后还有点红的脸蛋："你是上天特地派来折腾我的吧？"

顾菁在睡梦中拧了下眉，很不高兴的样子。

陆江离无声地笑了下，伸手给她盖好被子，又半蹲在她床边看了她许久。

酒精的灼热感继续烧着他，陆江离往前探了下身，却只是轻轻地、无比克制地摸了摸她的头。

"我明天会来要答案。"

他轻声说："不许赖账。"

顾菁第二天醒来的时候，头痛欲裂。

她隐约记得昨天她似乎喝醉了。

但喝醉后发生了什么，她见过哪些人、说过哪些话，她对此全无印象。

还好昨天家里就这么几个关系好的人。

就算她真发酒疯，也不至于太丢脸。

顾菁鼻子动了动，闻了下自己。

呕。

一身酒味。

她迅速冲进房间内的浴室，先好好地洗漱了一通。

等出来后，她一边回忆着昨天发生的事，一边摸索着拿起自己的手机，试图看看有没有留存照片视频什么的。

房间门被敲了敲。

顾菁说："进来。"

"醒了？"

陆江离走进来说："我点了外卖早饭，一会儿下去吃。"

"来得刚好，我问你个事。"

顾菁坐在床上，抱着靠枕说："我昨天喝醉了？"

陆江离扬了扬眉，说："岂止。"

顾菁一听就觉得不妙，表情犹豫地问："那有发酒疯吗？"

陆江离勾了下唇："有。"

顾菁心里"咯噔咯噔"一片："到什么程度？"

看起来真是一点都不记得了。

陆江离俯身看她，目光带笑："和我表白，还强吻了我算不算？"

顾菁睁大了眼睛，像是隐藏很久的秘密突然被揭露于阳光下，下意识地就反驳道："不可能！"

陆江离慢条斯理地往下说："你当时说你喜欢我很久了，本来打算等我先表白，但既然一直没等到，就决定霸王硬上弓了。"

顾菁连心脏都开始抖了。

她的理智告诉她不可能，就算她喝醉也不至于疯得这么不讲道理。

但这话……还真有点像她能说出来的。

加上她确实喜欢陆江离很久，这两个月来的梦境时不时都和他有关。

陆江离垂眼，语气甚至带上了一丝委屈："醒了就想赖账，这是不是不太好？"

顾菁脑中的弦"啪"地断了。

她的耳朵和脸颊红成一片，她本能地抱紧了怀里的靠枕，只有面上撑着最后一点淡定说："我不信。"

"好吧，不信就不信。"

陆江离笑了一声，抽掉她怀里的靠枕，说："但我接下来说的话，你最好当真。"

他手撑在她床边，问："和我谈恋爱吗？"

顾菁完全蒙了："什么？"

陆江离把疑问句改成了祈使句："和我谈恋爱吧。"

"我们都是成年人了。当然也能对你负责。"

顾菁："……"

陆江离看着她的眼睛，问："你喜欢我吗？"

他已经打定主意，就算顾菁现在想赖账也没用。

从前不敢挑明是怕顾菁对他毫无想法，表白后会让她觉得为难。

但既然现在已经知道顾菁的心思，无论她怎么害羞、怎么不肯承认，他都不会再放过她了。

顾菁看着他的眼睛，心跳快得几乎要堵到喉头。

半晌后，她无奈地垂下头，像是终于对陆江离，也对自己的心意投降。

"喜欢。"

昨天听过一遍。

今天再听依旧为此心动。

陆江离笑了一声，语气不容置疑地道："那从今天起我就是你男朋友了，记住这一点。"

顾菁瞬间抬头，眼睛都睁圆了："不是，我还没同意呢。"

"你昨天同意过了。"陆江离视线往周围瞟，语气刻意放得很暧昧，"就在这个房间。"

顾菁立刻抄起恐龙玩偶"砰砰砰"地打陆江离。

她手劲大，陆江离挡了挡还是没挡住，一边被打得发疼还一边笑："就算你现在想申请分手我也不会同意的。"

终于，顾菁先败下阵来。

她抱紧了怀里的小恐龙，眨眨睫毛："你真的想和我谈恋爱啊？"

"要不然我现在是在干吗？过家家？"

顾菁嘴角跟着上扬起来，好半天后抿住唇，故作严肃道："那我如果就是不承认，就是不答应，岂不是很不给你面子？"

"欸。"

她像是想到什么似的，说："你以前是不是从来没被别人拒绝过？那要是我拒绝你的话，是不是也算你人生头一回受挫？"

她设想了一下那个场面，唇角忍着笑，忽然觉得可惜："早知道我就说不要了。"

"你说不要也没用。"

陆江离淡定道："我迟早会让你答应我的。"

顾菁"噫"了一声说："你这句话好霸道。女人，你跑不掉了，是这种感觉吗？"

她靠在床头笑个不停："原来你谈起恋爱来也是这样的。"

陆江离就看着她笑，跟着弯起嘴角，拿她半点办法也没有。

笑完后，她神色又认真了点："说真的，陆江离，第一次见到你的时候，我从来没想过会和你谈恋爱。"

陆江离看着她说："我也从来没想过会遇见你。"

顾菁怔了怔。

"本来这世界上难以预料的事情太多了。蝴蝶扇动一下翅膀，就可能改变事物的发展轨迹。"

陆江离低声说道："以前我也没想过自己会和谁谈恋爱，但想到这个人是你，我不觉得是什么坏事。"

他看着顾菁，目光沉沉，同时伸手揉了揉她的头："起来吧，吃早饭了。"

陆江离说完就先下楼了。

顾菁往后躺了躺，用手背捂住了自己的眼睛，嘴角还带着不自觉弯起的笑容。

说实话，真的很突然。

她觉得自己现在就可以去网上开贴回答：刚过完生日，一觉睡醒就有了个男朋友是种什么样的体验。

曾经嫌弃谈恋爱幼稚麻烦，觉得自己永远也不会陷入这片沼泽。

然而等轮到自己的时候，只觉得心里有无限的喜悦像爆米花似的膨胀开，填充着身体上每一处角落，每一个细胞。

谈吧。

还有什么比喜欢的人也喜欢自己这件事更值得高兴的呢。

陆江离早餐点的是四人份的。

所以顾菁起床后，就去隔壁客房叫醒了季如常和章音。

季如常也是睡醒断片那类人，甚至比顾菁断得还离谱一点，据她所说从玩游戏开始就没有半点记忆了，随后像是被时光机器直接发射到了第二天早上。

季如常表情一本正经道："我有理由怀疑你们偷偷做了任意门（漫画中的一种道具，让使用者到达任何想去的地方）。"

被章音拍了一下她的脑袋后，她才双手合十，真诚道歉："对不起，我知道我昨天给你们添麻烦了，原谅我吧。"

"没事。"顾菁安慰她，"我昨天也醉得够呛。"

"确实。"章音冷静地点评，"当时就该录下来你们两个发疯的样子，以警示后人。我算是知道了，下次再高兴也不能让你们沾一滴酒，谁知道你们会做出来什么事。"

季如常撇撇嘴，说："哪有这么严重，我最多就是发疯，至少没酒后乱亲吧。"

顾菁顿时被豆浆呛了一口。

她咳嗽两声，陆江离伸手把她手里的豆浆拿开，拍了拍她的背。

季如常本来只是顺口一说，这会儿却像是突然反应过来什么，看了看顾菁，又看了看陆江离，拖长调说："不会吧——"

"什么都没有。"顾菁立刻打断她的话。

季如常表情无辜道："我也什么都没说啊。"

章音也侧头看过来，目光意味深长。

顾菁："……"

等吃完早饭后，季如常和章音非常懂事地先行离开，把二人世界重新还给了顾菁和陆江离。

顾菁嗅出了她们离开时那种不打扰你们的调侃意味，也懒得解释，问陆江离："你是不是也该走了？"

陆江离靠着墙，扬眉问："这么不想和我单独待一块儿？"

"不是。"

顾菁说："我爸妈和我哥马上回来了。"

陆江离轻啧一声："我们正常谈恋爱，怎么被你说得和偷情一样。"

顾菁强调说："你没谈过恋爱吗，不知道刚谈恋爱都得低调吗？"

"确实没有。"陆江离看着顾菁，语气带笑，"第一次，没经验，'顾老师'多包容。"

虽然嘴上说让陆江离离开，但顾菁还是有点舍不得，跟着一路送他出去。

两人都不想分开，几十米的路程被走出了几百米的时间，等终于挨到路边的时候，陆江离说："那我真走了？"

"嗯。"

顾菁说："临走前，我还有个问题想问你。"

陆江离说："你说。"

顾菁问："我昨天晚上，真的有亲你吗？"

陆江离想起来自己随口扯的话，轻轻笑了声，反问："如果是真的呢？"

"那我会觉得很亏。"顾菁小声嘀咕，"初吻欸，我居然不记得。"

看着小姑娘遗憾的表情，陆江离心里痒痒的，说："假的，我骗你的。"

本来以为能看到她佯装生气，没想到她眼睛顿时亮起来："太好了。"

没等陆江离反应过来，她踮脚，往他这里凑了凑。

——没够到。

顾菁拧着眉，嘟囔说："你长太高也挺麻烦的。"

陆江离笑了声，刚想俯身，她先一步伸手，抓着他的领子，往下一拽，很轻、很温柔地亲了他一下。

夏天燥热的风吹过。

陆江离的大脑怔了一下。

她的亲吻带着她的体温和香气，贴在他的唇上，只一瞬就捕获了他所有的思考能力。

陆江离浑身僵了一下，还没来得及伸手加深这个吻，顾菁就很快撤离，退后两步。

像蝴蝶眨眼，蜻蜓点水，一触即分。

她站在离他几米远的地方，弯起眼，挥挥手说："男朋友，开学见。"

顾菁回到家的时候，还觉得脸有点烫。

不知道是因为太阳太大被晒的，还是因为刚刚那个很浅的吻。

还好她跑得快。

一个语音电话突然打了过来。

顾菁做贼心虚，被吓了一跳，半天才接起来："喂？"

"我上车了。"

是陆江离的声音。

上车有什么可说的。

况且他们也才刚分开五分钟而已。

顾菁忍不住笑了一声："你这算是什么，报备吗？"

"你就当是吧——现在红灯了。"

陆江离靠在出租车后座上，懒洋洋地问："怎么样，有我这种干什么都报备的男朋友，感觉怎么样？"

顾菁语气里全是笑意，还要装作嫌弃道："没见过这么麻烦的，你不会要一路给我直播到你回家吧？"

"你想听也不是不可以。"

"……"

顾菁面无表情地说："挂了啊。"

"等等。"

陆江离说："礼物拆了没？"

顾菁愣了愣。

陆江离昨天给她带了生日礼物，但她当时顺手放一边了，确实还没拆。

她拿着手机，走到另一边找出那个礼物盒："怎么，你想让我录个开箱视频给你？"

陆江离笑了："我就是想听听你的反应。"

"这么积极？"

顾菁一边拆包装，一边调侃道："你不会回了套高数题给我让我先预习起来吧？"

说话间她已经打开了盒子，稍微愣了愣。

盒子里躺着的是一条做工很漂亮的手链。

银色的，上面还有个小狮子样的吊坠。

顾菁想了一会儿，说："我简单揣测一下你的意图，你是想告诉我，我有'河东狮吼功'？"

"……"

陆江离轻笑："你不是狮子座的嘛。"

顿了顿，他又问："喜欢吗？"

顾菁将手链放在自己的手腕上比了比："喜欢。"

陆江离说："喜欢就戴着，开学我要检查。"

他垂下睫毛，听着电话里对面的声音，温柔地、郑重地道："生日快乐，女朋友。"

过完生日不久，他们就要去 T 大报到了。

对于去 T 大这件事，顾菁其实还没有完全做好心理准备。

她从小在南方长大，对于京城这个陌生的北方城市没有什么概念，想到要在那待上整整四年，更是又期待又紧张。

她向往独立自由，所以从高中起就不让父母时刻陪着自己。

但无论如何独立，她也才不到二十岁，即将前往离家千里的陌生地生活，还是会有些惶恐。

好在，她不是一个人。

顾菁和陆江离商量后，订了报到三天前的机票，打算先去 T 大所在城市踩踩点。

落地后，两人打车去了酒店。

顾菁趴在出租车玻璃上，好奇地打量这个她从未来过的城市。

其实在小时候，她就曾经幻想过无数次来这座城市上学的场景，只是从来没想过未来有一天，会有另一个人踏入她的生命，参与她的梦想。

在这之前，顾菁从来没有想过她的人生会因为一个什么人的出现从而发生改变。

但陆江离就是出现了。

他们一起度过了高中两年，又即将携手进入大学时代。

从今往后，他就是自己人生计划的一部分。

顾菁收回看向窗外的视线，望向身边的男朋友，睫毛轻轻眨了一下，似乎也没觉得这有什么不好。

相反，对于有他的未来人生，充满了更多的期待。

……

新生报到第一天，顾菁和陆江离从车上下来后看见各个院系的迎新志愿者举着彩条和横幅，在门口引导新生。

而像顾菁这样长得格外显眼的，几乎不用她开口问，就有人主动上前指引。

"谢谢，我们认识路。"

284

陆江离面无表情地婉拒了迎新人员，翻出新生手册上的地图，拉着顾菁往前走。

"干吗呀。"顾菁忍不住笑起来，"人家看着挺热情的呀。"

陆江离昨天早把新生报到指南看完了，各项流程熟记于心。

顾菁欣赏着陆江离的表情，然后开开心心地挽住他的手往前走。

报到流程很快，领完了校园卡和宿舍钥匙后，陆江离问道："先陪你去宿舍？"

"不用。"顾菁说，"你已经是个成熟的大人了。"

陆江离："嗯？"

顾菁表情认真道："要学会自己独立行走了。"

男生宿舍和女生宿舍离得还挺远，顾菁懒得来回折腾，所以还是决定先分开去各自的宿舍。

顾菁拖了个巨大的行李箱，手里提着个拎包，走到自己宿舍楼前。

"学妹。"

门口的志愿者一眼看到她，迅速小跑过来："一个人来的吗？需要帮忙搬东西吗？"

顾菁摇头："不用。"

"和学长客气什么。"他已经很自来熟地套起近乎，接过她手里的行李箱，"学妹，你住哪层楼呀？"

顾菁默默心道一声阿门。

学长刚拎起行李箱，脸就白了。

他强撑着面子，又拎着走了两级台阶，终于还是没撑住，把行李箱放下来，勉强撑起了个笑："学妹，你这箱子有点重啊。"

顾菁弯了弯眼："抱歉，我东西带得有点多。"

顿了顿，她又礼貌道："不麻烦学长了。"

下一秒，她提起行李箱，健步如飞地往楼上走。

学长："这？？？"

顾菁之前没有住过宿舍。

她对住宿的唯一印象是学农的那次，十个女孩子围在一起说悄悄话，互相分享零食和秘密，就算被宿管敲门警告也依旧愉快。

自从确定了要住宿后，顾菁就在网上到处搜如何和舍友好好相处的帖，甚至还在豆瓣加入了"机智宿舍生活小组"。

结果无论是搜索结果还是组内的帖，都是铺天盖地吐槽奇葩室友。

顾菁拎着三十二寸的行李箱，边爬楼边想，自己的室友会是什么样的人呢？

"应该不会这么倒霉吧。"

顾菁小声嘟囔一句。

她拖着行李箱，站在 623 宿舍的门口犹豫片刻，还在做见到室友前的心理准备，以便给未来的宿舍生活先开个好头的时候，门却先从里面被打开了。

"——我去看看外面的电箱。"

那女孩开了门后愣了愣，和顾菁四目相对片刻后说："你是顾菁？"

顾菁怔了片刻，下意识地点点头，反应过来后有点疑惑道："你认识我吗？"

面前的女孩脸圆圆的，笑起来的时候柔软亲切，令人如沐春风："有发宿舍名单，我们这已经到了三个，就差你了。"

她说着拍了拍门，朝着宿舍内喊："朋友们，人齐了！"

她这一嗓子利落干脆，把宿舍内另外两个女孩子呼啦一下喊来了，一起把顾菁热热闹闹地迎进了宿舍。

顾菁先前的那点对室友的顾虑被这种熟悉又热情的氛围打消得烟消云散。

曾经她刚转学到二中的时候，也是顾虑重重。

当时是季如常让她意识到，这个世界上有很多热心的人。

而新舍友给她的感觉则是，这世界上还有很多个季如常。

她们宿舍是四人寝室，上床下桌带卫生间。

顾菁的床位在阳台边上。

开学整理东西是最复杂疲惫的，幸好其他三个人到得早，这会儿也有时间，帮着顾菁这个住宿小白完成了七七八八，连床帘都手把手指导她挂完。

"累了吧？"

最开始给她开门的圆脸女孩叫蒋怡，也是这个宿舍的宿舍长。

她笑着给从床上爬下来的顾菁递了一盒饮料，说："等明天军训还得更累呢。"

"谢谢。"

顾菁在自己的位置上坐好，问："我们明天就开始军训了吗？"

她左边床位的女孩子叫陈澈，趴在椅背上晃晃悠悠地说："是啊，班级群里已经通知了，一会儿还得去体育馆领迷彩服呢。"

顾菁说："我们班还有班级群啊？"

"有啊。"

蒋怡突然想起来说："哦对了，你是不是还没进。来，先加个好友，我拉你进来。"

顾菁拿出手机，笑了一声："这还没开学就八百倍速了。"

"这算什么八百倍速，我告诉你什么叫真正的八百倍速。"

蒋怡一边给她发入群邀请一边压低声音，讲八卦似的说："听说有的人在这两个月内已经'网恋'成功，就等着开学'奔现'了。"

顾菁心想，厉害。

"对了，说到这儿。"蒋怡问，"你们都有男朋友了吗？"

她率先道："我先说，十九年恋爱史为零选手在此。"

陈澈哼笑一声，立刻指着桌上刚贴上去的某大热女团的海报说："男朋友算什么？看到没，我'老婆'在这儿，五个呢。"

其余三人眨了眨眼，没有说话。

宿舍内最安静的徐小小也摇了摇头，想了想后评价说："看来高中时代我们都在好好学习。"

"那确实，学习都来不及还谈什么恋爱。"

蒋怡说就要把她们宿舍群名改成"唯有母单真国色"的时候，只听顾菁咬着吸管，默默地说了一句："我有。"

不仅有，她男朋友这会儿正"嘀嘀嘀"地给她发消息，问她整理好了吗、累不累、什么时候一块儿去吃饭。

没见过谈个恋爱这么黏人的。

顾菁一边在心里吐槽，一边嘴角却忍不住弯起，顺手回了他消息后一抬眼，对上宿舍其余三人求知欲颇为强烈的目光。

三个从来没谈过恋爱的女生好不容易逮住一个恋爱进行时的，顿时抛出了她们比学习还认真的求知精神。

"你什么时候谈的啊？"

"哪儿认识的？高中同学还是其他的？"

"那你们现在是异地恋吗？好辛苦啊。"

一连串的问题丢下来，砸得顾菁有点招架不住，只挑出她觉得最重点的那个说："不是异地恋。"

陈澈更好奇了："也考到 T 大了？"

顾菁点了点头说："就我们系的。"

"哇，这是一起手牵手上 T 大的绝世佳话。"

蒋怡立刻去翻班级群："叫什么啊？我看看。"

"陆江离。"

蒋怡从头到尾拉了一遍，"欸"了一声说："好像没有这个人啊。"

顾菁想着以陆江离的脾气也未必愿意进群，面对舍友的好奇也只笑眯眯地说："不急，等明天你们就能见到了。"

T 大报到日次日，军训开始。

而在正式军训开始前，所有人先去大教室里分院系参加军训的动员大会。

顾菁和室友一起出门，是最早到的几个，挑了教室的倒数第二排。

同学们陆陆续续来了。

计算机系的男女比例相当惊人，几乎达到了八比一的程度。

"这么多男的，怎么没一个长得过关的啊。"

蒋怡带着一颗少女心进来，结果越看越觉得失望。

陈澈懒懒散散地撑着脸，扫了一眼，小声说："你们看那个，长得好像'悲伤蛙'。"

顾菁看了眼，不得不承认她的评价非常一针见血："确实。"

"还有那个。"陈澈语气幽幽，还叹了两口气，"才大一就秃顶了，我实在很担心他日后的人生。"

她讲话有点当初季如常的风格，顾菁忍不住跟着笑起来，又低头给陆江离发消息：**男朋友，你将来不会秃头吧？**

走在路上的陆江离猝不及防收到这条消息，沉默一秒，心头顿时浮现起一股深深的危机感。

总有一种要是自己哪天秃了，她会毫不留情甩了自己的感觉。

秃头了你就不爱我了？

对啊。

顾菁忍着笑打字：很影响下一代基因的。

她在这边聊天，宿舍其余三人则都不免忧心忡忡起来。

终究还是蒋怡大着胆子问："你男朋友来了吗？"

"我看看。"

顾菁伸长脑袋在教室的男生群里挨个扫过。

她只看了一半，忽然觉得有只手按着她的脑袋，随后将她的脑袋转了过去。

她找了半天的男朋友正垂眼看着她，神色有点冷地问："在看什么？"

顾菁愣了一下，又听到他问："又看上哪个帅哥了？嗯？"

"……"

顾菁忍不住唇角一勾："这不是眼前就有一个吗？"

"被抓包了知道哄我了。"

陆江离瞟了眼那边："刚刚看得不是挺高兴吗？怎么，那人头发比我茂密就这么招你喜欢？"

这都哪儿跟哪儿啊。

"我那是在找你好吗！"

两人没聊一会儿，教官和班导师进来了。

陆江离先回了自己座位。

顾菁转回目光，被身边的陈澈晃着胳膊问："刚刚那个是你男朋友？"

顾菁应了声："是啊。"

宿舍几人顿时倒吸一口凉气。

陈澈感慨道："原来这个世界上还是有帅哥在民间的。"

"我感觉我的眼睛顿时被净化了。不得不说，你男朋友真是很……"理科生蒋怡琢磨半天，找不到礼貌又不太逾矩的词。

徐小小安静了许久，终于在这一刻语出惊人道："鹤立鸡群。"

四个人顿时笑成了一团。

他们教室里很快坐满了形形色色的人。

有人是这个城市的莘莘学子，有人是十八线小镇的做题家，他们做着不同的甲卷乙卷地区卷，怀揣着同一个梦想终于汇聚在了这里。

但他们所有人挤破脑袋钻进名校，并非只因为它响当当的名号和毕业后金光灿灿的第一学历，也是因为相信这样一所百年高校积攒了多年底蕴，能够把它的学生培养成优秀的人。

这里的一草一木，一山一湖，甚至教学楼里的课桌椅都见证了百年风霜，见证了一代又一代杰出的人才走进来又走进去。

无论他们想深入钻研学术，或是投入社会，都能在这里找到自己的方向和答案。

而她的大学篇章才刚刚开启。

顾菁想，她还有很长的时间慢慢去感受。

军训动员后，学生们很快投入到正式的军训生活中去。

顾菁曾经在高一的时候体会过一次军训的痛苦，但这次时间更漫长，且教官对他们的要求更严格。

烈日炎炎下，即便涂了厚厚的防晒霜，还是能感觉灼热的阳光烤在身上，简直像在伤人。

"——你给我好好涂防晒。"

陆江离嫌娇气，懒得涂，顾菁就以命令的口气，亲自给他抹防晒，抹完后还一本正经地威胁说："你不能晒黑，晒黑了我就不喜欢你了。"

陆江离眼神瞬间一凛："你敢？"

顾菁盖上防晒霜的盖子，笑眯眯地说："你看我敢不敢？"

她把防晒霜放进陆江离的口袋里，拍了拍后还叮嘱说："记住哦，三个小时补一次。"

陆江离："……"

不过无论白天军训多疲惫，到了晚上还是学生们的自由活动时间。

只是陆江离一连找顾菁三天都被拒绝，终于在第四天找到她并一块儿吃晚饭。

"数数，你都几天没和我吃饭了？"

"刚开学，我总是要维持宿舍的良好友谊呀。"

顾菁眨眨眼，很为难道："难道你希望我一上大学就被舍友排挤吗？"

陆江离沉默。

"有新朋友了也不是你忘了男朋友的借口。"

"行吧。"

顾菁掰着手指说："以后一三五我陪舍友，二四六陪你，星期天是我的休息时间，这样行了吧。"

"行什么行？"陆江离快被她气笑了，"恋爱是你这样谈的？"

顾菁"哦"了一声，说："那你要和我分手吗？"

"分——"

陆江离最不想听到这句话："分什么分。你想都别想。"

顾菁淡定地点一下头："那就好了嘛，尽管我这个女朋友有时候不称职，你也得接受，反正你也换不了了。"

她故意气完他后，又弯起眼，对着他很柔软地笑了下。

陆江离："……"

偏偏他就吃这一套。

真是被这小姑娘治得死死的。

等吃完饭后，陆江离送她回宿舍。

等到了楼底，他却还握着顾菁的手不想放，甚至大有把她继续扣在原地的意思。

片刻后却见顾菁仰头盯着他，忽然说："你知道我今天看到一本言情小说，男主把女主按在宿舍楼底强吻，然后，全校人都炸了。"

她突然提起这个，陆江离轻笑了声，揉了下她的脑袋，说："怎么，想试试？"

"不是。"

顾菁认真地说："我只是想说，送我回来可以。你要是敢在这里亲我，我一定会一掌拍飞你。"

陆江离："……"

对于刚入学又在家懈怠了暑假两个月的大学生来说，军训确实是件挺难熬的事情。

一天军训结束，回到宿舍里。

蒋怡有气无力地问："咱们军训还有几天结束啊？"

徐小小比个八。

陈澈一头栽倒在了桌上："怎么还有八天啊，真是路漫漫其修远兮——"

"最关键的还不是我。我多训一会儿是没关系，但我们菁菁怎么办啊。"蒋怡很是担忧地看着顾菁，"亲爱的，你的身体还撑得住吗？"

顾菁抱着怀里的小猪靠枕，表情可怜兮兮地点一点头："我尽量。"

……

不过好在军训也并不是每时每刻都在室外。

偶尔有些课程必须要在室内，比如射击训练，又比如各类知识讲座。

平时请学生正儿八经地听这类讲座他们不一定愿意，但比起在烈日下暴晒，原本枯燥的讲座就变得颇受学生们的欢迎了。

"同学们好，今天我们要讲的是急救知识。"

顾菁举着小电扇，趴在第一排边吹边听。

其实军训学习的急救知识也大同小异，高中军训的时候她就学过一遍。

果然这次第一个学的又是心肺复苏流程。

老师在台上讲解了一下，然后又亲自在教具面前示范了一遍。为了调动下面那群大学生的精神，他说："那我现在就抽一个同学上台演示一下，看看你们有没有学会。"

他的目光一扫，就落在了坐在第一排，神情懒洋洋的顾菁身上。

"就这位同学了。"

顾菁突然被点到，还有点没反应过来，茫然道："我？"

老师笑眯眯道："就是你。"

前几排的学生顿时哗然。

顾菁这几天军训一直展现的都是柔柔弱弱的形象，所有人下意识地就把她当成了手无缚鸡之力，风一吹就能把她吹跑了的小姑娘。

有人开玩笑说："老师，你要不然换一个吧，她恐怕按不动。"

"欸，你说对了，这就是我选她的理由。"

老师一边招招手让顾菁上台，一边说："如果你们真的遇到了需要救援的情况，就算再没力气，救人也必须有力气。"

老师指引她蹲下，循循善诱道："按照我刚才说的，回忆一下，先确认头颈躯干保持同一直线，然后准备开始胸外心脏按压。"

顾菁蹲在教具旁边。

对她来说，心肺复苏其实不难。

难的是，怎么控制住自己的力气。

台下许多人的目光盯着她。

顾菁一时有点紧张，只能先尝试收着力道，往下压。

教具人偶胸口浅浅下凹一点。

"不标准。"

老师一看就知道力道不行："压下去，用全力，眼前这个人都快死了，你的力气关系着他的生死存亡——"

台下顿时笑声一片。

在反复几次后，顾菁觉得自己大约摸透了这个人偶能承受的力道，加上老师不断地催促，她憋足了力气，哐哐哐按下去好几下。

"101，102，103，看，这不是挺好吗，很快这人就能被你救活了——"

老师话音未落，从教具那传来沉重的一声。

他定睛一看。

教具人偶从中间裂开了。

看样子不仅没救活，还给添乱了。

"不好意思。"

半晌后，顾菁有点无措地收回手，表情无辜道："可能是我救援之心太迫切了。

"你是说，你上台演示心肺复苏，结果把教具弄坏了？我怎么觉着这一幕这么眼熟呢？哦，想起来了，你的新同学现在看你，是不是特别像当初我们看你扔实心球破了校纪录那回？"

"还行吧。他们真以为是教具用了几年质量不好，没有多想。"

顾菁听着电话对面季如常持续不断的"鹅鹅鹅"般的笑声，无奈道："差不多得了，这么好笑？"

"好笑啊。"季如常说，"值得我发条朋友圈，你等等我现在就去发——"

顾菁忍不住跟着笑了一下，说："行了，别光听我说了，你最近怎么样？"

季如常非常幸福地说道："我们这儿也军训，不过因为本天才作法成功所以搞定了一切。"

顾菁疑惑道："作法？"

"对啊。"

季如常一本正经道："我把雨神的照片贴在宿舍里供了起来，并许诺信女愿一生荤素搭配来换军训下雨，你猜怎么着，灵验了不是！我们军训整整下了一周雨，几乎就没怎么出去过。"

顾菁觉得，不愧是季如常能干出来的事。

季如常继续说："现在我们军训就最后两天了，我还报名了军训的文艺会演，就等着上台亮相了。"

顾菁笑了声："不会又是排小品吧？"

"拜托，我才刚入学没多久，去哪儿找那么多演员。"季如常说，"是单人吉他弹唱，到时候看我怎么惊艳全场吧。"

顾菁扬了下眉："Always 乐队要重出江湖了？"

"那不是。"

季如常忽然郑重其事地说："Always 是我们两个人的乐队，缺了谁都不能叫 Always。"

顾菁稍稍怔了怔。

季如常那边响起了吹哨的声音，大概是集合了。

"欸，我得走了。"她挂断电话前还皮了一下，"菁妹，有机会再一起开全球巡演吧。"

等挂了电话，顾菁陷在曾经的回忆里，有点恍然。

仿佛昨天还一起在音乐教室练吉他，在校园艺术节上表演《超喜欢你》，今天就奔赴了各自不同的前程。

还好，她们各自都过得很好。

陆江离排完队，拿了两杯奶茶走到她面前坐下："想什么呢？"

"在想……"

顾菁接过奶茶，慢吞吞地说："我们学校军训结束的时候，是不是也该有文艺会演来着。"

陆江离眯了下眼："你想报名？"

他瞬间有种非常不妙的感觉。

高中的时候，顾菁就已经非常招人喜欢了。

而现在进入大学，顾菁褪去了那点青涩稚嫩，变得更漂亮更可爱，要是她真的上台，到时候得有多少人前赴后继地来挖他墙脚？

"如果我说想呢。"

顾菁没等他说话，自己演起来了："男朋友，你不会不让我去吧，你不会这么霸道吧，你不会是那种我穿短裙出去都觉得其他人目光很烦所以不想让我穿的人吧？”

她眨眨眼，表情调侃又带着两分认真。

“……”

陆江离很不爽地磨了下后槽牙。

半晌，他才说：“你想去就去呗。”

顾菁身体前倾点：“真的？”

陆江离面无表情，一个字一个字地往外蹦：“真、的。”

“那我穿什么也都可以？”顾菁得寸进尺地比画了个长度，“穿这么短的超短裙也可以吗？”

陆江离垂眼看她，表情相当危险。

顾菁却愉快地和他对上视线，笑眯眯地等着他的回答。

不知过了多久，陆江离像是败下阵来似的，无声地叹了口气，说：“可以。”

能有什么办法。

他女朋友的想法是自由的，即便是他也没有立场干涉。

他正郁闷地给自己做着心理建设的时候，却见顾菁又凑近了点，接着轻轻说：“好呀，那我——就不去啦。”

陆江离有点没反应过来：“……啊？”

“本来也没打算要报名。”

顾菁撑着下巴笑眯眯地看着自家男朋友，对他即便很吃醋也尊重自己想法的样子非常满意：“我就是想看看你什么反应。”

现在看来，反应让她很满意。

“……”

被耍了。

陆江离愤愤地作势要去捏下顾菁的脸，却被顾菁拎着奶茶笑着逃开。

她穿过熙熙攘攘的人群，奔跑在校园内。

阳光正好，未来悠长。

夏风撞进她的怀里，她伸手抱了个满怀，像是抱住了她小小世界里所有的美好。

为期二十天的军训终于在一个炎热的午后迎来终结。

"二十天。

"你知道我这二十多天是怎么过来的吗？"

蒋怡对着镜子左看右看，悲伤地说："两瓶防晒霜下去都抵挡不住紫外线的攻击力，我比开学时黑了至少两个色号。"

"我也是。"

陈澈这几天把所有镜子都收了起来，掩耳盗铃地说："不过没关系，只要我不看就不知道自己有多黑。"

"真羡慕菁菁。"蒋怡看了一眼顾菁，叹口气说，"下辈子投胎，我能有这样晒不黑的粉白皮吗？"

徐小小想了想，推论说："或许这就是爱情的力量。"

她这句话出口，全宿舍人都拉长了声调："哦——"

明白了。

人家有男朋友在。

那是得竭尽全力维护自己的形象。

这可不是什么爱情的力量。

顾菁边低头写东西，边在心里轻笑了声，只是偷懒的力量而已。毕竟自己就算晒黑，陆江离也不可能不喜欢自己。

她翻过一页，转转笔，对着手机上的信息继续誊写第三个地点。

军训结束后两天是双休日。

难得有机会，顾菁决定趁开学前和陆江离在这个城市四处转转，就当旅游。

虽然只有两天的休息时间，但顾菁还是参考各大软件，做了份十几天都走不完的长攻略。

她把攻略发给陆江离的时候，他只看了一眼就笑了："我们就两天，去得了这么多地方吗？"

"谁说两天，明明是四年。"

顾菁说："时间有限，我只来得及做这些，未来还会继续增补的。"

她翻开第一页，点了点："这个周末我们就去这儿了。"

顾菁对攻略的认真样子让陆江离瞬间回忆起了曾经她帮自己一笔一画写学习计划的时候。

他弯了下唇，笑着揉了下她的脑袋："好，听你的。"

大一除专业课之外，还有一大堆的通识课要选。除思修史纲形策英语这种必修课之外，每学期还有一节选修。

而且他们的选课模式是摇号制，不拼手速，拼运气。

所以虽然军训时期他们已经选完了课，但直到开学前一天的时候，才终于尘埃落定，拿到自己的最终课表。

顾菁登录系统看了一眼自己的课表，满满当当的五天课。

即使是自己选的，还是看得她有点头大："这都快赶上高中的时候了吧？"

"那你们高中还挺好的。"陈澈面色麻木道，"我们高中的课程量是这的两倍。"

"……"

顾菁忍不住感叹，幸好她和陆江离选的是一个专业。

本来以为只要上了同一所大学就万事大吉，然而看这课表，要不是同一专业估计他们一天也没几个可以见面的时间段。

她又仔细看了看，发现运气不错，报名的课都选上了。

尤其是选修课，她挑了一节别人推荐的《现代西方哲学与社会思潮》。

顾菁把自己课表截了张图，发给了陆江离。

陆江离把那节哲学课给她圈出来，问：你竟然抢到了？

顾菁：你没抢到？

陆江离：没有。

没想到她竟然还有比陆江离运气好的一天。

顾菁在屏幕前嘎嘎乐了很久，然后才问：那你补选课选的什么？

陆江离也给她发了张图。

顾菁看了一眼。

《制造工程体验》。

"……"

她记了一下陆江离的上课时间，随后敲字道：那祝你好运啦！

而等到选修课当天。

陆江离看着教室内提前占好座的顾菁，扬了下眉："你过来干吗？"

"陪你上课呀。"

顾菁拿起包给他让了位置，弯起眼说："打着灯笼都找不到我这么好的女朋友吧？即使牺牲自己的休息时间也要陪男朋友上课。"

"来之前我先替你打听了一下，这门课期中期末各交两次作业，而且每节课都要点名。"

陆江离往她旁边一坐，却还能笑得出来："这不是有我女朋友在嘛，我慌什么。"

顾菁正色说："我只负责陪你上课，可不负责帮你做作业啊。"

陆江离伸手，在桌底下熟门熟路地牵住她的手，捏捏她的手指说："你在就够了。"

有你在身边，再枯燥难熬的课都会变得很有意思。

高三是这样。

现在还是这样。

陆江离看中了一套房，装修风格就很合他的口味，不需要怎么大动。他准备租。

只不过屋内陈设不多，还得自己添置。

于是等到下个双休日，陆江离就带着顾菁去了商城的家具市场。

"你买这么多？"顾菁推着车，忍不住笑了下，"我们又住不了多久，有意义吗？"

"这不是为以后先练手嘛。"陆江离淡定地说，"这样等我们结婚买家具的时候就熟练了。"

顾菁怔了怔。

她下意识地想说点什么反驳，但想了想，似乎还真是这样。

等大学毕业后，或者再久一点，研究生毕业后，他们会找一个喜欢的城市定居，结婚，布置自己真正的家。

虽然时间距离还远，但被陆江离这么一提，却又似乎感觉就近在眼前。

她往后的人生规划，每一寸，每一步，都将有陆江离和她一起。

她对此感到雀跃，并充满期待。

因为是租房，且很多东西还可以继续放在宿舍里，所以这次搬家并不复杂。

等布置结束后，陆江离和顾菁就选了个最近的双休日拎包入住。

顾菁之前也租房住过，且对面就是陆江离，高三关系好的时候他们也几乎是放学后就腻在了一块儿。

但那和真正同居的感觉是浑然不同的。

这次是她和陆江离，真真切切地住一块儿了。

所以等入住的当天，顾菁就觉得有点小兴奋。

房间虽然不大，但她却真的有了家的感觉。

她和陆江离的，单独的家。

顾菁揣着兴奋过了一整天，甚至还打算晚上自己动手烧个饭庆祝一下他们的乔迁之喜——可惜没成功。

"你说等以后结了婚怎么办？"

顾菁面对着眼前的外卖，忧郁道："谁做饭？"

她紧张兮兮地说："我听说很多夫妻婚后生活不幸福，就是因为这种鸡毛蒜皮的从家务活里衍生出来的小事，你说我们会不会也——"

"不会。"

陆江离直接打断她的话。

顾菁眨了眨眼："嗯？"

陆江离平静地说："我们可以请阿姨做。"

"……"

好吧，确实。

一下子解决了未来婚姻里的头等大事，顾菁觉得瞬间就轻松了很多，高高兴兴地把外卖吃了。

晚上洗完澡后，顾菁打了个哈欠回房间。

这套房子是一居室，所以她和陆江离很自然而然地睡一张床。

后半夜，顾菁终于得以沉沉睡去。

陆江离把她抱在怀里，垂眼看着她的睡相。

顾菁实在是困了，睡得很安稳。

她个子小，骨架小，被陆江离圈在怀里就那么一小只，柔软可爱。

她的眼圈还有点残存泛红，长长的睫毛覆盖下来，小魔王的气焰不见踪影，乖得就像她平时伪装在外的形象，漂亮柔弱，像个精致的小瓷娃娃。

夜色已深，万物静谧。

除了窗外隐约的蝉鸣，就只有顾菁均匀而安静的呼吸声。

陆江离的心情格外平静。

他终于在这里，在他自己布置的属于他们俩的小屋里拥有了她。

于他而言，就像是拥有了一整个世界。

陆江离怀抱着她，温柔地、不带任何情欲地亲吻她的耳朵和侧脸。

时间是很奇妙的存在，有时候很短，短得转瞬即逝，一眨眼就要分开。

有的时候又很长。

就像此刻，仿佛就是永远。

……

顾菁第二天迷迷糊糊地从睡梦中醒来的时候，全身都酸得像要散架了。

这种感觉就像前一天做了一个小时的高强度帕梅拉，又酸又累。

房间门被打开。

顾菁抬了下眼皮。

"早饭到了。"

陆江离问："吃点吗？"

"等等。"

顾菁说："你先别过来。"

陆江离怔了下，打量了下顾菁的神情，又问："哪儿不舒服？"

顾菁狠狠地掐着怀里的抱枕，凶了吧唧地看他："是等我缓缓，否则我怕我忍不住对你起杀心。"

陆江离忍不住笑。

周日晚上，宿舍楼底，顾菁刚和陆江离说了会儿话，就看到不远处有三个熟悉的人探头探脑的。

有点聊不下去了。

在送别了陆江离后，她往那边看了一眼："出来吧，不累啊？"

陈澈捶着腰直起身："累是累了点，但是比起近距离吃瓜来说，这点累算什么。"

蒋怡笑眯眯地说："先声明，不是我们故意偷看的啊，只是刚倒完垃圾回来，就看到有人在宿舍楼底卿卿我我，很难不围观一下。"

陈澈在一旁点头说："况且这可是光天化日，朗朗乾坤。"

顾菁看了一眼手表，说："……现在好像是晚上八点。"

哪门子的光天化日。

三位单身舍友对顾菁的恋爱显然很感兴趣，边聊边一起回了宿舍。

"感觉你和你男朋友感情好好啊。"

蒋怡搬了把椅子过来，一副听八卦的表情："众所周知，没有夜谈过的宿舍不是真正的宿舍，来给我们分享分享恋爱生活吧？"

"就是，平时也没见你怎么秀恩爱。"

顾菁腹诽，那是因为她就不爱秀，也觉得其他人不爱看。

没想到还有人上赶着被秀的。

"我先来问啊。"

徐小小举手，很好奇地说："为什么那么多人都喜欢谈恋爱，你们谈恋爱究竟有什么意思？是不是多一个男朋友能在生活上帮上很多忙啊？"

"是吧。"

蒋怡说："比如帮忙拧瓶盖？"

顾菁想了想："好像没有。"

因为一般她自己就能拧得动。

"那帮你搬东西？"

"偶尔。"顾菁说，"但我比较喜欢自己搬。"

"带动你一起学习？"

顾菁说："高中的时候是我给他补的课。"

"那……至少会愿意给你花钱吧？"

顾菁算了笔高中时期的租金，很肉疼地说："好像我给他钱比较多。"

宿舍三人："啊……"

徐小小很困惑地思考了一会儿，说："怎么感觉谈恋爱更没有必要了。"

其余两人点头："确实。"

要换以前，顾菁也觉得，要男朋友有什么用，这世界上又没什么事是她办不到的。

但遇到了陆江离后，她发现恋爱的奥义并不是想着从对方身上汲取价值。

而是只要他存在，就是自己情绪能量与动力的来源。

所以千言万语只能汇聚成——

"可是我很喜欢他啊。

"超级喜欢他。"

顾菁已经慢慢适应了大学生活。

T大毕竟是全国最高学府，里面百分之八十的学生几乎都是个顶个的学习高手。顾菁本来以为自己已经属于努力和天赋兼具的选手了，但等真切感受了一下身边人的水平后，还是觉得很有压力。

但好在，在大学，你可以自由选择你想要的赛道进行比拼。

想好好学习的，就用心学专业课争取保研拿奖学金。

想扩展人脉的，就着重于社交方向，参加学生会或各种部门积累人脉与策划经验。

想攒点项目成绩的，还可以报名大学生创新比赛。

……

这个世界是万花筒，万千个领域都有值得挖掘研究的东西。

而大学只展示了其中的冰山一角，为你提供了一个进入社会前的缓冲带，和一个广阔的视野方向。

在这里的四年，你可以朝着自己的人生，再次勇敢进发。

生活的有趣之处就在于，你不知道在什么时候，也许是某节课或某次社团活动，就会和意想不到的兴趣相逢。

就像陆江离之前选课选到了那个《制造工程体验》，本来想着艰难熬过去得两个学分，没想到越上越有意思。

而等到课程结束，他甚至做出了一把尤克里里。

"送你。"

顾菁接过，问："这是什么？"

陆江离："我的期末作业。试试手感。"

"……"

顾菁沉默一秒，又忍不住笑起来："哪有拿期末作业送人当礼物的？"

陆江离跟着笑了声，才说："有没有一种可能，就是因为想给你做，才选了这个当期末作业。"

顾菁以前学过吉他，但没接触过尤克里里。

好在尤克里里本来就容易上手，顾菁靠着那点吉他底子很快就摸索着上手成功。

她仰头看着陆江离："想听什么？"

陆江离："都行。"

顾菁笑眯眯道："那我就只弹我会的了。"

她拨了下弦，轻轻开口。

却是陆江离再熟悉不过的音调。

"就算世界与我为敌，我超喜欢你——"

他微微一怔。

时间像回到了那个春天。

顾菁在台上光芒万丈地演唱完这一首，和他对上目光。

心动刹那间涌来，从此一发不可收拾。

后来他回去听过这首歌的很多翻唱，但对他而言，都没有一个能比得上那一天顾菁的演唱。

而在这个午后，她弹着他做的尤克里里，明眸皓齿，声音清亮地重新为他唱起这首歌。

这一次，只对他一个人唱——

我超喜欢你。

进入大学后，时间流速就像变快了起来。

高中的时候掰着指头数日子，而大学里一周一周"唰唰唰"地过去，转眼间就从期初到期末。

而又一眨眼，顾菁已经在 T 大待了将近一年。

五月的晚上。

623 宿舍里正在为共同的小组作业疯狂赶工。

"我的 part 好了，发群里了。"

顾菁最先结束，一推键盘，拿起手机想休息会儿的时候发现自己不知道什么时候被拉进了个群。

前面已经聊了几百条，还伴随着无数艾特的消息。

她抬头看了一眼群名称。

——衣锦还乡团。

顾菁："……"

看着像季如常的取名风格。

顾菁大致翻了翻聊天记录，最初是李建明说学校每年都有一个固定活动，上届毕业的优秀学生要返校给下一届的高考生做考前的激励演讲，分享一下学习经验。

他本来只是想叫几个人，却没想到季如常直接东拉西扯叫来了一群人，在群里把激励演讲变成了返校庆贺的活动。

因为本地的返校比较方便，而像他们这种考到外省市的多半都因为距离放弃，所以季如常在群里把她和章音轮番艾特了一遍。

菁妹！音音！你们就当请个假回来看看我吧！

要不然就当看看老李也行。

半晌，李建明在群里充满怀疑地敲了一个问号。

群里又顿时一片哈哈哈。

顾菁看着群里的消息，也跟着笑了声。

她冒泡问了句：时间呢？

群里顿时炸开锅。

季如常显然是最激动的那个：菁妹！！！终于等到你！！！

其他人也跟着起哄。

等等，T大的都来了！还有咱们什么事儿吗？

顾菁翻了好半天，在一堆感叹号里终于找到一条正经回复。

班长：下周一。

下周一。

顾菁思忖片刻。

那跑这一趟得请至少两天的假。

顾菁想了一下周一周二的课。

想到这里，顾菁在一片问她会不会回来的消息中，笑眯眯地打字：等好吧各位！

顾菁打算回母校，陆江离当然不可能不跟着回去。

他们订了周六的机票，先回家一趟拿高中校服，然后周一的时候再在学校门口集合。

"好久没回来了。"

天气晴好，顾菁站在校门口，望着熟悉的校园，竟然还有一种近乡情更怯的感觉。

他们到得早，其他人还没来。

顾菁四处张望了会儿，提议说："要不我们先进去看看？"

陆江离点头："走。"

门口保安知道今天是优秀毕业生返校的日子，所以直接放他们进去了。

距离他们毕业只过了一年，二中几乎没怎么变化。

顾菁穿着校服，走进校园的刹那，恍然间又像是回到了高三那会儿。

走过无数遍的林荫道依旧如常。

教学楼内的每一级楼梯都显得如此熟悉。

顾菁和陆江离首先去的是高三（4）班的教室。

现在是下午第一节课，他们班上的数学，台上的数学老师讲得慷慨激昂，唾沫横飞，而台下的学生则有记笔记的，也有昏昏欲睡的。

数学老师一回头，粉笔一飞，砸到后排睡觉的同学脑袋上："还睡？还剩几天了不知道吗？就二十多天了你怎么还睡得着的？"

顾菁忍不住笑了起来。

她扫了一眼教室后的黑板报，当初高三（4）班四十二人的签名早就被擦了个干净，没有留下一丝痕迹。

她心底有些唏嘘。

年年岁岁花相似，岁岁年年人不同。

班内的数学老师察觉到了教室外面的两个人，皱了皱眉走出来："你们哪个班的，现在是上课时间，都要高考了你们知不知道——"

顾菁还没来得及说话，远处先传来熟悉的一声："顾菁，陆江离？"

顾菁回头。

走廊那边，老李迈着吃力的小碎步快步跑了过来。

几乎是条件反射，顾菁想放开陆江离的手，却被陆江离拉着抓紧了。

顾菁愣了愣，才反应过来。

他们已经不需要躲了。

"你们怎么在这儿啊。"

李建明走了过来，又惊又喜地拍了拍两个人："不是说校门口集合吗？"

"等得无聊就进来看看。"

顾菁顿了下，又看了眼老李，很感慨地叫了声："李老师好。"

陆江离握着她的手，也跟着说："李老师好。"

四班的数学老师愣了愣，才问："这是……"

"我的毕业生。"李建明表情相当骄傲道，"两个 T 大的，专程回来做演讲呢。"

顾菁和陆江离跟着李建明下去，见到了返校的其他人。

章音当时学习的时候，每天都是同一副眼镜加马尾辫，现在染了发戴了隐形眼镜，漂亮不少，看上去简直变了个人似的。

而季如常几乎没怎么变，尤其见到顾菁就飞奔着扑过来的样子，和一年前一模一样。

"菁妹——"

她学着冯巩的语气："我想死你了！"

顾菁被她撞了个趔趄，笑着揉揉她的脑袋："我也想你啊。"

"先别忙着叙旧了。"班长说，"大家的演讲稿都准备好了吧，我们来对一对，然后稍微排一下顺序。"

演讲每个人限定五分钟，在上场前还要交年级主任先审核一遍。

年级主任依旧非常严格，对每个人的演讲稿都挑挑拣拣。

"太浮夸。"

"空话太多。"

"不够简练。"

最后看到陆江离的，年级主任直接拧了下眉："你就这一句？"

"没什么好说的。"陆江离说，"一句够了。"

班会课铃声响起。

高三全体学生被带去了学校的大礼堂。

而去年的这批优秀毕业生，开始一个接一个地为这批惴惴不安、焦躁烦恼的高三生，注入考前的强心剂。

不同于老师说的那些冠冕堂皇的大道理，他们大多是很真实地、接地气地分享，以每个人不同的演讲风格来宽慰他们——我们都一样，我们也曾走过你们来时的路。

顾菁是倒数第二个上场的。

她上台的时候，礼堂的大屏幕上投影出了她的信息。

台下顿时骚动片刻。

"那就是顾菁？"

"真的，真的是顾菁学姐欸！"

顾菁站在礼堂的话筒前，望着台下的高三学生们。

每年都有这样一批学生坐在这儿，他们其中的部分人会在第二年的时候回到这里，告诉下一批人——看，别怕，我做到了，你们也可以。

代代传承，生生不息。

顾菁分享了自己的心路历程和学习经验，等到最后的时候，她顿了顿说："或许很多同学觉得，寒窗苦读十几年，就为了这最后的一次考试。

"但其实不是，高考结束后，才是真正的开始。

"未来始终握在你们自己的手里，或许没你们想的那么轻松美好，但它绝对值得你们努力去试一试。"

等顾菁说完后，最后登场的是陆江离。

之所以把他排在最后，是因为他交的演讲稿就一句话，年级主任觉得如果最后时间不够的话给他讲一句就能退场。

但他没想到，陆江离要说的，和纸上的并不一样。

"各位学弟学妹，我就说一句。

"好好学习，这样你才有资格去爱。"

……

陆江离下场时，台下一片哗然。

"你真敢说啊。"

顾菁在幕后忍着笑看他："年级主任找你麻烦怎么办？"

"随便，反正我都毕业了。"

陆江离与顾菁十指交缠："况且，我又没说错。"

很多人连自己想要的究竟是什么都不知道，就算努力也只是茫然地往前，并不知道自己的未来究竟在哪儿。

而他的目标很明确，就是想和顾菁在一起，一起上大学，一起创造未来。

这就是他最美好、最值得分享的经历。

难得回来一趟，他们都想回家陪陪父母，所以订的是周二晚上的回程机票。

而周二清晨，陆江离本来想睡个懒觉，却接到了女朋友让他换衣服赶紧下楼的电话。

大清早找他约会？

陆江离虽然心底有一瞬的疑惑，但还是愉悦地弯了下唇。

他快速整理完出门，只见家门口停着一辆风格颇酷的机车，而他女朋友正坐在车上，朝他丢过来个头盔。

"上车。"顾菁扬了扬下巴，"我带你去兜风。"

陆江离看着她，沉默一秒后笑了："机车也叫车吗？"

"机车怎么不是车了？你车族歧视是吧？"

"你什么时候学的？"

"我爸在夏威夷教我的。"顾菁张口瞎扯了一句，然后问他，"坐不坐啊？"

陆江离坐上她的机车后座，总觉得有哪里不太对劲："哪有女朋友载男朋友的。"

"下次也可以换你载我。"顾菁发动了机车，在风中笑着说，"前提是，你能考出驾照的话。"

呼啸的风吹过他们身侧。

街上许多人纷纷侧目。

顾菁不避他们的目光，说："记不记得，你高三那年骑自行车带我出来？"

陆江离怔了下，想起来了："记得。"

他本来以为顾菁要和他忆往昔，却听见她说："我当时就想说，你骑自行车载人的水平可真够差劲的。"

所以在其他大学生都是趁寒暑假考汽车驾照的时候，她非常特立独行地考了个摩托车驾照，就是为了在这一刻载着陆江离。

她天生爱新鲜，爱自由，爱一切新奇刺激、不被束缚的存在。

当风吹过她的那一刻，她感觉自己与风同在。

顾菁和陆江离又来到了当初的江边。

她趴在栏杆上，吹着江边的风，感受着酣畅淋漓的快乐。

"有句话我一直没说。"顾菁忽然轻声说。

陆江离侧头望她。

顾菁看着江面，说："谢谢你喜欢我。"

陆江离眉毛一扬："谢谢？太客气了吧。"

顾菁似是觉得说这种话有点不好意思，但还是道："我一直知道，成长路上会有孤独。"

每个阶段认识的人，或许会在某一天离开，天各一方，渐行渐远。

"就像我喜欢的事情有很多，但坚持下来的其实很少。"

喜欢画画，喜欢弹吉他，喜欢骑机车。

但这些都是过眼云烟的三分钟热度的爱好。

这就是她最开始喜欢上陆江离的时候，曾经试图想压制，想放弃，想逃避这种感情的原因。

高中的不确定因素太多，顾菁也没办法确认，她和陆江离会有个什么样的未来。

她对一切有坦荡的底气，但对于感情却是第一次尝试。

没有经验，也会为此犹豫退缩。

喜欢人和喜欢东西有什么区别，她靠什么维持长期感情呢？

她对此一无所知，才悬而未定。

如果陆江离不迈出那一步，可能在毕业后顾菁会敛起这份感情。

但是陆江离来了。

他打消她所有的顾虑，承诺她未来，并且真的做到了。

人和事物不一样。

事物不会回馈给你同等的情绪价值，但人可以。

陆江离为她做的一切，每天都让她更喜欢他一点。

"所以，谢谢你喜欢我，抓住我，陪我走到今天。"

顾菁转头看他："你会一直陪我走下去的吧。"

"当然。"

陆江离看着她，眼底带着笑："不记得了吗？"

他语气坚定而平静："我说话算话。"

这并不是一句空话。

从认识她的那天起，他用实际行动兑现了每个承诺，并贯彻始终。

顾菁也跟着笑了起来。

她仰头看了陆江离好一会儿，忽然伸手往下拽了下陆江离的衬衫下摆，然后踮起脚，主动亲他。

晨风轻柔，浪潮轻拍着岸，像在为他们送上祝福。

清晨的江边人烟稀少，但还是有三三两两的人在晨跑散步。

而顾菁在此刻克服了自己那点害羞，无畏其他人的目光，在这个陆江离曾经给予过她承诺的地点，献上自己最真诚、最勇敢的喜欢。

百无禁忌，万夫莫敌，我超喜欢你。

全世界最喜欢你。

番外一 / 求婚

又是一个八月，新生准备入校的季节。

每到这个时候，往届的学长学姐就要被安排作为指引新生的志愿者，因为他们学院报名的人少，采取了抽签制度。

顾菁不幸中招。

"放心。"辅导员安慰她，"不用你搬行李的，那都是男生的活，你只要负责给新生指路就好了。"

顾菁心想，其实让她搬也行。

毕竟有些男的说不定还没她力气大。

顾菁在勉为其难地答应后，就开始"祸害"自家男朋友一块儿报名。

她对陆江离循循善诱道："这个岗位很抢手的，听说很多人都特地来看小学妹。"

陆江离一挑眉："我需要看小学妹？"

顾菁想了想也对，又改口说："那我想看，你就当陪我了。"

陆江离虽然明知道顾菁在胡说八道，但他还是陪她一块儿报了名，回了T大。

顾菁掰着指头数："今天收拾行李，明天休息一天，后天准备去迎新。行，安排得很完美。"

陆江离听着她的安排，忽然说："你是不是忘了什么？"

顾菁问："什么？"

陆江离沉默了会儿，随后从行李箱里拿出一个小盒子，给顾菁递过去："生日礼物。"

顾菁是真的忘了，一拍脑袋才想起来她生日就是今天："谢谢。"

陆江离准备的礼物盒不大，她拆了一层之后却发现里面还套着一个黑色丝绒的小盒子。

她一边心想陆江离什么时候也整这出了，一边翻开盖子，却在一刹那怔了神。

　　盒子里静静躺着一枚戒指。

　　"二十岁生日快乐。"

　　陆江离说："我考虑到从今天起你也到法定的结婚年龄了，所以思来想去，还是这个礼物最合适。

　　"如果你愿意嫁给我的话，就收下这个礼物。

　　"如果你不愿意的话。"陆江离顿了下，随后挑起眉，"我这边暂时不提供这个选项。"

　　顾菁却没像平时一样，接这个玩笑。

　　她良久都没有反应过来，算高数写代码都飞快的大脑迟钝在了那一刻，仿佛时间被拖得非常长。

　　她只能看到眼前的恋人，笑意笃定，而眼里盛着极其广阔的温柔，向她抛出了一生一次的邀约。

　　半晌，顾菁眼角有点发红，声音也跟着微微战栗，半是哭半是笑："哪有人求婚用这种形式的？"

　　陆江离则只是笑，问："怎么样顾小姐，要和我结婚吗？"

　　语气和当时说"和我谈恋爱吗"一模一样。

　　"我才刚到法定年龄。"顾菁抬起眼看他，又吸了吸鼻子，"你就这么怕我跟别人跑了啊？"

　　她取出戒指，正想着要怎么戴，陆江离却上前，将戒指推在了她的无名指上："你跑不掉。"

　　他握紧顾菁的手，一字一顿地说："我抓住了。"

　　周长五十毫米的银环，圈住了她的心脏和往后余生。

　　顾菁反握住他的手，抬眼看他，认真地点了点头，随后笑起来，灿烂又漂亮："那就请你永远都抓好了。"

番外二 / 毕业

　　大四那年的六月，顾菁和陆江离终于毕业了。

　　顾菁被保送了研究生，陆江离则决定试一试创业。

　　学校对于大学生创业一直是支持的，陆家也不反对陆江离趁这两年先历练一下，而陆江离本人对此的态度是——

　　"刚好趁你读研这三年，赚点钱为结婚做准备。"

　　顾菁轻咳一下，一本正经地说："认清一下事实陆江离，你即将是社会人士了，而我还是学生，你这是老牛吃嫩草。三年后我还得考虑考虑是不是要嫁给你呢。"

　　"还考虑什么？"陆江离示意说，"问问你手上的戒指它同不同意。"

　　顾菁："……"

　　虽然毕业了，但顾菁因为要继续读研还拥有一整个暑假。

　　陆江离创业也不急着一两天，所以他们决定继续过好这个暑假。

　　而陆江离的计划其一，就是再回高中一趟。

　　"借一天学校的场地？"

　　李建明接到电话的时候有点困惑："这事儿我做不了决定，得给你上报问问校长。你先告诉我，你借学校场地要干吗？"

　　陆江离说："拍婚纱照。"

　　李建明吓得推了推眼镜："和、和谁？"

　　"您也认识，顾菁。"

　　陆江离说："要不然我让她和您说？"

　　李建明："……"

　　即使隔着电话都能感觉到李建明的震惊，但这事儿李建明还是为他们找校长，很快批了下来。

　　他们最终选择了顾菁生日的那天回校，以高中校园为背景拍一组婚纱照。

学校在暑假没什么人。

顾菁穿着长长的拖地婚纱，握着陆江离的手慢慢走进校园，有一种陌生又熟悉的感觉。

他们选择的拍摄场地是操场，而在摄影团队就位前，他们先自己绕着操场走了走。

"这是主席台吧？"

"我知道，我还在这里念过检讨书。"

顾菁想起那个场面，忍不住弯起眼笑了下："我依稀记得，当时可把咱们年级主任气坏了。"

陆江离也笑了，随后三两步重新登上去。

现在主席台没有话筒，朗空清风下，他字字清晰，重复了当初的那句话："如果再给我一次机会回到那一刻，我还是会做出同样的选择。

"顾菁小姐，你愿意吗？"

顾菁站在操场的蓝天白云下。

在那一刻，像是回到了几年前。

她忍着想哭的冲动，点了点头。

陆江离笑了下，跑下台。

他跑得快而勇，像一个冲动的少年，然后来到心爱的人的面前，掀开她的头纱，吻了下去。

曾经他们在这里，穿着二中的校服，上体育课。在这个操场上，顾菁扔出过破纪录的实心球，陆江离夺下过接力跑的第一。

他们晨跑，他们做广播体操，他们在体育课上测引体向上和仰卧起坐。

炙热的夏风吹过，好像吹来了六年前的心动。

旁边的相机在那一瞬间为他们定格。

从校服到婚纱，他们依旧彼此陪伴。

岁月悠长，未来无限。